魅丽文化

南心漫漫

MU-ZHI
慕 吱/著

廣東旅游出版社
GUANGDONG TRAVEL & TOURISM PRESS
悦读书·悦旅行·悦享人生
中国·广州

图书在版编目（CIP）数据

南心漫漫 / 慕吱著．—广州 ：广东旅游出版社，2018.4

ISBN 978-7-5570-1280-9

Ⅰ．①南… Ⅱ．①慕… Ⅲ．①长篇小说—中国—当代 Ⅳ．①I247.5

中国版本图书馆CIP数据核字（2018）第043591号

出 版 人：刘志松
总 策 划：邹立勋
责任编辑：梅哲坤

广东旅游出版社出版发行
（广东省广州市环市东路338号银政大厦西楼12楼）
邮编：510060
邮购电话：020-87348243
广东旅游出版社图书网
www.tourpress.cn
湖南凌宇纸品有限公司印刷
（湖南省长沙县黄兴镇黄垅新村工业园区财富大道16号）
880毫米×1230毫米 32开
9.5印张 221千字
2018年4月第1版第1次印刷
定价：34.80元

C O N T E N T S

目录

C O N T E N T S

序

遇见你多幸运

文／六盲星

小时候觉得陪伴自己玩玩具、捉迷藏的就是好朋友，长大了才发现，陪伴并不是好朋友之间最必要的东西，互相了解、互相懂得，有共同的话题才是把两个人紧紧联系在一起的更重要的因素。

认识慕吱的时候，我刚踏入写文这个圈子，那时的我并不相信，两个相隔千里，对对方来说只是网络上一个非主流名字的人会成为知心的好朋友。

那时，我们都刚起步，在我眼里，她懂很多关于写文的冷门技巧和八卦消息，有什么不明白的我都会去问她，她也总能给我很满意的答案。所以在她眼里，我大概就是一个什么都不懂，还有些沉默寡言的傻白甜吧。

从什么时候开始真正熟悉起来的我已经不太记得了，我只知道，我们从客客气气到互相吐槽也只用了短短几个月的时间。近到讨论写文该怎么进步怎么吸引读者，远到讨论今天哪个明星上了热搜、明天哪个地方的美食最好吃，好像所有话题我们都可以天花乱坠地聊一整个下午。

这是我第一次和一个二次元世界的朋友这么要好，好得生活中任何琐碎的事都可以跟她分享，好几次，我们都还“嫌弃”对方干扰了自己的工作时间和睡眠时间。

不过在这互相“伤害”的日子中，我们也慢慢地成长起来。关于未来，我们畅想过很多，还记得我们说过以后要一台电脑一个人，走到哪儿写到哪儿，随时随地给自己一场浪漫的旅行。也记得我们说过要一步步往前走，撞了南墙也不回头。

好了，说回《南心漫漫》吧，其实在它发表之前，我就已经看过它开头的几章。我记得慕吱把文发给我看的时候我正在回杭的高铁上，当时，我就是在睡意朦胧间打开了她发来的文件。

那时候是惊艳了，这是真的。

慕吱的文笔很好，我时常觉得在场景的描述和人物的刻画上比不上她。看第一章的时候，我就在她的文字中找到了一个舒服的支点，它支撑并吸引我看了下去。在高铁上看完前几章后我也精神了，当时我就回复并夸了她，意料之中地，这家伙得意地把尾巴翘得老高。

后来，我们也讨论过这本书的男女主角。她跟我说，男主角就是个痞帅痞帅的小流氓，最喜欢的就是和女主斗嘴。其实我个人看小说是极偏爱高冷男神的，对于这种男主角一直不怎么感冒，所以即使她当时说得天花乱坠，我也波澜不惊，哈哈。

后来看了完整的故事，我觉得它比我想象的更吸引我。我很喜欢她对校园里男女主角的描写，那种少年人的活泼和阳光被她表现得淋漓尽致，少男少女间暧昧的小情愫也能勾起满满的回忆。生活中真正需要的另一半应该是如宋斯南这样吧，表面不正经，但是内心很暖，他可以如小男孩一般跟女主闹腾，又可以像兄长一般细心地爱护她。

我记得慕吱跟我说过，她想要找到一个有趣的人相伴一生，我想，这个宋斯南大概就是她自己的理想型。

说起来，写文大多时候都是让人感到开心的，但在某个时候，它也能让人感到绝望。

这条路太坎坷，或许一辈子默默无闻，也或许在某一天突然大红大紫。我们俩常常因为这个话题谈论到深夜，也常常陷入“如果一直不能成功是不是就该放弃”的旋涡中。这本书后，她也时常让我帮她看文，有时候我会很不客气地指出她书中存在的问题。忠言逆耳，这些话说出来总是不太好听的，但她从未生过气。我知道她明白的，我们只是希望对方能更好而已。

写文这条路太起伏，因为不是每一本书都能达到自己预期的模样，这本好不代表你下本也能好。我记得我们无数次在开新文前都忐忑得好像下一秒自己就会死掉，不过好在那时我们有对方陪伴，用调侃和幽默的方式让对方放松下来。

有好几次，她都跟我说她不想写了，她说也许她真的没天分，而写作也可能不能成为她终生的事业。我知道她的焦虑，因为我也一样，总有那么一个时候信不过自己，信不过这个世界。

可我想说的是，我们还年轻啊，只要真的喜欢，困难没什么大不了的，这次失败了，下次还可以从头再来。

目标什么的，总会实现的。

就像 2016 年我们还在说，如果我们的书能出版那真是死而无憾了。那时候我们以为这离我们很遥远，可是现在我在为她出版的书写序，挺神奇的，但我觉得，这已经代表着我们在进步，在一步步接近梦想。

写这篇序的时候其实我脑子里有很多很多感想，但大多是一些日常不会说并且有些矫情的话，所以我决定忍住不继续说了，因为我怕你看到的时候会反过来嘲笑我一番。

最后……慕吱同学，我们已经相识两年了，这两年里我们是看着对方长大的，而未来的好多年里，我们还要继续看的。

我不会放弃这条路，我希望，你也不会。

南极洲的寒风和赤道周围的暖气，冬日的冰雪和夏日的艳阳，绿色的榕树和红色的蔷薇，吻过我的你和假装睡着的我。

——宋之漫

微笑的时候要咧嘴，难过的时候要流泪；我喜欢你对着我笑，也接受你抱着我哭。其实这么多年，关于你的，好的坏的，我都坦然接受。

——宋斯南

第一章

“宋斯南，我不怕。”她轻声说。

换成谁都不行，今晚换成谁，我都不敢这样和他走，唯独你，只有你。

01

南镇的夏季燥热难耐，宋之漫单手提着行李箱，步伐缓慢。

终于到了。

她从随身的包里掏出一张照片。雕花栏杆，斑驳石墙，照片的景物与实物定格，合为一体。宋之漫上前几步，手还没碰到那个铁环，门就被人从里打开。

老妇人看到宋之漫明显一愣，脸上又快速浮现一抹喜悦：“之漫来了，之漫来了啊！”

宋之漫咧开嘴笑，熟稔地用吴侬软语回道：“吴婶，吴叔父在家吗？”

“在的，在的。”她拉着宋之漫的手，满是慈祥地看宋之漫，“他已经等了你好久了哦。”

两人刚进屋，里面的人突然开口，声音洪亮：“之漫丫头！”夏日炎热焦灼，老人的语气同样焦灼。

里屋正坐着一位年近花甲的老人。老人满头白发，蓄着的胡须已有一指长了，他一只手摸着胡须，一只手拿着一个搪瓷杯，杯子上面冒着热气。

“吴叔父。”

吴继荣淡然自若地喝了口茶，正准备说什么的时候，外面又进来人了，还没说上话，两位老人便随人出去了，嘱咐她先在这里逛逛。

逛什么呢，这里都来过十七八回了，每回都待十几天，那时年少，宅子里每个地方都跑过，每个房间也都钻进去看过，眼前挂着的这些古董字画，也都是看过许多遍的。

宋之漫走到屋子里最大的字画前。

是王羲之的真迹，十年前，她第一次见。边上的是王羲之儿子王献之的真迹，左下角还有一道细微的钢笔印，是八年前留下的。再边上的青瓷花瓶，据说是唐朝的。

宋之漫上前摇了摇花瓶，笑了，里面还有颗小珠子，是五年前扔进去的。

她逛了一圈，然后躺在太师椅上，学着老人的模样摇晃着，外面的太阳太大，老屋里却是十分凉爽的。

她的心情渐渐地平稳下来。

所有在这间老屋里发生过的、想起来就让她嗤笑的、顽劣又不堪回首的往事，其实后面都要加上一个名字——宋斯南。

她微张嘴，轻声念着他的名字，又咧嘴笑了。

宅邸的外面缓缓驶来一辆吉普车，南镇这个地方道路狭窄，又多是青石板路，走路都有些磕磕绊绊的，因此鲜有人开车进来。这辆车，就停在外面的百年樟树下。车窗就在刚刚宋之漫进门后缓缓降下，坐在副驾驶座的人偏头看向后座，低声询问："宋总，需要我和吴先生打个电话吗？"

后座的人半张脸隐在阴影处，半张脸在阳光的照射下泛着亮光。他手指微动，声音里透着几分疲惫："不了，就在这里等她。"

等她，还是等他？助理还想张口问，却在下一秒转身看到自己老板眉宇间憔悴的神色后闭上了嘴。

助理转回身端正姿态坐着，时不时地往车外看一眼，又看着手表上的时间。

天色渐渐变暗，车后座上的人似乎睡着了，均匀的呼吸声浅浅淡淡的。

南心漫漫

把我的心跳说给你听
跳一下是喜欢你
跳两下是很喜欢你
跳三下是每天的我都比昨天的我更喜欢你

非卖品
魅丽文化

男朋友暴走表情包

傍晚是小镇最为热闹的时候，橙色的天空上被一团一团的炊烟渲染，耳边是下班回家的人的匆忙脚步声、小孩的玩闹声。宋斯南似乎被嘈杂声吵醒，他静静地听了许久，嘴角勾出一抹笑意来。

助理见他醒了，马上说："宋小姐刚刚走了。"

宋斯南伸手捏鼻梁的动作一顿："走了？"

"是的，差不多有……半个小时了。"

宋斯南暗骂了句脏话，随即打开门。随着车门的打开，外面的热气快速席卷他的身体。他是从南城过来的，会议一结束就匆忙赶来，身上穿的还是一整套西装。他把外套脱了，领带也一并取了，解开衬衫袖子处的纽扣，把袖子挽至小臂处，单手插兜往宅子走去。

他看着自己被夕阳拉长的影子，心情莫名的好，吹起了口哨。

这一进去就是三个小时。等出来的时候，天已经黑了，月光如水，蝉鸣不断的夜晚，他拿出一支烟，打火机的"吧嗒"声与蝉鸣融为一体。

星点火光亮起。

他抽了一支烟之后上车，吩咐助理："去她住的地方。"

宋之漫住的是司绿客栈，在这个小镇上算是比较出名的。

她一进门，靠着窗沿煮咖啡的客栈服务员就叫住她："宋小姐，有人找你。"

"谁找我？"

服务员摇了摇头："不认识。"随即她又笑得不怀好意，"是个超级大帅哥呢，该不会是你男朋友吧？"

刚好她手机发出了短信提示声，她笑着摆摆手："没有，我还没有男朋友。"

客栈的木楼梯随着她的走动发出“嘎吱嘎吱”的声音。走廊两侧的窗户开着，客栈下面就是河，夜风夹杂着河水的味道吹进客栈，一有风吹过，这个满是风铃的客栈便响起欢快的风铃声。

她就是在抬头的瞬间看到他的——靠在走廊尽头的窗沿，一只脚微微弯曲着，另一只脚支撑着颀长的身体，穿着白衣黑裤，上身的白色衬衫有细微的褶皱，最上面的纽扣被解了两颗，一只手搭着西服外套，另一只手上夹着一支烟。

他侧脸对着她，若无其事地抽着烟，身上带着一股匪气。

烟雾缭绕，风声作响。

宋之漫在他转头之前就快步走了过去，在离他只余两三米距离的时候，她迈开腿迫不及待地跑向他。

“你怎么来了？”她的语气里带了惊喜。

宋斯南把烟掐了，往垃圾桶里一扔，抛出完美的弧线。

“找你来了呗。”还是一贯的慵懒语调。

之前隔得远，看不清他脸上的表情，此刻隔得近了，借着从酒吧街透过来的暖色灯光与走廊处的光亮才看到他眉眼处的疲惫，宋之漫原本想与之拌嘴的心瞬间消融：“等很久了吗？你看上去好像很累。”

“没有。”宋斯南揉了揉她的头发，“工作上的事。再说了，等你，多久都不会累。”他云淡风轻地说。

宋之漫眨了眨眼，用手指戳着他的胸膛，连忙转移话题，佯装怒意地说：“别以为这样我就不会追究你抽烟这事。”

宋斯南撑在窗沿上的手一下就抓住她，包裹住她的手，背靠着酒吧街一片的灯红酒绿：“太累了，抽一支提提神。”

“那现在怎么不抽了？”

“看到你了，还有什么必要抽烟？”宋斯南莫名其妙地剜了她一眼。

宋之漫的脸“唰”地就红了。

宋斯南放下她的手，双手插兜，慢悠悠地朝前走，语调口吻还是一贯的散漫，又有着一丝不易察觉的认真：“你怎么比烟还管用呢，你说说。”

宋之漫跟在他后面，听着他说着油腔滑调的话，嘴角不自觉地上扬。

“哎哎哎，住这儿。”她拉过他，往回走了几步。

宋斯南往房门右侧瞥了一眼，揶揄道：“哟，天字一号房啊。”

宋之漫脸又红了，他们第一次来这家客栈时，宋斯南住的就是天字一号房。他这个人爱挑，什么都要独一份，即便客栈老板强调了好几次这里的房间构造都是一样的没什么好坏差异，他还是要这间。

“这房间名字得我心意。”他懒洋洋地说，语调语速还和以前一样。

宋之漫失笑，按亮灯光。房间里的电脑还开着，连着网，宋之漫凑过去看了一眼，来了两封邮件，她连忙坐下查收。

灯光明亮，整个房间安静得只有彼此的呼吸声和鼠标翻页的声音，宋斯南走到她边上想看看她在干吗，却突然看到她放置在一侧的手机，手机屏幕亮起——微信新消息。

来自封嗣。

02

宋之漫动作极快地打开消息。

“实在是不想打扰你，但是想来想去也只有你。”

宋斯南翻了个白眼，解开自己的衣袖，把袖子往上拉至手肘位置。他看到宋之漫回了句：“没事啊，反正我最近休假。”

怎么没事，他来了还不是事吗？

那边回得很快：“休假？在家吗？”

宋之漫余光瞥到站在她身侧的宋斯南，抬眼看他，注意到他紧皱着的眉，下意识就把手机紧握在手里。

“怎么了？”她尽量语气温和平静。

宋斯南说：“什么资料？”

他说的是电脑上的。宋之漫想了想，也不瞒他：“封嗣他母亲的病历。”

“给你干吗？”宋斯南脸上没有什么表情。

“封嗣他母亲心脏不好，让我帮他看看。”

宋斯南脸上的表情顿时难看起来，毕竟他和封嗣的关系是真的不好，但碍于这是她的工作他也不能插手，他只闷闷地说了一句：“先给我倒杯水。”

这样已经是他最好的态度了，宋之漫连忙给他倒了杯水，以往只要提到封嗣，他的脸色就不知道多糟糕。

宋斯南接过水一饮而尽，把水杯放到床头柜上，往她那边看去：“他妈怎么了？”

宋之漫扫了眼病历，轻声说：“大概判断是冠状动脉粥样硬化性心脏病。”见他皱眉，她马上解释，“就是冠心病。”

见宋斯南还是沉默，宋之漫又说：“他只认识我，找我比较方便。”

“嗯。”

他的反应太冷淡了，宋之漫想了想，问：“宋小四，你要不要先去洗个脸？”

宋斯南紧绷着下巴点头。

等宋斯南洗完脸出来，就听到宋之漫拿着手机打电话的声音，温柔、动听，比和他在一起的任何时候都要好很多。而一想到对面的那个人，宋斯南心气就不顺了，他走上前一把夺过宋之漫的手机。宋之漫怔忡地看着他，随即扬起嗓子，朝他伸手："把手机还给我。"

宋斯南看了眼通话人，还真是封嗣。

怎么对封嗣，她就那么温柔呢？他心里不是滋味。

他干脆把手机放在自己耳侧，说："封嗣，是我。"

封嗣大概也是猜到了的，说："我和之漫有点事要说，麻烦你把手机还给她。"语气一点都不客气。

也是，他俩从来就没好言相待过。宋斯南想到这里就更干脆地把手机挂断了。

宋之漫对他的行为无语了，上前就去抢自己的手机："把手机还给我！"

"不给！"宋斯南的语气冷得不行。

"宋斯南你别烦，我在忙呢。"宋之漫试图和他讲道理。

宋斯南却冷笑："你忙？我不忙吗？我每天工作十七个小时为什么啊？就是为了赶过来陪你，我害怕你情绪不好、害怕你不开心、害怕你没有安全感。结果呢，我来了这里之后，你就自顾自地在电脑面前坐了这么久，还忙，忙什么？忙着和封嗣谈情说爱吗？"

宋之漫和他相处了这么多年，虽然早已知道他的秉性，但还是受不了他这般冷嘲热讽，她双手环胸，语调冰冷："我上赶着请你过来了吗？是我让你过来的吗？你别把什么事都算在我头上好吗？"

宋斯南气得火冒三丈，声音加大了几分：“对，对，对！”他一连说了三个“对”，双颊通红，“是我犯贱，上赶着找你！”说完他就转身夺门而去。

木制走廊发出一阵声响，脚步声渐行渐远，逐渐消失。

房内又回归沉寂，宋之漫张了好几次嘴，却都显得无力。

每次都是这样，吵得不分缘由、没头没尾，不是她摔门离开就是他夺门而去，都这么久了，两个人一点都没变，就像她爸说的：“之漫，你们两个不合适，性格太像了，以后在一起是要吃苦的。”

是啊，太像了。

从出生就在一起，二十多年朝夕相处，怎么可能不像？都是把对方刻在骨子里，当另一个人不在的时候，自己就活成对方的样子，简直就是一模一样。

她盯着那扇门好久，直到手机响了，她回神连忙去看来电。

是封嗣。

她静静地让手机响着，唱完一首歌他就退场了。她无意识地伸手抚摸着自己右手手腕，突然摸到一样东西——手环。

她低头看着手环，折线图一贯平稳，今天却有了两个凸起的小山丘。

一个是八点十五分的时候，最高心率 132；另一个则是八点三十一分的时候，最高心率 126。

宋之漫长叹一声，整个人无力地趴在桌子上，下巴压着自己的小臂，懊恼地想：真是没出息啊。即便是与他针锋相对、内心火冒三丈时的心脏速率，都不敌见到他时的满心欢喜。

完蛋了啊！

走廊外又是一阵脚步声，由远及近，逐渐清晰，她的心在上一秒就提起，却在下一秒响起的关门声中缓缓坠下。

她的食指一直摩挲着手机屏幕，她在等，等他给她打电话。

一墙之隔的外面，宋斯南坐在地上，右脚微微弯曲着，右手搭在右腿膝盖上，手上一直捏着一部黑色手机，不停地转着。

他低垂着头，走廊灯光昏暗，投射在他脸上的时候滑出一片阴影，脸上的表情晦涩难辨。

刚刚摔门而去的时候他确实很生气，一个人出了客栈在外面走了好久，他又开始反省自己，刚刚是不是太冲动了？毕竟那是她的工作，她热爱这份工作，热爱医生这个职业，他却说那样的话，是不是……伤她心了？

宋斯南原路返回，等站在她房间门外的时候又不敢敲门，怕她还在生气，怕她见了自己怒意更盛。算了，还是在外面等她吧，又不是没等过。

二十多年哪一次不是这么等过来的，就……再等等吧。

到最后，还是宋之漫等不及了，抓着手机往外面走，却在打开房门的时候看到了他。一条长腿横放在门前，背靠着墙壁，前面的头发有些许长了，遮盖住了好看的眉眼，他手上还捏着一台手机，紧紧地、牢牢地。

宋之漫低头看了他好一会儿都不见他有反应，她蹲下身子看他，他合着眼已然睡着了。他睡着的时候神色看起来很是疲惫。

宋之漫伸手碰了碰他的脸颊。

宋斯南在睡梦中感觉有人碰他，空着的那只手马上抬起来抓住碰他的人，还在睡梦中却嘟囔了一句：“之漫，对不起。”

宋之漫的心，瞬间融化了。

他就连在睡梦中，都记得自己惹她生气，满怀内疚地记在心里。

“好啦，我原谅你了。”宋之漫轻声说。

03

宋之漫也像他那样坐下，头轻轻地靠在他肩上，碰到他的时候还顺带蹭了几下他的肩。

宋斯南真的很累，高强度的工作以及长时间的奔波，他的神经都紧绷在一处，心里还记挂着她，担心她不好、不开心。

幸好，他低头看向她，她还是一如往常，在自己面前趾高气扬、不可一世。

宋斯南低头看她，她好像也很累，紧闭着双眼，呼吸均匀，长长的睫毛微微挑起，熟睡的时候安静得像一朵茉莉花。宋斯南笑着摇头，随即又向她靠近一些，再靠近一些，遮挡住走廊昏黄暗淡的灯光，把外界的灯红酒绿一并隔绝。

微风轻吹，宋之漫脸颊处的头发微微吹起，到了脸颊处，宋斯南心下一动，贴身吻了上去。

隔着那一缕细发，感受到她脸颊处的温热与柔软。

耳边突然传来声音，木地板“嘎吱嘎吱”地响，宋斯南立马收回身子，佯装若无其事地拿出手机，所有的事情好像都没发生过，除了他微红的双颊以及躁动不安的心。而在他收回唇的那一刻，宋之漫的睫毛微不可察地动了几下，她双唇往上挑，形成一道美丽的弧线。

直到宋之漫的手机再次响起，打破一直保持的安静。

宋之漫揉了揉眼睛，看了眼手机的来电，然后看向了宋斯南。

“看我干吗？想接就接啊。”宋斯南说道。

宋之漫说：“那我接了？”

宋斯南撇过头不看她。

她嗤笑了一声，到底还是接了电话：“阿嗣。”

那边的声音如往常一般和煦、温润："在忙吗？"

"没有。"她站了起来，"我看到你发给我的资料了。"

"嗯……情况乐观吗？"

宋之漫回到房间对着资料和他详谈起来。

宋斯南自顾自地跟在她身后，看着她对着电脑屏幕认真讨论的模样，心虚地摸了摸鼻子——刚刚到底是他小心眼了。

等到她挂断电话的时候，宋斯南问："他妈……情况怎么样？"

"嗯……不是很好，可能要做搭桥手术，而且阿嗣的母亲年纪太大，手术风险也会相应提高。"

"哦。"

等过了好一会儿，宋斯南又说："对不起。"

宋之漫喝水的动作一顿，敛眉看着水杯里清澈透明的水，放低了声音说："宋小四，我们以后都少吵架、收敛一些，可以吗？"

"好。"他答应得干脆利落。

宋之漫知道他这是听进去了，但到底这句答应能维持多久呢？

她叹了口气，把桌上的东西收拾干净，已经十点多了，她看向坐在她床上的宋斯南，双手抱在胸前，问："你住哪儿？"

宋斯南整个人躺在她的床上，淡定地说："这张床真舒服啊，今晚就睡这里。"

"宋斯南！"宋之漫无语了，"你给我出去。"

"喂，宋之漫，别这么小气啊，给我睡一下怎么了？我又不会趁机吃你豆腐，对吧？或者说，你会趁机吃我豆腐？"宋斯南正经不过几分钟，立马又恢复往日吊儿郎当的模样。

宋之漫忍住掐他人中的冲动："你再乱说话我直接把你从窗户口扔出去。"宋之漫伸手拉他，"你给我走。"

宋斯南一个用力就把她拽到自己的怀里。女孩的身体柔软、散发着特有的芳香，宋斯南是知道她不喷香水的，可是身上……真的很香。

他又犯贱了："之漫，你身上好香啊。"

宋之漫原先还沉醉在和他相依偎的旖旎氛围之中，他的话一出，立马咬牙切齿，这回是真的动手了。

"啊啊啊啊啊，宋之漫你放手！"宋斯南双手拉住她的手。

宋之漫才不理他，紧紧地捏住他的耳朵，往门边走，右手一个用力把他甩出去。

"砰"的一声，她毫不留情地把门关上。

宋斯南龇牙咧嘴地在门外站着，还没从疼痛中缓解过来，心里暗叹：她算是什么茉莉花，食人花还差不多！

"喂，宋之漫，开门！我真没地方住！宋之漫！"他敲着门苦苦哀求她。

"我要睡觉了，晚安。"

宋斯南的动作立马停了。

"好吧，晚安。"还有点委屈呢。

宋之漫似乎睡了很久，整个人都很沉，却又感觉烟雾呛人。她从床上挣扎着起来，睁眼就看到从门缝处透进来的浓烟。

着……着火了？

然后听到一片呼喊声，以及由远及近的消防车鸣笛的声音。

她赶忙去洗手间拿了条毛巾，蘸上水捂住自己的口鼻，然后穿上外套，一把抱起自己的电脑就往门外冲去。

一碰门把，金属质地的门把烫得吓人。她退后几步，试着踹门，可门是往里开的，就在她决定跳河的时候，门被人从外踹开了。

烟雾缭绕，火光蔓延，在一大片看不真切的世界中，只有他最清晰。

宋斯南气喘个不停，一只手拿着毛巾捂嘴，另一只手紧握在身侧，胸膛处起伏不停。

他看到了站在房间中央的宋之漫，一把甩开毛巾，两只手紧抱住她，像是失而复得一般，语气郑重："幸好你还在。"

"别怕。"宋斯南搂着她，一步步向外面走。

整个客栈都是用木料做的，起火的瞬间便成了火海，宋斯南搂着宋之漫快步离开。

等到下楼梯的时候，他们发现扶手处的火苗十分大，稍不小心身上就会被吸附似的，宋斯南当下就扯下毛巾，然后用长长的毛巾裹住宋之漫的头。

"宋小四……"

"乖，别看。"宋斯南低声说，他把她的眼角也蒙上，火海中他的声音清晰有力，安定她的心神，"我会带你出去的，别怕。"

大火灼烧、高温炙烤，她紧紧抱住他，双唇紧抿。有什么好怕的呢？他都来了，不要怕。

"我在这儿。不要怕。"

就这两句话，宋斯南来来回回就说了这两句话。

"宋斯南，我不怕。"她轻声说。

换成谁都不行，今晚换成谁，我都不敢这样和他走，唯独你，只有你。

04

终于出了客栈，宋斯南把宋之漫抱到车旁，然后解开毛巾，双手捧着她的脸，仔仔细细地确认她完好无损。

“我没事。”宋之漫笑着安慰他。

她看向他，他的脸被烟熏得不成样子，一块一块的黑色，许久未剪的头发有一撮焦了，大概是被火苗扫到了，其实真的很糟糕啊，他从来都没有这么落魄过呢。

宋之漫伸手去摸他焦了的那一小撮头发，有点内疚：“对不起。”

“这有什么好对不起的。”宋斯南不屑地说，“小爷我少了这几根头发依旧帅气逼人。”

油腔滑调。

宋之漫笑了，说：“你的头发，好像很久没剪了。”刘海都能遮住眼睛了。

“嗯。”宋斯南点头，“最近忙。你不觉得这样子显得我精明能干些吗？”宋斯南嬉皮笑脸地凑上来。

宋之漫伸手就是一巴掌，把他的脸从自己面前挪开：“幼稚！”

她转身往副驾驶座走，打开门，跳了上去，宋斯南也坐上驾驶座。

他刚系上安全带，手机就响了，他发动着车子，戴上耳机接听。

“记者都赶来了，你让这边的人做好准备。”

“这事我要问清楚。”

“人员伤亡？和客栈协商好。”

宋之漫听他在那边打电话。

身处火海险境时的忐忑与害怕渐渐消失归零，随之而来的是一片又一片的心安。

要不是今晚的事，她都忘了他是这片景区的投资人之一。

以前暑假的时候他俩闲来无事总会往这边走，吴继荣是她父亲的挚友，与他父亲也相识，便让他们留了下来。而那时这个小镇还未经开发，人们只是单纯地过着日出而作日落而息的生活。

直到某天有人说要把这片地方开发，造成最美的古镇。宋之漫听到这个消息还好一阵心疼，毕竟经过改造的东西和以前不一样了，看上去虽然比以前好了很多，但是骨子里的东西变了，回不去了。

在她黯然神伤的时候，宋斯南却主动参与，找了各个门路硬是成为投资人之一。

修整一个古镇要多少钱？

几十个亿吧，宋之漫问过老宋，他含混不清地说："但要是南镇那里，至少得再加个零。"

那他的钱是从哪里来的呢？

"自己赚的。"宋斯南说。

嗯，其实他在她不知道的地方，真的是独当一面。

他有条不紊地安排着后续的事，声音成熟稳重，条理清晰，根本不像是刚逃离火海的人，也不像是在她面前的人。

人是有千万张面孔的吧？对外人陌生冷淡，对友人温和健谈，对家人宽容诚恳，对爱人忠贞热血。那他呢？宋之漫认真地想，他其实也就两副面孔：一副是对着她的样子，另一副是不在她面前的样子。前者幼稚、霸道、飞扬跋扈；后者成熟、稳重、精明能干。

可是她累了，不想一直和他走着十八岁的路，幼稚、天真，她现在只想安定下来，找个踏实的、成熟的人好好走一段路，哪怕不能走到终老都没事。她不想和他再闹下去了，这么多年，她累了。

宋斯南注意到她的疲惫，马上结束电话，低声问她："怎么了？"

"宋小四，我们谈谈，好吗？"

宋斯南对于她的“谈谈”似乎并没有多大的兴趣，懒散随意地应了一句：“行呗，谈什么？”

“谈过去。”

过去？什么东西？

宋斯南踩下刹车，转过头看她。

“过去有什么好谈的？”他眼里带了几分狡黠笑意，“要不，我们谈谈未来。”

宋之漫侧头望他，他还是一如既往的顽劣脾气，笑起来的时候一脸痞气，像只狐狸，可她是真的想认认真真地和他谈的，而他还是一贯的慵懒散漫。

她揉了揉太阳穴，妥协：“宋斯南，我是认真的。”

宋斯南又转头看她。

她脸上笑意褪尽，神色之中透露出的除了疲惫还有认真。他吸了口气，她……这是认真了？

宋斯南说：“好。”

他把车开到田野边，往前就是一片绿色，稻谷长到了人的腰际，夏日夜风吹过，吹起一片扑簌声，闪过一片绿色盎然。抬头便是闪烁着的满天繁星与超级大月亮，月光皎洁，温柔如水。

宋斯南说：“你想谈什么？”

宋之漫把椅子放平，整个人躺在上面，声音没有一丝起伏，脸上也没有任何的神色，她说：“谈谈过去，这样才知道有没有将来。”

“谈谈过去……”宋斯南嗤笑，但是瞥到她的眼神还是立马收回了笑意，他的声音带了几分惆怅，“未来……宋之漫，我也想知道未来。”

“那就谈谈吧。”

“好。”宋斯南应道。

谈谈我曾悉心参与的过去，以及虽模糊不清，但我仍会陪你砥砺前行的未来。

第二章

是她想多了，就宋斯南还能当个温情男子？他要是称得上温柔，那全世界的男人大概都是温柔的了，而且温柔属性自带三倍。

01

十年前。

起床号一响，宋之漫就直起身子坐在床上，发了好一会儿的呆才去洗漱。楼下宋鸿渊的声音格外响亮：“宋之漫，起床吃早餐咯！”

“知道啦。”

她收拾完书包急匆匆地跑下楼，右手摊在宋鸿渊面前：“爸，车钥匙。”

“今天骑车去？”

“嗯，宋小四骑车。”宋之漫把书包放在空着的椅子上，拿着餐桌上的馒头啃。

老宋了然，从钥匙串里把她的车钥匙取出来，递给她的时候叮嘱：“骑车小心点。”

“知道啦。”宋之漫摇着手上的车钥匙说。

宋之漫推车出来的时候刚好宋斯南骑车过来了，他单脚着地，骑在山地车上，迎着早上的阳光，笑着看她：“走啦。”

“嗯。”宋之漫也上车，两个人并肩而行。

宋斯南今天穿着校服，白色T恤，骑车时带起一阵风，吹得他的衣服在身后鼓起。

穿过一条马路，宋斯南突然开口：“你要考哪所学校？”

“考一中吧。”宋之漫原本落在他后面，盯着他身后被风鼓起的衣服看，这下加快了速度从后面赶上来，“你呢？”

“一中啊！”宋斯南说，“你都去一中了，我总不可能去别的地方吧。”

“啊？”

宋斯南没理她，加快速度往前骑去。

宋之漫问出的问题没得到答复，立马追上他，不依不饶地问：“为什么啊？”

“哪有那么多为什么。”宋斯南白了她一眼，“就想和你一起。”

宋之漫喜滋滋的：“你之前不是想去附中吗？”

宋斯南停下车，把车推进车库里，无奈道：“之前哪里是我想去附中，是你想去附中的好吗？大小姐，你能讲点理吗？”

宋之漫也回想起来了，之前她是想去附中，附中和一中是C市最好的学校，而且附中离家近，只有十五分钟的路程。可是附中偏文、一中重理，她想了想还是去一中，毕竟她以后要当一名医生，读理科才能当医生呢。

“那我不去，你就不去啦？”宋之漫把车推给宋斯南，让他帮自己把车停好。

宋斯南说：“你不去我还去什么，没劲。”他把车锁好，抓了抓头发，“走，上课去。”

他单肩背包，一只手插兜，整个人笔挺高挑，刚长出来的头发有些刺手，大院里的理发店理的头发，寸头，就是这么个算不上发型的发型，也衬得他极为俊朗。

经过一扇窗户，清晨的朝阳反射出亮光，宋斯南停下脚步看窗户里的自己，他抓了抓头发，看向宋之漫，指着自己的寸头，问：“是不是很丑？”

宋之漫踮脚碰了碰他的头发，真的跟她想象中的一样。

很刺人。

她骗他：“丑死了。”

宋斯南装作没听见，抬起下巴，对着镜子那边照了几下，摸着下巴暗自得意："可惜了我这张脸啊，小爷我可是貌若潘安。"他搭上宋之漫的肩，半个身子都压在她身上，懒散地往前走，嘴上还说着，"就这发型，我告诉你，要是别人，那是真丑。但是到了小爷我头上，也只是……"削减了我的一分帅气而已。

宋之漫给了他一个微笑，抢过他的话："丑死了！"说完她就往教室跑去。

宋斯南牙痒痒地在后面追："宋之漫，你有种就给我站住！"

宋之漫一个转身，进了教室。教室里一片寂静，她不禁放慢了脚步。跟在她后面的宋斯南，在门口就收了声音，被教室里的安静震住了。

"学疯了吧。"他低语。

宋之漫回头瞪了他一眼，宋斯南自动自发地闭嘴。

他们两个是在一个班，前后座。宋之漫坐在倒数第二排，宋斯南坐在最后一排。往常两个人都是最后到的，今天两个人都骑车，到得算早，离上课还有十分钟。

没想到班里有一半的同学在，教室安静得可怕，大家都在做题，宋之漫感叹：多得是认真努力的人啊。

不过她转念想想，后天就中考了，大家这么努力也是有原因的。

她转过头去看宋斯南——趴在桌子上睡觉。

没救了。

可是没办法，在读书这回事上，有人生来就有天赋，宋斯南不努力，但每次考试都在年级前五。

宋之漫从包里拿出练习册，像往常那样做题。

早上上完两节课，就是大课间，宋之漫正准备趴在桌子上眯一会儿，班长就叫她去班主任办公室，同行的还有刚上完厕所回来的宋斯南。

宋之漫瞪了他一眼：“你是不是又惹事了？”

宋斯南立马举起双手以示清白：“我什么都没干，都快毕业了，安分着呢。”

他俩从开学到现在，每回考试都是年级前五，之前附中提前招生的时候还选上他们了，只不过他们都拒绝了。

“你们两个最近复习得怎么样了？”班主任和蔼地问。

宋之漫还能给点面子：“还可以。”

宋斯南却还是那副吊儿郎当的样子：“该吃吃该喝喝，就是下课有点吵，不好睡觉，老师。”

班主任的脸色瞬间不好了。宋之漫抿嘴，抬腿对着他就是一脚，直直地踩上他的鞋面。

宋斯南立马改口：“老师，我最近复习得特别晚，所以白天有点犯困，但是您放心，我还是可以坚持的。”

“哦，这样啊。”班主任脸色瞬间舒缓下来，“认真复习是可取的，但是千万不要熬夜，这样对身体不好。”

接下来就是一番苦口婆心的教导，直到上课铃响两个人才被放回教室。

宋斯南还是睡觉，宋之漫从书包里拿出辅导书，拿着笔做了起来。

等到放学，宋斯南活跃地跳了起来，去后面的柜子里把篮球拿出来，拍了几下，震得空寂的教室传来回声。

“走了，宋之漫。”

宋之漫头都没抬：“我把这题做完。”

“还有多久？”

“不知道。”宋之漫趴在桌子上，懒洋洋地解题。

“这里——”宋斯南突然开口，“辅助线应该画这里。”

“嗯。”

宋之漫不解：“你拿着篮球干吗？”

宋斯南一脸惊悚地看她：“今天篮球赛，你不会不知道吧？”

她真忘了。

宋之漫继续做题，好半晌边上都没有动静，她侧头看他，疑惑：“那你还不走？”

宋斯南见她这样，急了：“不……不是，之前我们不是说好了，你去看篮球赛的吗？今天可是决赛。”

宋之漫收回目光，看着练习册上的题目，说：“太吵了，我还是不去了吧。”

“宋、之、漫！”他怒了，“你可是早就答应过我的！而且我又不是让你在第一场比赛的时候去，这可是最后一场——决赛啊！”

宋之漫用笔头敲了敲桌子，缓缓吐出两个字：“不去。”

“你……”

“哦，对了，把我的车钥匙给我，我待会儿自个儿回家。”宋之漫头也没抬，不想搭理他。

“啪！”车钥匙被某人狠狠地甩到了桌子上。

车钥匙上挂着的铃铛还在响，被人狠狠地甩了出来，在本子上划出一道很明显的痕迹，宋之漫有些蒙了，她扭头往后门看去，那里空荡荡的，没有了任何人。

生气了吗？

可是……这有什么好生气的？

她抓起钥匙放回口袋里，自顾自地继续做题。

02

宋斯南气冲冲地骑着车，把力气都使在踏板处，风鼓鼓地吹着，他气得直咬牙。到了球场之后他把车随手一扔，大步往里走，恶狠狠的样子像是来球场打架似的。

王少鹏看得有点发怵，小心翼翼地走上前问："这是怎么了？"

"没什么！"他咬牙说，伸手把篮球扔给王少鹏，然后大步往场内走。

王少鹏下意识接过篮球，却差点被宋斯南用力抛出来的球把肺顶移位。他挠了挠头，摸不着头脑："这位爷怎么了？"

一旁的人也不明白："不知道啊，但是看上去……比以前冲了很多啊。"

王少鹏揉了下脑袋："算了，管他呢，他脾气越不好，球打得越猛，今天绝对要把那伙人打趴下！"

"咦？也对！"一旁的人附和。

宋之漫把车停好，刚掏出家里的钥匙，就听到有人在叫她的名字，她犹疑地往后看去，不远处有个穿球衣的人往她这边跑过来。

她拉了拉肩带，像往常一样打趣地叫他："鹏少，怎么了这是？"她一只手晃着钥匙链，上面的铃铛当啷作响，悦耳极了。

王少鹏喘着粗气，和她的悠闲成了明显对比，带着汗渍的球衣被风吹起，空气中都是汗水的味道。宋之漫有轻微的洁癖，不禁往后挪了几步。

他没在意，只是手指着球场的方向，上气不接下气地说："宋……宋斯南和人打起来了。"

“啊？”宋之漫惊愕，“和人打起来了？”

“啊！对！”

她往车库那里跑去，动作迅速地骑车过去，浑然没注意身后的人大喊：“哎，宋之漫你把我一起带过去，累死老子了……”

此刻宋之漫的脑子里只有一句话——宋斯南和人打起来了。

怎么就打起来了？不是打球的吗？怎么就打架了？这都要中考了，就不能安分点吗？

风哗哗地往后吹，宋之漫脚下又加快了速度。

快到球场她就看到了那里围着一大帮人，乱哄哄的。

“宋斯南！”她连车都没停好，就大声叫他的名字。

可是那么多人围着宋斯南，大家的声音比她的更响，一下子就把她的声音淹没了。

宋之漫急了，想要挤进去，却不知道被谁甩了出来，脚一崴直直地坐在了地上，右手下意识地往水泥地上撑了一下，疼得发麻。

她却顾不了这么多，取下书包，两只手抓着肩带就打那群人：“都给我让开！让开啊！”

围在那里劝架的人被宋之漫砸得晕头转向的，纷纷看向她——头发凌乱地披散着，衣服上还有一块灰色印记，双手举着书包乱砸，嘴里还念叨着“都给我让开”。

这个人要不是宋之漫，他们指不定一只手勒住她把她甩出去。

可这是宋之漫，是里面那位爷疼到心眼里的人。

于是大家只得纷纷让道。

里面打架的两个人扭成一团，这下没人包围在一起，发狠似的对打，净挑看不到的地方打。都是大院里出来的，打架像是天生就会的，无师自通，更何况在暑假总是被送去部队里训练。

快、狠、准。

手速快到惊人，使了有八成力一样一拳又一拳，尽是砸在各个关节处。

宋之漫看得心惊肉跳的，她放下包，大喊："宋斯南！"

她声音一响，宋斯南顿了两秒，也就是这两秒，让对方有机可乘，这会儿是实打实地揍到了脸上。

"砰"的一声，宋斯南整个人跌倒在地上。对面那人站在原地喘着粗气，伸出来的手还没收回，手指关节处都是红的，可见被打的人有多疼。

宋之漫扑在宋斯南身上，想要看看他怎么样，却被他一把推开："走开。"

他跌跌撞撞地站起来，嘴角流血，他不屑地用手擦了，浑身充满戾气，看向对面的人，阴鸷到不行："怎么，打不动了？"

"我看你是不行了吧，一拳就把你打趴下了。"

"有种再来！"

"行啊！"

宋斯南作势就要往上冲，宋之漫反应迅速地从后面抱住他，咬牙说："宋斯南，你住手！"

宋斯南低头看着环着自己腰的手，想要甩开她："你放手！"

"我不放。"宋之漫那股劲也上来了。

她皱眉，斥骂围观的一群人："就知道看着，不会劝架吗？还不把人拉走！"她气势上来了，又说，"到时候被他爸知道你们没一个好受的，聚众打架，你们一个都跑不了！"

众人被她糊弄得一愣一愣的，不知道谁先反应过来，把对面那位拉走了。对面那位性子也烈，三四个人才把他弄走，临走的时候还骂骂咧咧的，激得宋斯南抬腿就想往前冲，宋之漫反应及时，狠狠地勒住他。

等到王少鹏赶过来的时候，球场上只有他们两个人了，面对面地站着，沉默不语。

王少鹏挠挠头："我……我来拿书包，拿了就走。"他麻溜地拿好书包，扔下一句，"宋小四你有话好好说，别……别打宋小漫。"说完就往家里跑。

宋斯南瞥了王少鹏一眼。

他重新看宋之漫。对面的女孩面色发黄，脸上还有点灰，头发乱糟糟的，衣服乌漆漆的，还是那个爱干净的宋之漫吗？

他咽了口口水，好像是因为他才这样的吧……

愧疚感瞬间充满心头，他有些心虚地咳了两声，注意到她的眼神往自己身上瞟，他说："咱回家成不？"

说完之后他愣了几秒，他竟然低头了！

他低头了？

嘿，他真的低头了！

真……

宋之漫始终板着张脸，她弯腰捡起自己的书包，一言不发地往回走。宋斯南摸不着头脑，但也知道她是在生气，这么多年相处下来，他怎么会不知道她现在的心情十分不好。他不敢惹她，默默地拿了放在地上的书包跟在她身后。

两个人一前一后地走着，夕阳把宋之漫的影子拉得很长。路边都是高大的梧桐，繁盛的叶子罩起一片青翠，还盛着无数的蝉鸣声。

宋之漫的脚步逐渐放慢，她一放慢步子，宋斯南就快步走了上来。

半晌，她问："为什么打架？"

"他阴我。"宋斯南潦草地讲了一下事情的起因，大致就是打球的时候对方看他不顺眼，在他不注意的时候给他下了绊子，换作平常也就算了，他今天心情不好，干脆球也不打直接改成打人，反正是要找个地方发泄的。

宋之漫愣了：“心情不好……是因为我没来看篮球赛吗？”

他没说话，难看的神色透露出一切。

“为什么呢？”

“你说过的，宋之漫，你说过的。”他低着头，声音也很压抑，“我第一场球赛赢了的时候，问你会不会来看我打球，你说等我打到决赛你就来，可是我打到决赛了，你……”他有点失落，“你没来。”

他一说，宋之漫就记起来了。

是……很早之前了。大院里的几个人组织了篮球赛，都是这个年龄的人在一起打球，宋之漫不以为然。直到那天他兴高采烈地爬上她的窗，大晚上，借着夜色，他眼里的光比远处的星光还要璀璨百倍：“宋小漫，我比赛赢了，你下次来看我打球吗？”

宋之漫被他身上的汗渍味熏得够呛，随口说了句：“你要是打进决赛我就去。”

她当时真的是随口说的，却没想到他还记着。

“我忘了……”她有些歉意，“对不起。”

宋斯南先是一愣，然后又笑了：“没事。”

“下次吧，下次我一定去。”宋之漫肯定地说。

“这是最后一场比赛了。”虽然以一场打架收尾。

宋之漫说：“不啊，下次你打球，叫上我，我一定去看，不一定是比赛，只要是打球就好。”

到了她家门口，宋斯南讶异地转身看她，眼里充满期待：“真的吗？宋小漫，你没骗我？”

宋之漫点头：“当然啦！”

她以为她这么说宋斯南会很开心，却没想到他摇摇头，说：“算了吧，到时候你又忘记了，还是算了吧。”

承诺在说出口时确实是满怀真心与爱的，可是忘了的时候，也是真的忘了。宋斯南体会过一次，再也不想体会了，那种满心欢喜却又失落而归的感受，真的很难受。

宋之漫上前几步，与他离得极近，她伸手戳了戳他脸上的乌青，看他龇牙咧嘴、紧皱眉头的样子就笑，他连忙捂住自己的脸，瞪了她一眼。

宋之漫郑重地说：“我不会忘记的，以后都不会忘了。”

“你确定？”他疼得话都说不清了。

“我确定。但是宋小四……你脸上的伤，是不是要清理一下？”

“嗯。”

03

宋斯南坐在沙发上，仰着脸，宋之漫拿棉签蘸了些碘酒，往他嘴角的伤口上擦。

明明是很好看的嘴巴，唇线很好看，即便不笑嘴角也是上扬着的，现在却带着一丝血迹，还有一些脏脏的印记。

刚好是夕阳落山的时候，客厅的光线很好，落日的余晖倾泻一地，橙色的光透过玻璃窗洒在宋之漫身上，照得她整个人都带着温暖的光芒，脸上的绒毛都格外清晰。宋斯南偷偷地睁开眼看她，看她白皙的皮肤在夕阳的照耀下渐显暖色，看她长长的睫毛扑闪扑闪，看她黑色的眼和红色的唇，看她脸颊和额上亮闪闪的汗，看她专注认真地为自己上药。

见处理得差不多了，宋之漫收回手，手心不知道碰到了哪里，疼得她一激灵。宋斯南正专心致志地看她，自然没忽视她脸上任何的、细枝末节的表情。

“怎么了？”他慌张地问。

宋之漫摊开手，掌心处的皮都被磨破了，渗出一点血迹，还有一些尘土。

她回忆起来：被那些人一推，她跌倒在地，然后……然后条件反射地用右手撑了一下。

宋斯南看到她手的瞬间，血液都冲向大脑，暴怒：“是谁弄的？”

相比他的暴怒，宋之漫反倒显得淡定多了，她抽出一根棉签，蘸了点碘酒，边涂边说：“忘了，一堆人，记不清了。”

看她自己擦着碘酒，宋斯南立马接过，帮她擦着，很轻很轻，怕她疼。

其实也没有很疼，看他那么小心翼翼，宋之漫忍不住宽慰他：“没有很疼啦，只不过是被磨破了皮，没事的，宋小四。”

宋斯南沉默地帮她擦完，末了还问：“还有别的地方受伤吗？”

“没有。”

宋斯南帮她把医药箱收拾好，站起身来就往外走，却被她扯住了。

他低头看着自己的衣角，被宋之漫那只没受伤的手紧紧攥着，顺着纤细的手往上看，是她好看的脸，此刻正一脸关心地看向他。

“你还有别的地方没擦。”宋之漫说，“打得那么狠，身上肯定都是青一块紫一块的。”

宋斯南没动，低垂着眉眼看她。

宋之漫站起来，他比她高一个头，她只能仰望：“生气了吗？”

一向话多到不行的人，突然这么安静，宋之漫稍一琢磨便知道原因了。不就是看她受伤了生气嘛，可也只是手被磨破了皮呀。

宋斯南点点头。

“那你……要去找他们打一场吗？”宋之漫小心翼翼地问，她害怕他再去打架。

谁知他只是摇头，说：“我没生他们的气。”他伸手摸了摸她的头发，阳光照得她细软的头发很暖和，他放缓了音调，说，“是我的错，我在生我自己的气。”

他的语气温柔得不可思议，甚至还带了点内疚。夏日的阳光突然变得柔和起来，耳边的蝉鸣声越来越远，夏日和风吹起河边柳枝飞舞，宁静的河水上泛起点点涟漪，宋之漫的心里陡然生出了一分可以称之为感动的情绪。

然而下一秒就被打破。

大院里的广播准时响起，然后面前的英俊男孩好像想到了什么，蹙眉暴跳：“啊，我爸今天回来！”

宋斯南看着手表骂了一句，他伸手：“快快快，把维 C 给我，我得把这碘酒擦了。”

原本的温情、宁静瞬间被打破，宋之漫看着对面这个手忙脚乱的人，在心里默默地翻了几个白眼。她用力地翻着医药箱，从里面拿出维 C 扔给他，没好气地说：“拿去。”

宋斯南看着表，急了：“还有两分钟，嗷嗷嗷！宋小漫不行了，我回家去擦，明天还你！”

“不用！”宋之漫从牙缝里吐出这两个字，“浑蛋。”

是她想多了，就宋斯南还能当个温情男子？他要是称得上温柔，那全世界的男人大概都是温柔的了，而且温柔属性自带三倍。

可是……面对满室沉寂，她又在担忧——宋院长会不会又揍他啊？

他带着一脸伤，衣服还撕破了一大块，就这样回家见了宋院长，指不定得挨一顿揍呢。

但是……

她一想到刚刚发生的事，气就不打一处来，心里的那点担忧消失殆尽，她愤愤地拿着书包上楼去了。

宋之漫的家向来是平静的、温情的，是人间烟火中唯一的一点昏黄亮光。而宋斯南家更多的像是除夕夜整晚的烟花爆竹，响个不停。

宋远征出差回家，一到家就看到宋斯南脸上的乌青，还有破了一块的衣服，他勒令宋斯南脱了衣服，之后就看到宋斯南身上青一块紫一块。

“哟，咱们宋少也有被人揍的一天啊！”宋院长冷嘲热讽地说。

林景芝却是心疼得不行，上前看看他的伤势，心爱的儿子上半身一大片的乌青紫黑让她红了眼眶：“这是怎么了啊？”

宋斯南把衣服穿上，宽慰母亲：“妈，没事，大家闹着玩呢。”

“哪有这么玩的，这是玩命啊！”林景芝声音里带着哭腔，“不行，我去拿东西给你擦擦。”

宋远征猛地拍了一下桌子：“擦什么擦！晾着别管！他本事大着呢，都学会了打架斗殴，你还管他干吗？兴许人还不乐意让你管了。”

宋斯南低垂着头，宋院长训他的时候，他可千万不能反驳，要不然就是一晚上的政治教育课。

没完了。

却没想到，宋院长说了两三分钟就不说了，宋斯南愕然——

宋院长去杂物室拿了根皮带出来。

宋斯南咽了一口口水："爸，咱有话好好说成吗，没到那个地步对吧？虎毒还不食子呢，爸，你冷静一下……啊……爸，你等等……我……啊！"

宋斯南满客厅跑，嘴里还不停地说："爸，你冷静一点，冷静一点，爸……啊！"

宋远征气得不行，干脆把袖子挽上去，抽一下念一句："学会打架了啊？聚众斗殴？打得够狠的啊！"

林景芝站在一旁干着急："老宋你这是干什么？孩子就是玩玩啊，老宋你住手啊！"

04

宋之漫洗完澡，拿着浴巾擦头发，就听到有人在敲自己的窗户，她转身就看到了宋斯南。

她连忙打开窗让宋斯南进来，关窗的时候眼睛往楼下一瞥，没有任何的落脚处。她有些后怕地说："你就不能走大门吗？每次都爬窗，就不怕掉下去啊？"

"这有什么好怕的，都爬这么多年了。"

听他说这话，宋之漫嗤笑。

她擦着头发，想着要快点干，又去浴室拿吹风机吹，再出来的时候，就看到宋斯南整个人躺在她床上，懒洋洋的。

听到动静，他突然开口："明天放假对吧？"

"嗯，怎么？"

"你明天……有什么打算？"他轻描淡写地问。

宋之漫从抽屉里拿出根皮筋，说："去看我妈吧。"

她一说完，宋斯南整个人就从床上跳了下来。她有些莫名其妙：“你这什么反应？”

宋斯南说：“我陪你去，看看阿姨。”

“你有什么好去的。”宋之漫拿着皮筋给自己扎了个马尾，拿出几片创可贴出来，向他示意，“过来。”

“干吗？”

“额头上破了一块。”她边说边走过去。

他个子高，比她高了一个头。为了方便她贴创可贴，他微微弯着腰，垂着眸。她踮脚，柔嫩的手指在他额间擦过，而他鼻间都是她身上好闻的味道。

贴好创可贴之后，两个人聊了几句，宋斯南就往窗边走去。打开窗户，夏日的热气马上涌了进来，他坐在窗沿处，回头看她：“对了，明天我陪你去看阿姨。”

“你真的要去吗？”她问。

“嘿，我骗你干吗？”宋斯南双手一撑，跳出窗外，从二楼的窗户处直接落地，拍了拍手，抬头看她。

他说：“明天你什么时候去，我好准备一下。”

宋之漫琢磨了一下，说：“七点吧，那个时候凉快些。”

“行，那个时候花店也应该开门了。”他说完，又从围墙那儿翻出去。

他动作熟练地翻出去之后，在墙外向她挥手：“回去睡吧。”

她双手放在窗沿，向他招手：“小心点你身上的伤，回去记得擦药。”

宋斯南往前走的动作未停，挥了挥手，示意自己知道了。

第二天，吃完早饭，宋之漫的爸爸宋鸿渊给宋之漫的手上缠了纱布，叮嘱她："我不在家的时候，尽量别碰水，吃饭去外面吃，自己就别倒腾了，明天就考试了，今天好好休息一天。"

宋之漫收拾着东西，随意应了一句："知道了。"

送走宋鸿渊，宋之漫也收拾好了自己的东西，书包往身上一背，从酒柜里偷偷拿出两百块钱，这才出门。

她一出门，就看到了站在院子里、手捧着一束鲜花、侧靠在墙边的宋斯南。他正低着头，拨弄着花。正是朝阳升起的时候，大片的橙色光辉映照在他的身上，夏季天气燥热，他穿着单薄的白色短袖，干净极了。

宋之漫慢慢地向他靠近，嘴角噙着一抹笑，等走到他面前的时候伸手拍了一下他："来这么早？"

宋斯南一转身就看到她，今天她特意穿了一条白色收腰连衣裙，衣服上有着浅淡的碎花印记，金丝边在阳光的照耀下分外迷人。

有一瞬间，他都移不开眼。他略微不自然地清了一下嗓子，把花扔给她，转身往外走："太阳都照你屁股上了，还早？"

宋之漫措手不及地接住这一捧花，有些愣，跟上前去，问他："你买花干吗？"

他像是被雷劈了一般，无比震惊地看向她："不是看阿姨吗？送给她啊！"

"哦。"宋之漫点点头，低头看着怀里的花束，大朵大朵的百合绽放着，散发出阵阵香味，因为有特别包装过，所以显得格外优雅、好看。

他们俩坐了两个小时的公交车才来到宋之漫的妈妈这里。这里是宋鸿渊选的，他说这里风景好，她妈妈喜欢山，喜欢鸟，喜欢安静。

这个墓园很干净，宋之漫穿着白色的连衣裙，手上捧着一大束鲜花，迎着太阳慢慢地往那边走。

宋斯南跟在她身后，保持着一米左右的距离。

宋之漫的妈妈叫隋欢，出身外交官世家，生前是一位翻译家，大学毕业就和宋鸿渊结婚了，两个人甜甜蜜蜜地过了很多年，后来有了宋之漫，三个人过得更是甜蜜开心了。

有一天，隋欢去接宋之漫放学，回家的路上遭遇车祸。虽然两个人都没怎么受伤，但隋欢在那场车祸中被检查出身患重症。隋欢在病床上躺了三个月就离世了。一场意外，却牵扯出了这些，让原本宁静温馨的家庭变得沉默冷清。

生命多残忍，生活多冷淡。

宋之漫站在隋欢的墓碑前，露出微笑："妈妈，我来看你啦，你还好吗，最近过得怎么样？"

宋斯南站在她身侧，也对着墓碑上的女子笑。照片上，隋欢眉眼极为好看，嘴角噙着一抹淡淡的笑，看起来优雅极了。

絮絮叨叨了一番自己的近况之后，宋之漫又说："妈妈，旁边这个是宋小四，就是住在我们隔壁的宋小四哦，你还记得他吗？他也来看你了。"

宋斯南放下手上拎着的袋子，对着墓碑深深地鞠了一个躬："隋欢阿姨，我是宋小四，您还记得我吗？我又来看您啦。"

他们两家一直是邻居，宋斯南对隔壁的这位总是拿着书在看的阿姨无比喜爱。

两个人待了两个小时，后来太阳又大又毒，宋之漫看到宋斯南一身汗，衣服都湿得可以拧出水来，才依依不舍地说："妈妈，我们走了，明天就中考了，我一定会努力，争取考一个好成绩。"

宋斯南也凑近，说："阿姨，我也会努力的。"

宋之漫白了他一眼："得了吧你，一上课就睡觉的人，能努力到哪里去？"

"哎，你说这话我就不乐意了，我天赋异禀啊，上课睡觉又不是不在听课。"

"难不成你边睡觉边听课？"

"嘿，那也不是不可以的！"

"宋斯南，你真的是病得不轻了。"

"哎，嫉妒我吧，嫉妒我不上课也考得很好。"

"嫉妒你什么哦！"

两个人越走越远，从远处吹来一阵风，吹得宋之漫裙摆飞扬，吹得百合花束香气四溢。

第三章

宋小四，我们回家。

01

第二天就是中考，宋之漫和宋斯南在一个考场，早上宋鸿渊开车送两人去考场。

宋鸿渊说了好久，该嘱托的都说完了之后，思忖片刻，问道：“昨天去你妈那里了？”

转头看向窗外的宋之漫一愣，点头：“嗯，去看了妈妈。”

“去看看她也好，告诉她你今天考试，让她别太担心。”

宋之漫小声说：“我和妈妈说了，今天是中考，我一定会好好考试，考出一个好成绩。”

正专心开车的宋鸿渊一愣，好久才说：“嗯，考个好成绩，不要辜负你妈妈的期望。”

考场外人头攒动，宋之漫一下车就钻进了人群，宋斯南慢了一步，一会儿就看不到她的人了，他有些气急败坏：“哎，等等我，走那么快干吗啊！喂！”

教室的走廊处都是人，宋之漫艰难地找到了考场所在的教室，趴在走廊处的栏杆上。没一会儿，她边上多了一个人，她以为是宋斯南就没理，却没想到那人主动和她打了个招呼：“嗨。”

宋之漫直起身来，转过去看来者。

是一张很陌生的面孔。宋之漫在脑海里搜寻了一遍，确定自己不认识她，于是只冲她微微笑了一下。

“你也在这里考试吗？”女生很主动地与宋之漫攀谈起来。

“嗯。”

“啊，好巧！”她笑得嘴角都快咧到耳根了，“我叫苏合欢，你叫什么呀？”

“合欢？合欢是爱情树啊。”

苏合欢乐了：“你怎么知道？很少会有人知道的。”

宋之漫眯着眼，笑吟吟地说：“我家院子里种了一棵合欢树，每年这个时候，树上都会开许多花。”

大片的绿叶中，略带红色的合欢花藏在枝头，不仔细看的话，根本注意不到。

宋之漫陷入沉思之中。

妈妈最喜欢合欢树了，因为是爱情树，院子里的合欢树，也是妈妈与爸爸亲手栽下的。每年春天的时候发芽，初夏的时候开花，合欢花小小的，被风一吹就在空中飞舞。她站在树下，不消一会儿就感觉自己身上落满了那粉色小花。

她回过神，身旁的女生眉眼带笑地看着她。

宋之漫当下就对这个叫“合欢”的女生产生了莫名的好感。

“我叫宋之漫。”她伸出手。

合欢开心地握住她的手：“宋之漫，你好呀。”

正好这个时候，宋斯南从人群中挤了过来，看着她俩握手的动作，他有些摸不着头脑：“这是……干什么呢？”

宋之漫向他介绍合欢，然后指了指他，说：“这是宋斯南，我从小玩到大的好朋友。”

宋斯南加了一句：“最英俊潇洒、帅气迷人的好朋友！”

合欢乐不可支：“哪有这么夸自己的啊。”

“这不就有一个吗？”宋之漫略带嫌弃地瞥了宋斯南一眼。

这时，考试铃声响了。

宋斯南硬生生地憋了一口气回去，只说：“考完再和你好好理论理论我说的是不是事实。”

宋之漫面无表情，理都不想理他，转身就进教室去了。

两天半的中考终于结束，宋之漫考得有点虚脱，还直犯恶心。一出考场就感觉有点头晕，她扶着墙，站立了一会儿，想缓解一下这种感觉。

最后一门是政治，这门功课是宋斯南的短板，交卷比她晚，等他一出来，就看到宋之漫扶着墙整个人无力地站在那里。

他连包都没拿，上前扶住她，一脸关心：“你怎么了？”

宋之漫伸手抓住他：“宋小四，我好像中暑了。”

他扶住她，让她靠墙站着：“我去叫人拿咱俩的书包，然后我背你去医院看医生。”

宋之漫无力地点头。她整个人都有点虚脱，只是潜意识里还知道面前的这个人是宋斯南，是她最值得信任的宋小四。

宋斯南匆匆跟人交代了一句，回到宋之漫身边，蹲下，她放心地趴在他身上。

宋斯南刚迈步，就听到身后有人叫宋之漫的名字。

“宋之漫！你怎么了啊？”是合欢。

他转过头去，向合欢解释：“她中暑了，我要带她去医院，请问你有什么事吗？”

合欢急了：“中……中暑了吗？我没有什么事，你快带她去医院吧！”她有点语无伦次，“我和你们一起去吧，我怕她出事。”

宋斯南皱眉，拒绝道：“不用了，这是我的事。”说完，立马往楼下跑去。

宋之漫醒来的时候已经是晚上了，睁开眼就发现自己躺在医院里，鼻尖是熟悉的消毒药水味。她感觉自己的手麻麻的，想动一动。

她抽了一下手，没抽动，再抽，还是没抽动。

她转头看向一边，顿时哭笑不得。

“宋小四，你压着我受伤的手了。”

宋斯南本来没打算睡的，可这几天的考试让他筋疲力尽，再加上高温，他是真的讨厌夏天，一到夏天，衣服上全是汗渍。而且背着宋之漫跑了那么远的路，又带她输液什么的，他整个人便都累得虚脱了。

原本他只是眯一下，不料，就这样睡熟了。

她一说话，他就醒了。

宋之漫的声音还有点哑：“我有点渴，宋小四，你给我倒杯水好吗？”

他连忙起身，去床头柜那里给她接水，然后自己先试了下温度才递给她。

她问：“我怎么了？”

“中暑了。”宋斯南的表情有点严肃，“你怎么中暑了也不提前说？要是在考场上晕倒了怎么办？我要是没提前交卷，你是不是就在走廊晕倒了？”

宋之漫有点心虚，拨弄着带着消毒水味的床单，恹恹地说：“我这不是好好的嘛！”

“万一呢，万一你在考场上晕倒，万一我没提前交卷呢？”

“没有万一。”宋之漫抬头看他，肯定地说，“没有万一，我现在好得很，身体没有出任何的毛病，这就说明了一切。”她顿了一下，又说，“别气啦，我这不还是好好的嘛！”

每次她一示弱，他就没有任何办法。

这次也是。

宋斯南叹了一口气，伸手抓了把头发，吐气：“算了。”

从医院回去的时候，宋之漫问宋斯南：“你考得怎么样？去一中有把握吗？”

宋斯南去报刊亭那里买了两瓶水，拧开一瓶递给她，剩下一瓶自己喝。冰凉的水沁人心脾，他一口气喝了大半之后才回她：“考得还行吧，也没什么不会做的，一中还是能去的，放心。”

他把水瓶放到书包里，问她：“你呢，顶着你那迷迷糊糊的小脑袋，考得怎么样？”

“你才顶着迷迷糊糊的小脑袋！”宋之漫当下反驳，“我肯定能去一中，放心好了！”

闻言，宋斯南的心定了下来，他眉开眼笑地说：“那就好，到时候咱俩还一起上学！”

02

中考才过了没几天，网上就出了答案。宋斯南向来不屑于对答案这种行为，宋之漫也觉得都已经考完了，事已成定局，再去对答案就没劲了。

但不是所有人都像他们，比如王少鹏。

王少鹏对了答案之后就往宋斯南家跑，本以为宋斯南也会打开电脑对答案的，却发现宋斯南和宋之漫并肩坐在地上，正对着一台超大的液晶电视玩游戏。

他瞠目结舌，这就是老师口中的好学生吗？

不一会儿，宋之漫被揍，一局结束，她扔下游戏手柄：“我渴了，下楼拿水喝。”

宋斯南慵懒地靠在床沿，说：“帮我拿根冰棍，绿豆的那个。”

“懒鬼。”她起身，一转身就看到了站在门口的王少鹏。

“嗨，鹏少。”她心情颇好，似乎没有因为游戏输了而不快。

王少鹏举着手中的答案向她扬了扬手："嗨，宋小漫。哎，你俩考得到底这么样？我可听说了，隔壁海军大院的路放考得特好，对答案的时候笑得跟朵花似的。"

路放就是那天和宋斯南打架的人。

宋斯南嗤笑一声，语气里带了点嘲讽："就那人，那副样，考得能有多好。"

"哎，那你还不对一下答案，看看你考得怎么样？"王少鹏又抖着手上的答案纸得意扬扬。

转眼，拿了东西的宋之漫走来，把冰棍递给他们两个人。

宋斯南撕了冰棍的包装纸，一口就含住大半的冰棍，凉气从口腔蔓延到胃部，整个人感觉畅快了不少。

他含含糊糊地说："都说了不对，小爷什么时候对自己的判断产生了偏差？那姓路的就嘚瑟去吧，让他嘚瑟嘚瑟几天，等到出成绩那天，看小爷我怎么傲视群雄。"

王少鹏说："哎，我看了这数学最后一题啊，有五个答案，我只写了三个，你写了几个？"

"五个。"宋斯南双手捞起游戏手柄，专心致志地对着电视画面继续奋斗。

王少鹏感叹："啧啧啧，真不是人，这都能答对！"

在一旁的宋之漫愣了一下，重复道："有……五个吗？"

她的语气有点疑惑和迷茫："我的答案好像只有三个。"

她仔细地回忆了一下，确定自己真的只写了三个，喃喃道："竟然还有两个，真是见鬼了。"

闻言，王少鹏瞪大了眼睛，舌头都捋不直了："你……你真的只写了三个？"

"对啊。"宋之漫走到门边把门关了，敞开的门导致冷气放出去好多，室内都快和室外温度一样了。

电视机里游戏的背景音还在继续响，而捏着游戏手柄的手正一寸寸地缩紧、放开，青筋暴起，宋斯南似乎不敢相信自己的耳朵，重复着王少鹏的问题：“你真的只写了三个？”

宋之漫一愣：“对。”她看了一眼答案，这下更确定了，“最后两个坐标我没解出来。”

她的记忆力向来不错，再加上她如此确凿的语气，让在座的两个人深信不疑。

“其实不是在最后一天中的暑，是在考试前一天，就是去见我妈妈那天，回来之后就有点难受了。那个时候没觉得有什么，等到了第二天，发现有点头晕，还犯恶心，就猜到自己有点中暑了。”她有点好笑地说，“真没想到会在这个关头中暑，真巧。”

最后一个“巧”字刚落下，她就听到“砰”的一声。

宋斯南就在她面前，重重地把游戏手柄砸到房间的角落，声音刺耳得其他两人浑身一惊。

“为什么不说？！”他气息不匀，心跳不稳，双手一捏一放，努力地控制着自己的情绪，“如果你考不上一中，我怎么办？”

“没什么大事。”宋之漫不以为意。

“那天一出考场你就晕了。”

“可我还是完成了考试。”

“最擅长的数学，没一次落马，却在这次少算了两个答案，你还真的只是完成了考试！”

他的冷嘲热讽一字一句地落下，宋之漫的脾气也上来了：“这都过去多久了，你还抓着不放有意思吗？而且我确实也完成了考试。再说了，即便我和你说我中暑了又能改变什么，你又不是医生，你还能治好我不成？”

宋斯南单手一撑站了起来，转过身看她。

他比宋之漫高了一个头，眉毛紧紧地皱在一起，表情盛怒，扯着嗓子说：“我能带你去医院！”

“我不需要！”

“废话，那天还不是我背你去的医院！”

“我求你了？”

宋之漫双手环在胸前，紧抿着唇看他。

两个人都在怒火之中，在一旁的王少鹏看得倒是有点乐不可支：“你俩吵架吵得太快了吧，没几句就吵起来。”

“你闭嘴！”

“你滚蛋！”

两个声音一同响起，王少鹏缩了缩脖子，伸手在嘴边做了一个拉拉链的动作，自动自发地滚到一边。

“王少鹏，把答案给我。”宋斯南突然说。

王少鹏哆哆嗦嗦地把答案揉成一团扔给他，然后继续缩在角落里，和被摔坏了的游戏手柄做伴。

宋斯南接过答案，一只手拎着宋之漫把她扔到书桌前面，一只手把答案摊开：“给我对答案！”

“我不！”宋之漫作势就要起身。

宋斯南发狠了，两只手压在她的肩上，用力地把她禁锢着，咬牙切齿地说：“我说，给我对答案。”

宋之漫抬起头，毫不示弱：“我说了，我、不、要！”

“不要也得要，由不得你。”宋斯南是真的不手软，“我告诉你，要是你上不了一中，看我怎么收拾你！”

“你烦不烦啊，啊？宋斯南你烦不烦！”宋之漫伸手就把宋斯南递过来的试卷撕掉，然后把碎纸屑往他身上砸，“我告诉你，就算我考不上一中也和你没关系，垃圾才会想和你上一所学校！”

宋斯南的最后一点耐心随着那些被扔到他脸上的碎纸屑消失得一干二净，他气急反笑，连说了三个“好”，目光直勾勾地盯着她，脱口而出：“这样最好，咱俩以后可别在一所学校，哦，不，最好高中都别见面，省得你见了我心烦！”

宋之漫咬牙切齿：“你说的！”

“我说的！”

“宋小四你给我等着，我要是和你在一所学校我就是垃圾！”

“我要是和你在一所学校我就是狗！”

宋之漫气急，站起来拔腿就往门外跑，刚拉开门，又折了回来。

见状，宋斯南的眼睛突然亮了一下，下一秒，宋之漫抬腿，猛地往他膝盖处狠狠地踢了一脚，疼得他“嗷”地叫了一声。

“宋之漫，你给老子等着！”

宋之漫梗着脖子，头也不回地走了。

宋斯南弓着身子，手护着膝盖，一连串的脏话从口中飙出。

一旁和游戏手柄探讨人生的王少鹏，被他俩“狗”来“狗”去和“垃圾”来“垃圾”去的话震惊了。

宋斯南火气旺得无处发泄，伸腿狠狠地在床沿处踢了一下。

“咝！”

真疼。他呈“大”字形倒在床上，顾不得脚上的疼痛，因为他发现，比起身体的疼痛，无法看见的更痛——心里隐隐刺痛，像是电钻往上面不断地打孔。

王少鹏缩在角落里，鼓起勇气开口：“宋小四，你还好吧？”

“不好。”宋斯南低声地说，语气里带着一丝不易察觉的委屈。

一点都不好，他闭上眼，心想：怎么会好，一点都不好，他快难受死啦！

王少鹏问："你不去道歉吗？"

"我为什么要道歉？又不是我的错。"

"可她是女生啊！"王少鹏往他这边凑了凑，说，"你以前不都这么说的吗？她是女生，咱们是男生，男的本来就应该让着女的。"

"这次没得让。"

"是她错了。"

"你别管。"宋斯南翻了个身，不让身侧的人看到他脸上的表情，最后几个字，他的声音轻得旁人无法听清，"我很难过。"

03

在出成绩之前，他们两个就真的再也没有见过面。宋之漫一直待在家里哪儿也不去，宋斯南却每天傍晚都去大院的篮球场和一群朋友打球。

下午五点三十分，宋斯南从家里出发，左手拿着篮球，右手拿着一瓶水。

经过她家门口的时候停下脚步，像是注意到了什么抬头往她的房间看，白色窗帘布轻微飘动。

——根本没有人。

他扯了扯嘴角，继续往前漫不经心地走去。而躲在窗户后面的宋之漫，轻咬着下唇，满脸失落。

这几天她反复思量，想了想还是自己做错了，不该瞒着他，不该任性，也不该和他吵架，可是……吵都吵了，还能怎么办呢？

她坐回位置上去，喃喃自语："宋小四，你该不会真不来道歉吧？我可是女生啊，你不是说你会让着我的吗？怎么这次不让我了？宋小四……”

直到出成绩那天，两个人才算是正式见了一面。

宋之漫先到的教室，她巴巴儿地坐在自己的位置上，等着后座的宋斯南过来。到时候只要她开口说一句“待会儿去吃冰棍吗”，他就应该知道她在讨好他吧！

班上的人越来越多，宋之漫等得有点累，右手撑着下巴无聊地看着窗外。

直到听到身后椅子拖地的声音，她才回神，惊喜地往后看——

宋斯南木着脸，靠着椅背，两只手环在胸前，见她转过身来，一脸“有何贵干”的样子看她。

宋之漫咬牙，拉下脸来：“你来了啊。”

“嗯。”

她找话题：“你怎么来这么晚？待会儿就出成绩了。”

宋斯南笑了一下：“你对答案了吗？”

“啊？没有。”

“转回去。”他说，“别对着我笑，烦。”

别对着我笑。

烦。

宋之漫被这几个字刺到，突然冷下脸：“知道了。”她转回身去，笔直地坐在椅子上一动不动。

而说完那一句话的宋斯南，心里满是懊恼。又犯贱又犯贱又犯贱！怎么就犯贱了呢？！她都主动来和你说话了啊！宋小四你刚刚装什么装！明明心里开心得要死还装！看吧，这下真的完了。

班主任很快就来了，她手上拿着全班的成绩单，一改往日的沉闷严肃，脸上都是笑意。

班里很安静，大家坐在自己的位置上，听着班主任念着一个个的名字，大家依次上去拿自己的成绩单。

宋之漫捏着手上的成绩单，闭了闭眼，下定决心翻开来看的时候班主任突然念到了一个名字。

“宋斯南。”

宋之漫手一抖，成绩单飘在空中，坠到了地上。

宋斯南起身上去拿成绩单，班主任喜笑颜开地拍了拍他的肩：“考得不错。”

宋斯南挑了挑眉，边走回来边看成绩单上的字——总分 632 分，全市排名第三。

很好的成绩，但他没有很开心。

他往回走，她弯下腰。

宋斯南停下脚步，宋之漫看着眼前突然出现的球鞋，一愣。在那发愣的几秒钟内，就看到面前多了一只手，捡起了她的成绩单。

“你等等！”宋之漫急了，想要抢回来。

宋斯南看着上面的成绩——总分 615，全市排名第三百一十四。

宋之漫不敢再动了，她感觉到宋斯南身上的戾气与愤怒。

她没看过成绩，因此并不知道考得如何，但是……他的表情似乎表明了一切。

“考得很糟吗？”宋之漫小声问。

“嗯。”他把她的成绩单和自己的叠在一起，放进自己的裤子口袋里。

“哎，你把成绩单还给我。”

宋斯南坐回位置上，瞥了眼台上的班主任，示意她别说话。

宋之漫在这种时候也不想太引人注意，但还是小声说：“你把我的东西还给我。”

“不还。”他朝她吐舌头，“就不还！”

宋之漫：“你幼不幼稚啊，宋小四？”

等到台上班主任演讲完毕，班上的人像是脱缰了的野马，甚至还有人号叫了几声。

宋之漫转身就向那人伸手：“快点，把东西还我，我还没看呢！”

“就那破成绩有什么好看的！”宋斯南漫不经心地挠了挠耳朵，“哎，我说你怎么到重要关头就掉链子呢。这么重要的考试，你考那点分好意思吗？全市排名都到三百多了，还读什么书啊！”

边上众人哭笑不得。

宋之漫愣了一下：“三百多名？”

“嗯。”宋斯南不情不愿地应了一下，“也就勉勉强强能进一中的普通班吧，实验班大概是去不了了。”

宋之漫说：“我什么时候说去一中了？”

宋斯南掏口袋的动作一顿，脑袋钝了：“你什么意思，你不是说了去一中的吗？”

宋之漫冷笑三声，站起身来，居高临下地看着宋斯南，说：“前几天刚说完的话您忘啦，要不我们再回忆一遍？您要真的不记得了，我可以把鹏少叫过来，把那天发生的事好好和您宋少说一遍。”

宋斯南放在口袋里的手紧握成拳，他当然没忘，记得比谁都清楚，连她盛怒时的样子都记得十分清晰，还用得着谁来帮他回忆？

“你什么意思？”他的语气很冷，像是冰碴一样刺在她身上。

宋之漫直视他：“没什么意思，是你自己说的不愿意和我在一所学校。”她顿了一下，笑，“反正我只考了三百多名，去一中只能去普通班，倒不如退而求其次去附中。附中的老师当初说过，只要我想去，实验班永远为我敞开大门。”

宋斯南气得肺都炸了：“你就这么讨厌我，不想和我在一起？，”

宋之漫没答话。

宋斯南气急反笑：“行啊，别在一所学校。我去一中，你去附中，咱俩以后井水不犯河水！”他伸手狠狠地朝她指了一下，又指了指自己，气得上火。

过了好一会儿，她没动，宋斯南语气不善：“还不走？”

宋之漫说：“我的成绩单。”

宋斯南从口袋里掏出来，想也没想，把两张成绩单都给了她。宋之漫也没看，径直就塞到自己的口袋里，头也没回就出去了。

宋斯南在原地生闷气，他觉得他不仅心疼，肺也疼，肝也疼，五脏六腑都疼！这人天生就是来气他的！

04

这次两个人是真的玩完了。

王少鹏连续几天都去找宋斯南打游戏，可是将近一周的时间，任凭他怎么把话题扯到宋之漫，宋斯南都有办法把话题转过去。而且，宋之漫也真的再也没有出现在他家。

宋斯南不说，王少鹏也不敢再问了，再问下去，他还想不想活了啊！

倒是宋斯南的母亲林景芝，在晚上吃饭的时候不经意地问：“之漫好像好几天没有过来了，你们两个又吵架了吗？”

王少鹏朝林景芝默默地竖了个大拇指，真是亲生的，用到了“又”这个字。

宋斯南夹菜的手一顿，很快恢复正常：“没吵架。”

“那怎么不见她来咱们家呢？而且之漫她爸爸这几天都在外

地出差，她一个人在家能照顾好自己吗？”

宋斯南扒拉饭的动作慢了下来：“她一个人在家？”

林景芝没好气地说：“你说说你一个大男生，怎么就不让着她点？”

宋斯南轻笑：“我还不够让着她啊，就差把她捧在手心里当我的优乐美了。”

闻言，王少鹏笑得发抖，米饭都从鼻孔里出来了。

林景芝用筷子敲了敲碗，骂他：“说什么胡话呢？”

“没什么！”

林景芝脾气好，心性平，耐心地说：“你啊，有时候要学会适当地低下头，之漫又不是不知理的人，你认个错，态度诚恳些，她就原谅你了。去把之漫叫过来，我和她有事要说。”

宋斯南转身上楼：“您要找她就自个儿找去，甭带上我，她嫌我烦。”

“你给我站住！”林景芝放下碗筷，把他给拉回餐桌旁，好说歹说，“我不是告诉过你，女生生气了必须第一时间去哄她，要不然她会记在心里，以后翻旧账，你都忘哪儿去了？”

“没以后了！”宋斯南火冒三丈，“她都不想和我在一个高中了，还有什么以后！”然后往门外走，“我出去散散心，您别管我。”

“嘿，你这倒霉孩子，怎么就不听我的呢？散步的时候顺便去之漫家向她道个歉。”她顿了一下，补充，“带个冰激凌过去，态度诚恳点，听到没？”

宋斯南双手捂住耳朵：“没听到没听到没听到。”他脚步稳健迅速，往外面走去。

夜色宁静如水，他趁着月光皎洁绕着大院走了一圈，在篮球场上又来回走了几圈，最后，不知道从哪个角落掏出一个篮球来。

偌大的篮球场，只有一个身影不断地来回跑动，单手运球，从一边跑到另一边，躲闪、跑动、运球，好像这是一场球赛，他一个人把所有在赛场上用到的动作都用上了。到最后，在三分线上，他侧目看了一眼，往后退了一步，抬手，扣腕，抛球。

——篮筐处发出清脆利落的声音。

篮球在地上弹了几下，然后往一边滚去。宋斯南的眼神，顺着篮球滚动的方向走，看到篮球停在一个人的脚下。

他抬头："宋之漫。"

宋之漫脚步一停，没回头："什么事？"

宋斯南咽了咽口水，坦白："不是，我想问你，你还好吗？"

呼，说出来了，太棒了！宋斯南内心有个小人在咆哮：宋小四你说出来了，你太帅了！接下去就是道歉，对，就是道歉，你是男人，道歉是你该做的！

宋之漫淡淡的："蛮好的，今天还去了新学校，感觉还不错。"

新学校？宋斯南惊得下巴都掉了："什……什么新学校？"

"附中啊。"

空气沉默了几秒，一阵风吹过，宋斯南暴跳如雷的声音响起："去什么附中？老子同意你去附中了吗？你就这么想离开我吗？宋之漫，做人不能没良心！"

"我怎么没良心了，当初我们不是说好了吗，你去一中，我去附中。"

宋斯南骂了句脏话，六神无主，哆哆嗦嗦地解释："那个时候是在吵架，吵架的话怎么可以当真？"

宋之漫双手插兜，淡然自若地说："我就是当真了，怎么样？"

"你够了啊，再作下去我不伺候了。"宋斯南浑身都是戾气，"适可而止、见好就收，宋之漫，你要是去附中，信不信我揍你？"

“你敢。”宋之漫高昂着下巴，“你来揍我试试。”

她一脸淡然，反观宋斯南，上蹿下跳，像个猴子似的。

宋斯南低下头，灯光在他身上投射出一大片阴影，他一半隐匿在黑暗之中，一半又深藏于光亮之下。

那一言不发的样子，看起来有那么点可怜。

宋之漫心生不忍，她也不过是有股气憋在心里，没见到他时，就想着见到他的时候和他心平气和一些，可是一见到他，脑海里面就有捣蛋分子不停地动，她忍不住和他斗嘴。

良久，他静静开口：“宋小漫，你去一中吧，我去附中。”他感觉喉咙干涩沙哑，每说一个字都牵动着无数的细胞，感觉比打了一下午的篮球没喝上一口水还难受。

他继续说：“你要真不想和我一所学校，没关系，我去附中，你去一中吧。一中理科好，你在那儿好好学。我不在你边上，也不会给你添麻烦，你可以心无旁骛地学习。”他像只被人抛弃的小狼狗，在风中可怜兮兮地颤抖，“你不想见我，我不会再出现在你面前了。”

他说完，转身离开。

宋之漫站在原地，头上是簌簌的树叶，月光给树叶勾勒出美好画面，在水泥地上投出一地斑驳浅影。

他说：“宋小漫，你去一中吧，我去附中。”

他可是全市第三，附中怎么配得上他？

他说：“你要真不想和我一所学校，没关系。”

她怎么不想和他一所学校，怎么就没关系呢？

他说：“你不想见我。”

说话的时候那么那么委屈，让她在一瞬间有想哭的冲动。

宋之漫拔腿就跑到他的面前，伸开手拦住他，眼里盈满泪水，却一直不肯落下。她看着他，问："你刚刚说的话都是真的吗？"

宋斯南没回答，死死地盯着她。

她接着说："宋斯南，你才没良心，你的良心都被狗吃了。"

宋斯南的心被狠狠地揪了一下，语气里满是难过："我刚刚说的都是真话。"他停顿了一下，在她亮起来的眼神中接着说，"但那又怎么样？是你不愿意和我在一所学校的，不是我。"我才是那个眼巴巴想和你在一起的人。

"你滚蛋！宋小四！"宋之漫骂他。

宋斯南表情变了一下，瞬间又收回："你这是什么意思，宋之漫，你自己说的话你都忘啦？"语气里有点得意。

不过，处在悲伤之中的宋之漫并没有领悟到，她吼："你还说过'我去一中你就去一中'，你忘了吗？！"

"那你的意思是，我们两个一起去一中咯？"

宋之漫顿觉脸上无光，没好气地哼了一声。

宋斯南得寸进尺。

"你不是说了'宋小四你给我等着，我要是和你在一所学校我就是垃圾'？"他模仿着她的语气，阴阳怪气地说。

宋之漫也想起来自己说过的话，臊得脸通红。

宋斯南冷哼两声："这下，可是你求我和你一所学校的哦，不能怪我。"

宋之漫无言以对。

对，是她说的。

自作孽不可活，她忍。

"确定要和我一所学校，去一中？"

宋之漫干脆利落地回答："嗯。"

"真的？"

“真的。”

“没骗我？”

“骗你是垃圾。”

“嘿，你不就是垃圾吗？”他逮住那句“宋小四你给我等着，我要是和你在一所学校我就是垃圾”，此刻得意忘形了。

宋之漫有点无语，瞪了他几眼，然后转身回家。

宋斯南迈开大长腿，几步就走到她边上，欠揍似的看她一眼，那眼神明显就是“看你那小短腿哦，这小步伐迈得，真是可怜”。

宋之漫恶狠狠地朝他瞪了一眼，随即就看到他耷拉着脑袋十分委屈地看向她。

月色皎洁，星光璀璨，耳边是不断起伏的蝉鸣，道路边的路灯光影昏暗迷离，她朝他伸手，嘴边噙着一抹浓重明媚的灿烂笑意：“宋小四，我们回家。”

宋斯南像是被蛊惑了一般回握住她的手，与她并肩走向回家的路。这一路，星光洒下，一地银白。在路的深处，是见不到底的黑色未知，在路的尽头处，是黑暗之后的黎明。

他们互相扶持，互相依靠，慢慢地、慢慢地走去。

第四章

原则这种东西，向来是因人而异的。

01

没过几天，宋之漫和宋斯南去外面玩，宋之漫闹着要吃甜筒，跑到一家冰激凌店去，宋斯南转身去隔壁的奶茶店，点了杯奶茶，找了个角落的位置坐着等她。

等到宋之漫拿着个甜筒过来的时候，两人就看到了对面的人。

那人朝他们招了招手，隔着人群在那边喊："宋小漫，宋小四！"

宋斯南往出声的方向看去。

"鹏少？"他疑惑，伸手往走近了的王少鹏肩上砸了一拳，"不是补觉去了吗？怎么出现在这里了？"

王少鹏嬉皮笑脸地往边上一躲，对他说："我来见个人。"

"什么人？"

"嘘，秘密。"

宋之漫眯着眼："朋友，再见。"

宋斯南拉下王少鹏的手："啊，朋友，再见。"

王少鹏挥了挥手："别这样，朋友，大家还是朋友，我告诉你们还不行嘛。"

王少鹏脸上疑似出现了一抹称得上是"娇羞"的表情，特不好意思地说："我来见网友。"

"啊？"宋斯南和宋之漫异口同声。

宋之漫第一反应是："见网友？鹏少，你脑子进水了吗？"

宋斯南则不赞同她这种看法，相反，他关心的是——"长得好看吗，胸大吗？"

闻言，宋之漫白了他一眼："别猥琐。"

宋斯南闭嘴，清了清嗓子，纠正：“长相是否端正俊美，是否有内涵？”

宋之漫哭笑不得。

王少鹏挠挠头，说：“我也不是很清楚，今天第一次见面。”他指了指不远处的肯德基，“我们约好在那儿见。你们能陪我一起去吗？”眼神里充满期待。

“好啊好啊。”宋斯南同意。

“不要。”宋之漫果断拒绝。

宋斯南瞥宋之漫：“去，必须去。鹏少可是我好兄弟，咱必须去，要是遇到坏人我们好歹能保护他呢！”

宋之漫看着鹏少那结实的身材，迷茫：“谁保护谁啊？”

“啧，不许反对。”宋斯南单手捂住她的嘴，笑嘻嘻地对王少鹏说，“走吧，她同意了。”

宋之漫被宋斯南捂住了嘴，暗地里翻了个白眼给他，把他的手拉下来，无奈地点头：“走吧。”

宋斯南去买了一个全家桶过来，三人一人一杯可乐，坐在靠窗的位置喝着。

宋之漫拿了块鸡排啃，含混不清地问王少鹏：“鹏少，你们约的是几点？”

王少鹏看了看表，咂了下嘴：“还有五分钟。”

他往四处看看，摇头晃脑的，还拉了拉宋斯南的衣袖，叮嘱他：“她说她穿着白色的长裙，背着个帆布包，头发大概——到腰？反正蛮长的，你们要是见到这么个女生一定要告诉我啊！”

宋斯南也探头往四处看。

宋之漫啃了块鸡排，想去上洗手间，拉了拉宋斯南的衣袖，小声说：“我想去厕所。”

宋斯南心思不在她身上，随意地摆了摆手："去吧去吧。"

她离开位置，往洗手间走去。

宋之漫刚进洗手间的隔间，就听到外面有个女生在说话，似乎是在打电话。

"嗨，我就来见个网友，你干吗？"

宋之漫眨了眨眼，不会是……鹏少的网友吧？

她接着听。

"哎呀，我之前没给过他照片，就说了我今天穿的是什么衣服、背的是什么包，对，就穿了那条白色的长裙。"

白色长裙？八九不离十了。宋之漫起身，打开门想走出去看看这位女生长相如何。

那女生又说："他在网上说过的，喜欢和长相没有关系！"

宋之漫一愣，脚差点滑了一下。

她轻轻地推开门，看到背对着她的背影，有点不确定，又犹疑地打探了四周一圈，发现拿着手机打电话的人确实是她面前的这一个。

长发及腰，对上了；

白色长裙，对上了；

帆布包，也对上了。

宋之漫直愣愣地站在那里，有点反应不过来，鹏少他知道吗？他的网友，大概有……一百八十斤？在她发呆的时候，那女生挂了电话，洗手，看向化妆镜，整理了下自己的头发，然后走出了洗手间。

宋之漫神游着走回位置上，拿着可乐就往嘴边递。她在脑海里回忆那个女生的长相，其实还不错呢，就是胖了点，不知道鹏少会不会喜欢这种类型的。

宋斯南见她一副不在状态的样子，笑得春风荡漾：“宋小漫，你是厕所精吗？”

什么？厕所精？

听上去就臭臭的。

宋之漫嫌弃地看他：“恶不恶心啊你！”

“要不然，怎么去了厕所一趟就……心不在焉的啊？”

宋之漫撇嘴：“我怎么就心不在焉了啊？”她注意到宋斯南边上空无一人，问他，“鹏少呢？”

“去见网友了。”

“啊？”宋之漫惊呼。

“一惊一乍的干吗？”他伸手，越过桌上偌大的全家桶，把她面前的冰可乐拿过来，自顾自地喝了一大口，笑意依旧，“你说说你，上个厕所，魂都被勾走了，不是厕所精附身还能是什么。”

“快，厕所精，快快现身！”宋斯南拿过全家桶上的盖子，对着宋之漫一声大吼，“我叫你一声厕所精，你敢应吗？”

宋之漫嘴角抽搐了一下，两下，三下，下一秒她直接拿着鸡腿堵上了他的嘴。

宋斯南嘴巴里咬着鸡腿，含混不清地“嗷嗷嗷”叫，伸手想把鸡腿拿下来，结果宋之漫一个瞪眼，他不敢动了，默默地吃。

宋之漫看了下桌子，确认放在自己右手边的是自己的可乐，咬着吸管喝了起来。她边喝，眼珠子边往四周转，终于在一张圆桌那边看到了王少鹏和他的网友。

咳！还真的是在厕所遇到的那个女生。她咬着吸管，全神贯注地看着那个方向。

宋斯南见她这么专注，顺着她的眼神也往那边看，疑惑地问她：“看什么……呢？”最后一个字出口，他的下巴都要一起掉了。

“这这这……”宋斯南瞠目结舌，“那那那……”

宋之漫皱眉：“什么啊？”

宋斯南捋直舌头，指着那个方向，有点难以置信：“那个，是他的网友？”

他的反应让宋之漫有点难受：“你这个表情是什么意思？”

“不相信的意思。”他喃喃着，“这么胖……啊……”

“你歧视胖子？”

“不……不是。”宋斯南皱眉，“鹏少不喜欢胖的。”

宋之漫没说话，一脸凝重地看那边。宋斯南也没说话，两个人都支着脑袋，目光聚集在一块地方。

不远处，鹏少的表情也很凝重，额头上都在冒汗。他没想过会是这么胖的啊！真的，当初她说了她很胖，王少鹏以为“很胖”差不多就是一百四十斤，一米六的身高，这样的体重，他能接受的啊。但是现在，这个体重，是不是……爆炸了？

宋斯南注视着王少鹏的表情，抬腿踢了下宋之漫，在宋之漫皱眉的时候说：“那个，要不我们和鹏少一起吃吧，感觉那女生蛮尴尬的。”

宋之漫点点头，收拾了一下桌子上的东西：“我们过去吧。”

宋斯南接过那盘吃的，先起身往那边走去。

王少鹏的网友叫余斯羽，下半年初二，比他们小了两届。

宋之漫坐在她边上的位置，朝她伸手：“你好，我叫宋之漫，是鹏少从小玩到大的朋友。”

余斯羽看着她伸出来的手，细腻白皙，自己放在桌子下面的手，肉肉的，看不到骨头，自卑感又上来了。

“嗯，怎么啦？”宋之漫问她。

宋斯南也问："小师妹害羞了是吗？"

他们两个很会调控气氛，没一会儿余斯羽就爽朗地和他们攀谈了起来，只是看向王少鹏的眼神多少变了味。

王少鹏大概也知道那么点原因，也没硬凑上去。

只是到底还是怪尴尬的，在电脑上聊得热火朝天的，现实生活里却连一句问好都憋了好几次才说出口。

宋之漫问他："讨厌吗，对她？"

王少鹏摇摇头，老实地回答："不讨厌。"他抬头看着蓝天，"只是，不喜欢了。"

网络上的情绪，来得快去得也快，没几天他就恢复原样，和宋斯南两个人没日没夜地打游戏，偶尔和宋之漫、宋斯南一起出去玩。

02

这天，三个人又聚在一起。

三个人无可避免地谈到了那次见网友的事情，纷纷感慨："见网友需谨慎啊。"

宋斯南嬉皮笑脸的："鹏少，你好像很有感触嘛！"

"那可不！我可是过来人。"王少鹏抬头，四十五度角望天，"你们以后千万别像我，最好找一个知根知底的，虽然说兔子不吃窝边草，但是到嘴的肉不能飞了不是。"

宋斯南表情古怪，看了眼宋之漫，同一时刻，宋之漫也看向了他。两个人的眼神撞在了一起，宋之漫"咳"了一声，双颊通红地转过去，低头掩饰自己骤变的脸色。宋斯南看到她透红的侧脸，心情大好，甚至还吹起了口哨。

三人走在一条鲜少有人的巷子，巷子两边是满墙枝丫，还有墙内茂盛的樟树探出枝干来，绿意盎然。傍晚的时候，热潮渐退，橙色阳光照在巷子深处，投射出一抹好看的剪影。

到拐角的地方，他们却突然停住。

在他们面前五六米的地方，站着一排穿着迥异的男人，手上都拿着木棍，头发是五颜六色的，一行人看到他们，不怀好意地笑了。

他们三人停住脚步，不敢上前。

宋斯南下意识就把宋之漫拉到自己的身后，皱眉："鹏少，你惹什么事了？"

王少鹏看着面前的架势，咽了一下口水："那个，宋小四，你觉得我像是会惹事的人吗？"他瞅了眼宋斯南，"不会是你惹到谁了吧？"

他话音刚落，宋斯南就清了清嗓子，提高了声音，问对面那群人："哥们儿，找谁啊，这么大架势？"

最中间的黄毛嗤笑了一声，抬手把那棍子架在肩上，一副地痞流氓的样子，然后又拿着棍子指了指他们三个，最后，在王少鹏那里停下："我找你，给我出来！"

王少鹏吃了一惊，他反手指向自己："找我？"

"对啊，就找你，'左手倒影'是不是你？"那人不耐烦地问。

"对。""左手倒影"是王少鹏的QQ昵称。

"那就没错了。"黄毛指了指宋斯南和宋之漫，"你俩没事就待一边去，别在这儿碍眼，老子要揍人了。"

宋斯南偏头，小声说："待会儿他们一跑过来，你就马上往人多的地方跑，听到没有？"

宋之漫双手紧紧抓着他的右手，皱着眉："那你呢？"

他笑了一下："我陪他。"

宋斯南把手从她手心抽出来，笑得一脸匪气："哎，不是，现在都流行不打声招呼就上来堵人是吗？打人总要有个理由吧。"

黄毛带头走了过来，身后的人也跟着他走，一大堆人，气势足得很。

"真想知道为什么揍他？很简单，给他换个三观。"黄毛啐了一口，"这小子，竟敢看不上我妹妹。我妹妹怎么了？哪里不好了？不就是胖了点吗？就那么嫌弃，啊？胖怎么了？在网上聊得那么嗨，有本事出来聊，没本事和她在一起啊？！"

敢情是这件事。

宋之漫一脸怨念地看向王少鹏，恶狠狠地骂他："你真是够了，这叫什么事啊？"

王少鹏愁眉苦脸："现在是说这个的时候吗？现在要说的是怎么逃啊，我们仨怎么打得过这么多人啊？！"

宋斯南瞥了他一眼，轻飘飘地开口："什么我们仨，是你。谁惹的，谁解决。"

王少鹏瞪大了眼睛："宋小四，你不能置兄弟于不顾啊！"

宋斯南心想：我不能为了兄弟而让我的女人犯险不是。

只是这句话没法说出口。

他改口："别烦，待会儿你解决你那边边上两个，其他的我负责。之漫……"他小声地叫她，叮嘱她，"待会儿快点跑，跑到人多的地方，别给别人打电话，更不能报警，知道吗？"

"那你们……"

"没事，我们顶多挨顿揍，没什么大不了的。"

兴许是见他们一直在说话，对面不耐烦了："嘿，你们磨磨叽叽、磨磨蹭蹭干吗呢？都说了，没事就走。怎么，还不走，等着挨揍啊？"

宋之漫只听到耳边一句“跑”，她转身就跑，大步地、不回头地、快速地奔跑。

宋斯南弯腰捡起地上的石头，抬手就往那边扔。王少鹏有样学样，只可惜他从来没有打过架，准头并不太好。

宋斯南反应灵敏，动作迅速，拳脚功夫不错，对付这些小混混绰绰有余。

可那边的人多，一打起来，饶是宋斯南拳脚再快，也不及那根根向他挥来的棍子。一棍接一棍，打得他没有半点反抗之力。

宋斯南咬牙承受，屈着腿想要站起来，背上又是重重一棍，他感觉自己的背都要炸了。而边上就是王少鹏的嘶吼声，一阵接一阵。宋斯南死命地咬着牙，双手撑起自己想要站起来，可是围着他的一群人哪里会给他机会啊！

空气中弥漫着一股血腥味，在他被揍得头晕目眩，想要放弃的时候，突然听到有人大吼了一声：“警察，在这里！”

围着他俩的小混混瞬间被震慑住，你看看我，我看看你。

“差不多了，咱走吧？”

“对对，警察来了，咱走吧？”

窸窸窣窣的脚步声，一群小混混一会儿就走得没影了。

王少鹏倒在地上，没有一点力气。

接着，清晰的脚步声由远及近。

宋之漫大吼：“宋小四！”声音里满是哭腔。

她跑到宋斯南的身边，半跪下来，看着宋斯南身上满是灰尘，脸上乌青，嘴角处、鼻子里流出一大片的血，眼睛也被打肿了。

她无从下手，连抱他都不敢。

“宋小四，你怎么了啊？”

宋斯南睁眼，看到是她，于是轻轻抬手，摸着她的脸，努力地扬着笑，说：“宋小漫，别哭。”却在下一秒，大惊失色。

原来那群混混并没有走远，而是派了一个人悄悄地折回来了，那个混混并没有看到警察，心下一阵愤怒，于是抡起棍子就往宋之漫身上打。宋之漫背对着那个人，根本不知道有人折了回来，她一门心思只在宋斯南的身上。

宋斯南用最后一分力气抱住宋之漫，把她压在自己身下，承受着那一棍又一棍的击打。他咬牙，不让自己发出一点声音。宋之漫听着那来自他背上的声音，眼里的泪意更甚，她伸出双手，环抱住他，想要帮他承受哪怕只是一分的痛苦。棍子一下接一下，两个人死死咬着牙，紧紧地拥抱在一起。

03

宋之漫醒来的时候，已经是晚上了。她抬了抬手，钻心的刺痛从手指传到大脑，整个人被那短暂的痛感麻痹了。

她张嘴，喉咙干涩沙哑：“宋小四。”

假寐中的宋鸿渊惊醒，连忙上前看她：“之漫，醒了，现在感觉怎么样？”

宋之漫问：“爸爸，我的手怎么了？”她感觉关节里都在疼。

宋鸿渊急忙说：“没事没事，只是骨折了，没关系的，不影响你以后的生活的。还有哪里不舒服的吗？爸爸找医生过来。”

宋鸿渊从床头柜那儿拿出一个保温杯，倒出一杯水，手背贴着杯壁试了下温度，觉得合适才递给她：“之漫，和爸爸说说吧，到底是怎么回事？”

宋之漫沉默着。她敛着眉，低垂着眼，在想些什么。良久，她说：“和宋小四没关系，他让我跑的，是我自己折回去的。”

宋鸿渊闻言叹了口气："你啊，就知道护着他。"他颇为无奈，"我知道你没事，可是我这道坎过不去，我捧在手心里的心肝宝贝，只不过半天的时间就成了我面前的样子，之漫，爸爸现在很自责。"

他经历过太多的生死离别了，妻子的车祸与逝世，满地流淌的鲜血与医院病床的白床单，勾起了他内心深处的恐惧。

"在你开学之前，任何地方都不许去，好好在家里待着，我会和你姥姥、姥爷商量一下，让他们过来看着你。"

宋之漫不解："爸爸，你这是要干吗？！"

宋鸿渊帮她把滑落的被子拉上去，温声说："之漫，你要原谅爸爸，爸爸这是对你好。"

如果你曾经历过宋鸿渊的人生，那你一定会明白，他此刻的小心翼翼，全部都源于深爱与疼惜。

"这几天就待在医院，爸爸请了假，一直陪着你。"

宋之漫闷闷地应了下来。

而与她一墙之隔的宋斯南睁着眼，与宋院长对视。

宋院长问边上的主治医生："这臭小子哪里伤了？"

主治医生回答："手部、腿部有轻微的骨折。"

宋院长听了冷笑："骨折？怎么不断了？"

宋斯南咧嘴笑了一下，不小心牵动了嘴边的伤："啧……爸，我可是你亲生的啊！"

宋院长不置可否："我倒宁愿是捡的。"他挥手让主治医生出去，病房内就只剩下他们父子二人。

他理了一下白大褂，在房间找了个位置坐下："平常打架不是挺厉害的吗？这会儿怎么就认输了？看看这伤的，小胳膊小腿，被人揍得没一点好的。"

宋斯南轻蔑地笑了一下："爸，您是不知道，我一个人打九个人啊！鹏少可是真弱，让他一挑二都打不过。”

宋院长面无表情：“你妈就是太宠你，打架、斗殴、说脏话，样样都来齐了，宋小四，你真是给我长脸啊。你说要不是之漫报了警，我现在是不是就见不到你，得和你妈每天以泪洗面了？”

这句话一出，宋斯南就沉默了。宋斯南虽然常被人叫痞子流氓什么的，但他自小生活在什么地方？大院啊！脑子里的思想正派着呢，知道什么是对的、什么是错的，哪些该做、哪些不该做。可那群人是什么人啊？三教九流的地痞流氓、小混混，打起人来不要命！

宋院长说：“你伤成这个样子，我不心疼，可人家之漫伤成什么样子了你知道吗？那双手上都是血，人家小姑娘从小就被宠着捧着，我也是拿她当女儿的，她送进医院来的时候，浑身是血，我现在想想都心悸。”

宋斯南心上被狠狠一击：“爸，之漫她怎么了？”

“你还好意思问她怎么了？要不是你，之漫她现在好好地待在家，而不是和你一样躺在医院。你们仨今天可真是出尽了风头，整个大院都传开了。”

宋斯南掀开被子，作势就要下床：“之漫在哪里，我要去见她。”他腿一落地，整个人便倒在地上。

“骨折了，别作。”宋院长淡淡地说，也不上前，就隔着一张床看他，“这段时间好好养伤，哪儿也别想去，你要是敢迈出病房一步——你知道，这件事我还没找你算账，到时候，一起算。”

宋斯南双手撑在床沿处，想要站起来，咬着后槽牙说：“爸，我就去看看之漫，看完就回来。”

“没门。”宋院长站了起来，看着宋斯南咬牙想要站起来，却又无法站立，额头上不断地冒汗，硬生生地忍住那股上前去扶住他的冲动。

“你做错事，你就要承担责任，这是我从小就教给你的，但是很遗憾，你一点都没学会。从今天起，你就在这里好好反省，什么时候反省好了，什么时候我再放你出去。还有，别去骚扰之漫。”

他的儿子，是热血、是果敢，也有智谋，但是内心里还像个孩子，幼稚到不可思议的程度。他只有这么一个儿子，必须狠下心，让儿子面对人生中的成长。

宋远征说完便径直离去。

宋斯南和宋之漫在同一时刻被关禁闭。

关禁闭的这段时间，宋之漫和宋斯南两人用了各种方法、使尽各种手段，愣是没见过一面。一直到开学前一天晚上，宋斯南实在忍不住了，趁林景芝和宋远征吃完晚饭出去散步的空隙，他偷溜出家门，轻车熟路地翻上宋之漫家的墙，又快速地爬上她的窗台。

“宋小漫，宋小漫……”他轻声叫她的名字。

宋之漫正整理去上学的东西，似乎是听到有人在叫她的名字，停下手上的动作仔细听了一下，半晌，跳到窗台边，打开窗户。

她眼里有数不尽的惊喜：“宋小四！”

宋斯南双腿踩在墙上，双手撑着阳台，表情狰狞：“你先让我跳进去。”

宋斯南双手用力，双腿微屈，借力跳了进来。

“宋小漫你防谁呢？把下面的台子拆了，老子爬得累死了。”

“我爸拆的，防谁？防你。”

宋鸿渊的原话是：“那臭小子一点都不避嫌，每天晚上往你房间跑，我这好好的乖女儿可不能被他荼毒了。”所以，他把窗台下站立的台子拆了。

宋斯南面部抽搐了几下，心里有些酸涩：“这，我又干不了什么，你爸太多心了。”

“是啊，是啊。”宋之漫答，“我爸拆了也没用，你还不是照样爬进来。”

“嘿，那也得你给我开窗不是？”宋斯南笑。

宋之漫闻言一愣，是啊，要是她不开窗，他如何进得来？她爸爸把所有的都谋划好，唯独漏算了一样，那就是她。只要那个人是宋小四，她就一定会开窗的。原则这种东西，向来是因人而异的。

她低下头继续整理东西：“是啊，我会给你开的。”

宋斯南坐在她书桌上，单脚点地，看着她整理着东西忙碌的模样，突然开口：“明天，我不能和你一起上学。”

“为什么？”

“我爸让我走路过去。”他不耐烦了，“老头贼烦，让我走路上学，估计我得比平常早起一个小时，你就坐公交车过去吧，别和我一起。”

“走路？”宋之漫觉得有点不可思议。

宋斯南伸手掏了掏耳朵，面无表情地重复了一遍：“走路。”

“宋伯父可真狠啊。”宋之漫想到宋斯南背着书包，一个人慢悠悠地往前走的样子就止不住笑，“宋小四，祝你好运，哈哈哈！”

“宋小漫，你够了啊，笑得有点夸张了。”

宋之漫闭嘴，三秒之后：“哈哈哈哈哈哈哈哈哈！”

04

第二天开学，公交车里人很多，宋之漫被人推搡着好不容易找到了个位置站稳，没过多久又是一个车站，又有一批人上车。她扶着扶手，整个人几乎都靠在那扶手上，在满载的公交车上缩成一团。

宋之漫呆呆地看着窗外，直到——

屁股上传来温热的感觉，像是有人伸手摸她一般。

她皱眉，扭了一下身子，那只手就消失了。然而不过几秒，那只手又凑了上来，而且渐渐地有往上的趋势，那只手不停地在摸，在她背后移动。宋之漫咬着下唇不敢发出任何声音，她低下头，仔细观察着周围的情况，想要找出始作俑者到底是谁。

然而，不过几秒，那只手就消失了。一个人靠到她身边，两只手护着她，抓着她面前的扶手，把她整个人都包围在自己的怀抱里。

宋之漫讶异地抬头，入目的是一个很好看的男生，剑眉星目，棱角分明。

他低头，轻咳了一声，关怀地问她："你还好吗？"

宋之漫感激不尽，小声道谢："谢谢你。"

他摇头，极有礼貌地说："没什么，只是小事而已。"

他往身后看了一眼，刚刚那个人已经移到了后车门的地方，估计是准备在下一站下车了。他叮嘱道："车上人多，很多人会趁机做些什么，你一个小女生，多注意一点。"

宋之漫乐了："难不成你也会趁机对我做什么？"

他僵住，皱着眉，似乎真的在认真思考这个问题："嗯……说不准。"

"哈哈哈哈哈！"宋之漫顿时觉得他不止有礼貌，还极其有风度，她伸出手，自我介绍，“我叫宋之漫，一中的。”

“哈，这么巧。”他回握住她的手，不过几秒便收回手，在礼节方面做得格外妥帖，“我叫封嗣，也是一中的。”

“你也是一中的！”宋之漫惊呼，“好巧哦。”

“是啊。”封嗣问，“我是（8）班的，你呢，你是几班的？”

宋之漫迷茫：“已经分过班了吗？我怎么不知道？”

封嗣想了一下，耸肩：“抱歉，我也是家里人和我说的，分班名单估计今天会贴在楼下布告栏里，到时候你就能看到。”

原来是这样，宋之漫点点头。

十分钟后。

宋之漫一只手拉着书包肩带，一只手滑着贴在公告栏上的分班名单。

指尖停留在高一（8）班的位置。

她接着往下滑——封嗣。

他的名字是这样写的啊。

她顿悟，回头看了封嗣一眼。人群中，他傲然站立，像是一株白杨，干净利落又简单帅气。他似乎察觉到她的目光，往她这边看了一眼，微微一笑。

宋之漫的嘴角也不自觉地上扬，她回头，手指微动，在这张名单上上下滑着，再三确认，她和宋斯南竟不在一个班级。

啧！某人看到大概又要疯了吧。

她视线突然停下，在最末尾的地方，找到了一个熟悉的名字，颇为意外：“苏合欢？”

“到！”身后传来一个响亮清脆的声音。

循着声音往后看，宋之漫在人群中一眼就看到了苏合欢。

苏合欢站在封嗣边上，朝她招手：“宋之漫！”

宋之漫走过去，眉开眼笑：“我们竟然是一个班的。”

合欢上前拉过她的手：“上次好担心你，想找你，却发现没你电话。”然后笑笑，撒娇似的说，“你可要照顾我啊，我成绩不好，脑子又笨。”

宋之漫诧异，这可是一中啊，全市成绩最好的人都在这里了，她怎么可能如她口中说的“成绩不好、脑子又笨”？

合欢似乎猜到她心中所想，于是解释：“我是特长生，你们是考进来的，我啊，我是跳进来的。”

“跳进来？”宋之漫看她。

封嗣在一旁解释：“她从小就学芭蕾。”

宋之漫点点头，又觉得他俩不对劲，感觉两个人之间……很熟稔，她扫视着他们，提出疑惑：“你们两个，以前就认识吗？”

“我是她邻居。”封嗣说。

苏合欢在一旁点头附和，然后补充了一句：“阿嗣可是以全市第一的成绩考进来的，他成绩相当不错呢！”

全市第一啊，那真的是很不错了。

宋之漫：“那你可以让封嗣教你学习啊。”

合欢摇头：“他教我……怎么说呢，他的思维太跳脱了，我跟不上。”她挽着宋之漫的手，带着宋之漫往教学楼的方向走，边走边说，“而且，比起他，我更喜欢你啊，之漫。”

宋之漫心下一暖，像是被温热的微风拂过发尾一般，搔得人心痒。

“我也喜欢你。”她跟着合欢和封嗣的步伐走，没走几步又想到了什么突然收脚，“我……我突然忘了一个人了！”

苏合欢转过头，疑惑地看着她。

封嗣扭头，眼里带笑，他所在的位置恰好背光，逆着光，身披暖阳，衬得他更加面如冠玉。

苏合欢惊呼：“宋斯南也在这所学校吗？”

宋之漫点头，语气里难得带了几分骄傲：“对，他是以全市第三的成绩考进来的。”

苏合欢因为震惊，眼睛放得极大：“他是全市第三，好厉害啊。”

封嗣点头赞同：“是很不错。”

宋之漫满意地勾唇，她拍了拍苏合欢的肩，说：“我去找他，待会儿再去教室找你们。”

“我们和你一起吧？”合欢建议，拉着宋之漫的手和封嗣的手，往公告栏那边小跑过去。

第五章

宋之漫有点难过地想，真的，除了他，她再也没有关于别人的回忆了，哪怕是自己孤独一人的回忆，也不多。

01

宋之漫在人群中搜寻着宋斯南的身影，最后，在公告栏最左侧看到了他。

宋斯南气急败坏地对着王少鹏发牢骚：“我竟然不和宋小漫在一个班？凭什么啊，你说说看，凭什么？”

王少鹏听了十几遍了，耳朵上都长茧了，他再一次掏了掏耳朵，对宋斯南说：“我怎么知道？”

“啊啊啊啊，气死我了！”

宋之漫在离宋斯南三四米距离的地方站住，叫他：“宋斯南！”

一听到她的声音，宋斯南就反应极快地转过头。

“宋之漫。”他低垂着头，语气颓然。

她问：“你在几班？”

“七班。”

“在我们隔壁啊，挺好的。”

宋斯南上蹿下跳，不满：“不好，一点都不好！连鹏少都和你一个班，凭什么我不能和你一起？”

宋之漫说：“这个……怪我咯？”

苏合欢的声音弱弱地响起：“其实，我们和之漫都是一个班的。”她指了指除宋斯南以外的人，不好意思地笑了一下。

宋斯南委屈：“你看你看，这么多人都和你一起，凭什么，我、要、一、个、人！”

宋之漫伸手揉了下太阳穴，无奈：“宋小四，这个不是我们能决定的，这是学校安排的。”

宋斯南对此冷笑一声：“换个班而已，于我而言也不是什么难事。”

他一说，宋之漫便知道他的意思。她抬高了声音制止他：“宋小四，你敢！”

“我有什么不敢的。”

“你敢换班试试！”

宋斯南低头看她，一副受伤的表情：“你不想和我一个班？”

宋之漫扬着头，他的身后是不停游走的人，在一片喧嚣中，她的声音格外清晰：“不是。宋小四，我们就当个普普通通的学生不好吗？而且，下个学期就分班了，到时候我们两个可能就会在一个班了。再说了，我们现在不过是隔壁班而已，换什么呢？没什么好换的。”

她很少说这么多话，态度又是难得的温和，宋斯南立马服软，她一温柔，他就硬不起来了。

宋斯南觉得自己太好说话了，可是如果换作是别人来劝他、和他说这番话，那他还会是现在这样的态度吗？

不，不会。

只有宋之漫，真的，只有她。

他瓮声瓮气地应了下来：“那好吧，隔壁班就隔壁班吧。”

见他应承了下来，宋之漫心里的石头落了下来。

她拍了拍宋斯南的肩：“走吧，去教室报到。”

宋之漫迈步带路，宋斯南却脚步未动。似乎察觉到他没跟上来，她犹疑地转过来看他：“怎么了？”

宋斯南站在原地，一只手插兜，一只手随意地放在身侧，嘴角露出轻佻的笑来，他对封嗣抬了抬下巴，表情桀骜不驯：“你谁啊？”

才一天啊，真的才一天，准确地说，是一个小时啊，就勾搭上了一个男生，宋之漫真的很牛。

封嗣并没有因为他的态度而感觉到难堪，颇有风度地介绍自己：“你好，我叫封嗣，和宋之漫一个班的。”说完，朝宋斯南伸手。

宋斯南敛目看他停在半空中的手，良久都没有动作。低着头弯了一下唇，他轻笑，再抬起头时一脸不屑：“叫得这么热络，谁和你你好？”

场面瞬间尴尬了起来，宋之漫不悦：“宋小四！”

宋斯南伸手一把拍开封嗣的手，径直掠过他朝宋之漫走去，走到她身边的时候，单手抓着她的胳膊，拉她向前走。

宋之漫十分抗拒，扒拉着他的手，说：“宋小四你放手，我自己会走！”

宋斯南面无表情地看她：“你自己走，你要和谁走？”

宋之漫蒙了一下：“什么？”

“放开你可以，不许回头，不许和别人走，只能和我一起走。”

对于他说出的这些话，宋之漫再度感到无语，她说：“宋斯南，你真的是一天比一天幼稚了。”

宋斯南微笑：“我谢谢你啊。”

宋之漫看他嬉皮笑脸的样子实在不顺眼，在转弯的地方，趁他不注意，伸手就在他右手手腕掐了一下，疼得他龇牙咧嘴的。

“宋小漫！”

宋之漫轻飘飘地说：“刚刚不是用那只手打人打得挺爽的吗？教训你一下。”

宋斯南揉着手腕，他手腕处还有旧伤，要不然不会这么疼。

他咬着后槽牙，与她对视：“你为了那件事生我气？”

宋之漫哼了一声，不置可否。但察觉到他面色不善，她复又解释：“你们第一次见面，你就不能对人家友善一点？封嗣人很好的，你刚刚的表现很幼稚你知道吗？”

宋斯南扭头问王少鹏：“我刚刚很幼稚吗？”

“隐身”了一大段路的王少鹏后知后觉地点了一下头，看着宋斯南面色铁青，又补充道：“一点点，一点点啦。”

宋斯南铁青着脸，憋出一句话来：“哦，知道了，以后会友善些的。”

“比如？”

宋斯南要气死了，比如什么啊比如，要是下次见面那人还站在宋之漫边上，他拳脚相加都不为过。但他还是忍住气，说：“见面说，你好。”

“哈？”宋之漫眨了眨眼，看着他那憋屈的表情，摆了摆手，“行行行，你自己看着办。”说完转过身就往教室走去。

宋斯南憋得一肚子气，抓着站在墙边充当隐形人的王少鹏：“鹏少，你觉得我刚刚的回答幼稚吗？”

王少鹏转了一下眼珠子，说：“我最近看了本小说，我觉得那书名特符合你刚才的表现。”

宋斯南挑了挑眉：“哦，什么小说，说来听听。”

王少鹏从书包里掏出一本小说，上面印着几个大字——《恶魔校草——独宠童养媳》。

啧。

啧啧。

啧啧啧。

宋斯南眉开眼笑起来：“哟呵，我还能是校草，哎，你说这句话真没错啊，宋之漫不正是我家的小童养媳嘛。”

王少鹏也呵呵呵地笑。

宋斯南摸着下巴，突然伸手敲了一下他的头，训斥道：“一个男生，看这种书，你娘不娘！”说完，他一把夺过那本有半指厚的书，把它放进自己的书包里，扬着下巴走进教室，丢下两个字，“收了。”

突然被抢了手上的新宠，而且抢他书的人还这么义正词严，王少鹏惊得下巴都要掉了，怒吼：“宋斯南放学你别走！”

宋斯南：“我就走我就走，我还跑呢我告诉你！”

王少鹏抓狂：“把我的书还给我！”

宋斯南举着那本书放在头顶，得意地笑：“我不还我不还，你来抓我啊，抓到我我就给你。”

02

上午最后一节课结束，宋斯南在（8）班教室外面等宋之漫。

宋之漫和合欢一起出来，见到他，疑惑:“你站在这里干吗？”

宋斯南眯着眼，看着从教室后门出来的封嗣，弯了一下唇，轻飘飘地回答：“等你吃饭。”

“可是，我和合欢约好了一起吃。”

“就你俩？”

“对啊，就我们两个人。”

宋斯南放心了，他踢了一下墙壁，说:“那行，你们两个去吧，我和鹏少一起吃。”他说完，就绕过她们两个人，往（8）班的教室里面走去。

封嗣从后门走到前门，宋斯南拐进室内，两个人就这样交叉错过。余光中，封嗣看到宋斯南对他笑了一下，很轻蔑，还有不屑。

封嗣不解，走到宋之漫边上，问：“我和他之前见过吗？”

宋之漫回忆了一下：“没有啊，怎么了？”

封嗣淡笑，说：“我觉得他对我意见挺大的。”

宋之漫也颇有同感，她尴尬地说：“可能他今天心情不好吧。”

“或许。”封嗣说。他并未说明，其实他总觉得宋斯南是从心底排斥他、不喜欢他的。

走廊上人越来越少，合欢饥肠辘辘，她拉着宋之漫的手，说：“吃饭吧，吃饭吧。”

宋之漫问封嗣：“你要去吃饭吗？”

封嗣点头，随即问道：“一起？”

“嗯，一起。”

刚走到门口处的宋斯南听到宋之漫的回答，一个激灵跳到她面前，大声要求：“我也一起，我也一起。”

宋之漫被突如其来的人吓到，后知后觉地拍了一下胸口，仍心有余悸地说：“宋小四，你能别这样突然跳出来吓我吗？”

宋斯南扒着她，说：“一起吃饭，一起吃饭，宋小漫我们一起吃饭。”

“吃吃吃，一起吃。”宋之漫把他从自己身上拍下，招呼王少鹏，“鹏少，一起吃饭啊。”

王少鹏：“得嘞。”

宋之漫和合欢在前面走，三个男生在后面跟着。

宋斯南和王少鹏勾肩搭背，似乎完全忘记了边上还有一个人。

封嗣并没觉得任何尴尬，也没凑上去与他们攀谈。

等到了食堂，大家打完菜聚在一起吃饭的时候，宋之漫突然问：“宋小四，你和阿嗣以前见过吗？”

“阿嗣是谁？”

“就是封嗣啊。”

宋斯南脸色铁青，心想，封嗣就封嗣，还什么阿嗣，我们俩认识这么多年，你哪一次不是连名带姓地叫我，差别对待。

宋斯南没好气地说：“没见过。”

“那你怎么对他好像有很大的成见？”

宋斯南矢口否认：“没有，怎么会有成见呢？”

“真的？”

“真的。”宋斯南就差拍胸口保证了，他看向封嗣，露出标准的绅士微笑，“封嗣同学，你好，早上是我不对，在这里，我要向你道歉。”

而宋斯南内心却在吼：封嗣你个臭男生，离小爷的女人远远的，要让我再见到你们头靠头黏在一起，小爷我打得你找不着北。

宋斯南是真会装，表面有礼得像个贵族绅士，内心却和地痞流氓没什么区别。

王少鹏哪能不知道宋斯南内心在想什么，他憋着笑，只好把头埋在碗里。

封嗣抬头看宋斯南，淡淡地说：“没事，不过是小事。”

他的礼貌带了那么一丝疏离。其实，封嗣对宋斯南也不甚喜欢，只是多年来的教养使然。

得到他的回答，宋斯南邀功似的看向宋之漫：“我都说了，我对他没什么成见，就是早上心情不好闹的，真的。”

宋之漫半信半疑地看向他，又看向封嗣，良久，点头说：“哦。”

吃完饭，五个人往教室走。

合欢突然说：“明天要开始军训了！”

宋之漫眯着眼笑：“我有假条，不用军训。”

王少鹏：“我也有假条，不用军训。”

合欢乐得蹦起来：“这么巧，我也有假条，不用军训！”

宋之漫和王少鹏是因为暑假那次打架，身上还有点或大或小的伤，家里人心疼，不舍得让他们参加军训。而合欢，她指着自己的心脏说："我心脏不好，爸爸妈妈不同意我参加军训，而且军训太容易晒黑了，我才不要。"

"心脏不好？"宋之漫停下脚步。

合欢说："对啊，我有先天性心脏病。"她眼底一片清澈，仿佛这不过是件小事，"虽然说手术之后很成功，但是家里人还是心有余悸的，你都不知道，之漫，学跳舞这件事，我可是花了小半年才说服我爸爸妈妈的。"

宋之漫突然有点心疼她："合欢……"

合欢被她的语气搞得鸡皮疙瘩都起来了："哎呀，之漫你别这样啊，我现在身体可好啦！"合欢问她，"你们为什么不用军训？"

宋之漫挽着她的手，往边走边说："我和鹏少身体不太舒服，家里人打了假条。"

"所以，我们这里，只有他们两个军训？"合欢问。

宋之漫点头，她放大了声音，问宋斯南："宋小四，你明天是要军训的吧？"

宋斯南不情不愿地点了一下头。

宋之漫又问封嗣："你也是要的对吧？"

封嗣淡笑，右手握拳放在嘴边，虚咳了一下，随即说："是。"

"那个，到时候啊，你离宋小四远一点，就尽量别站在同一排。"宋之漫说得尽量委婉。

刚刚在班上，班主任在上面说了，(7)班(8)班在一个排训练。

虽然宋斯南刚刚在饭桌上向封嗣道歉了，也明确地表示和他没什么仇没什么怨，但是……宋之漫怎么会不知道啊，他是真不喜欢封嗣。

他的喜好，早已经深入她的骨髓了。他口味清淡，不嗜辣；衬衣最上面的扣子永远不扣；早上永远要赖床十分钟；打篮球时偏好左手控球；思考问题时喜欢紧抿着唇……不喜欢一个人，用着最礼貌最疏离的话，也会用夹枪带棒的言语来讥讽对方。

宋之漫怎么会不知道呢？

真的，这世上，没有人比她更了解宋斯南了。

在漫长的时光中，青涩的、干净的、单纯的，所有可以用来形容美好的词，都一一放映在他们的青春之中。

宋斯南是如此鲜活，存在于她的世界之中。

而她，这短暂的、可以称之为小半生的人生回忆里，满满的都是他，再也没有别人了。

宋之漫有点难过地想，真的，除了他，她再也没有关于别人的回忆了，哪怕是自己孤独一人的回忆，也不多。

封嗣知道她的意思，但还是说道："这也不是我们能决定的，没事，到时候再说吧，而且，之漫，我应该脾气挺好的不是吗？"

你脾气挺好的，所以，是在说我脾气不好吗？宋斯南内心气炸，压抑着自己，学着封嗣那副彬彬有礼的样子，和悦地说："之漫，我向你保证，我和他是不会发生矛盾的。"

宋斯南话一说完，王少鹏和宋之漫就都有几秒的不敢相信——面前这个风度翩翩、面色和悦、彬彬有礼的人是谁，我们不认识的啊！

宋之漫先回神，干巴巴地笑了几下："我……我知道了。"

03

下午各班发了军训服，之后班主任带着学生到操场集合。（7）

班（8）班的学生在一个训练排里，两个班级的人分成六排，按照个子高矮的顺序排列，很不巧，宋斯南和封嗣站在了一起。

陈建斌看着他俩，问：“你们身高是多少？”

封嗣：“一米七八。”

宋斯南停顿了一下，说：“一米七九。”

陈建斌点点头，指了指他们，说：“封嗣你站第二个，我们班宋斯南比你高些站在排头。”

宋斯南傲娇地想：老子不仅要比你高，还要比你聪明比你强！

封嗣笑着拍了一下宋斯南的肩：“排头，以后多多关照。”

宋斯南有点得意忘形：“放心，放心，哥以后罩着你。”以后打架都兜你头上哦！说话也说是你和我搭讪哦！小动作也是你做的哦！

等到第二天军训的时候，三个拿着请假条的人坐在大树底下乘凉。宋之漫眯着眼，抬了抬帽檐，看向最后一排，她捅了捅合欢。

合欢正帮班里的人在水杯外面贴标签，被宋之漫一捅，标签贴歪了，她问：“嗯，怎么啦？”

宋之漫接过水杯，也帮她贴，只是目光还停在最后一排，她问：“阿嗣，他多高啊？”

合欢欢快地回答：“一米七八。”

宋之漫“咦”了一声：“宋小四也是一米七八啊，怎么他就站排头？”

一旁懒洋洋地坐着的王少鹏开口：“求不拆穿。”

宋之漫秒懂，嗤笑：“这人，跟个浑球一样，连这个也比。”

合欢并不知道其中的意味，她猜测：“可能是，老师觉得宋斯南比较高吧——哎，我叫不出口啊，你们怎么叫出口的？”

宋之漫：“什么？”

“就宋小四，还有鹏少这种称呼，总觉得哪里怪怪的。”

宋之漫停下手上的动作，仰高了头，密布的树叶窸窣作响，阳光穿透树叶之间的缝隙落在地上形成一个个小小的圆点，她的脸上斑驳一片。良久，她说：“等你以后就会知道，这两个称呼，比他们的本名更适合他们。”

宋斯南，哪里有一点斯文的样子。

——地痞流氓。

王少鹏，倒是大鹏展翅骁勇一回啊。

——文弱书生。

合欢似懂非懂地点了一下头。

军训前几天的训练力度并不大，站军姿、练动作。到了后期，教官干脆找了个阴凉角落让大家坐在一起。

隔壁排的有人在唱歌，有人在跳舞。他们这边也不甘示弱，有几个女生站了出来表演节目。王少鹏跑过来，突然建议：“哎，宋斯南你不是会格斗吗？来表演表演！”

这话一出口，两个班的人都惊讶了，连教官都小小震惊了一番。

宋斯南抬了抬帽檐，推辞：“这么多教官在，我就不献丑了。”

王少鹏推他：“哎，别谦虚！随便来几招就行！”

宋斯南喝了口水，还想推辞，眼睛不自觉地看向宋之漫那边，见她眉眼弯弯地看向自己，他吐了口气，笑着站起来。

他环视一周，看到帽檐拉得极低的封嗣，看不清神情，却能清晰地看到封嗣嘴角的笑意。

宋斯南大声建议：“教官我一个人弄不起来，再请一位同学和我搭档行不？”

教官笑：“行。”

“喂，找你做搭档成吗？”宋斯南走到封嗣面前，居高临下地看着封嗣。

突然被叫住的封嗣抬头看他：“搭档？”

“不会是不敢吧？”宋斯南故意激将封嗣。

“嗯。”封嗣顿了一下，问，“需要我怎么配合？”

“来吧。”宋斯南活动着手脚，一副要大干一场的架势。

封嗣站起来，抖了抖身上的沙尘，道：“来吧。”

宋斯南挥拳的动作极快，他动作灵活、身手敏捷，再加上打小就是练格斗的，每一招都让封嗣有些难以招架。

像是一阵风从耳边吹过，封嗣一个侧身，肩上被狠狠地砸了一拳。

不远处有人惊呼，封嗣咬紧牙关，脸上不住地冒汗。

“不好意思，失手了。”宋斯南的脸上毫无愧色可言。

封嗣当然知道宋斯南是故意的，但他也只是哑着声音说：“教官，我这手不行了。”

教官从他俩开始过招的时候就发现了不对，此刻连忙跑过来，却没想到身边一个身影更快——宋之漫跑到封嗣旁边，伸手轻碰了一下封嗣的肩，着急地问：“你怎么样？”

封嗣扯了个笑安慰她：“断不了。”

宋之漫气急败坏地瞪着宋斯南：“你干吗那么用力？！又不是打架！”

宋斯南站在原地一句话不说，冷笑着看向封嗣。

过了好久，苏合欢和宋之漫陪封嗣去往医务室，军训开始又结束，王少鹏跑到他边上，拍了拍宋斯南的肩，道：“你刚……太使劲了吧？”

怎么可能不使劲？

从开学开始，宋斯南就不喜欢封嗣。封嗣和宋斯南是截然相反的人，成熟与幼稚，冷静与顽劣，一个是老师家长眼中的好学生，另一个顽劣到令人头疼。

以往遇到那样的人宋斯南都不以为然，因为那些人，哪怕再出类拔萃再成熟稳重又如何？哪一个入得了宋之漫的眼？——只有他，能做她眼里的唯一星光。

可封嗣不一样，他的气度是从骨子里透出来的，他的优秀是不需要其他任何东西加成的。

他成为宋之漫口里的“封嗣”，他优秀到……令宋斯南自惭形秽。

宋斯南憋了这么久的气，怎么可能不撒出来？

04

等到正式上课的时候，都已经是九月下旬了，秋老虎还在继续，一中所有的教室里的空调还在不停运转。宋斯南坐在最后一排，正心满意足地在语文课上睡觉。下课铃声一响，他立马活了过来，伸了一下懒腰，在教室后面游荡。走了才没几步，就看到自家班主任站在后门朝他招手。

陈建斌就站在教室外的走廊上，他个子并不高，一米六五的样子，看宋斯南需要抬起头。他抬头，眯眼，训他：“你刚刚上课的时候在干吗？你说。”

宋斯南用手抠了一下走廊上的瓷砖，说：“认真听课。”

陈建斌好笑地问：“那刚刚语文老师讲了什么，你跟我说说？”

宋斯南面不改色：“《沁园春·雪》，作者是毛泽东，他——”

他还没说完，陈建斌就打断他：“你每天上课都在干什么，宋斯南你说说，你每天上课都在干吗？这儿可是学校，不是你家，你想睡觉回家睡去，整天瘫在学校里算什么事。”

“可是……不是有句话叫‘学校是我家，美丽靠大家’吗？”

陈建斌大骂：“你还真以为学校是你家啊！你是睡傻了吗？你还能不能教了，能不能教了？啊！就不能让我省点心！这才正式上课多久你说说，已经有五个老师向我说你了，宋斯南，你好歹也是以全市第三的成绩考进来的，就不能有点全市第三的样子？每天吊儿郎当的像个什么样子！你是混混还是流氓啊！”他说到激动处，连手势都用上了，指着（8）班的教室门，“你看看人家封嗣，全市第一，人家骄傲了吗，得意了吗？没有吧。他每天认真上课，态度谦逊，不懂就会问，而且班里的人要是有问题，他都会帮他们去解决。你再看看你，哪里有读书的样子，上课就睡觉，背书就发呆，除了下课像是回光返照……”

宋斯南早在他手指向（8）班教室的时候，就朝着那边看。

透过走廊处的窗户，他看到了里面的光景。

宋之漫好整以暇地坐在位置上，两只手放在桌上，似笑非笑地看向他。

阳光从外面照向室内，正好停在她的位置上，她的右边是一地碎金，左边是照不到光的灰色地面，她沐浴在橙色日光深处。

宋斯南看得呆了。

宋之漫用口型问：“又被骂了？”

宋斯南透过窗户看到她嘴唇微动，眼睛一眨一眨，勾得他心发慌。

他没听到她的话，也不懂唇语，但就是想笑。

嗯，看到她笑，他的心情也会莫名地好。

坐在后座的王少鹏倒是听得真切，问：“谁又被骂了？”

宋之漫往宋斯南那里抬了一下下巴，说："还能是谁？宋四公子呗。"

合欢扔下笔，疑惑："宋斯南这是第几次被拎出来训了啊？从正式上课到现在，感觉他每天都被抓出来训。"

宋之漫回答："第七次。"

听到这个，在一旁沉默的封嗣笑了一下："他还真是……特立独行。"

宋之漫耸肩："你们是不知道，他现在已经收敛很多了，读初中的时候比现在还浑。"那个时候哪里是每天被抓出来训，差不多是上午被训一通、下午被骂一顿，晚上回家可能还得被宋院长唠叨一番。

她语气里的熟稔让封嗣怔忡了一下，他又想起宋之漫和宋斯南从小就认识，熟悉彼此是应该的。

宋之漫隔着玻璃窗看宋斯南，似乎是发现她在看他，他还对她挑了一下眉。宋之漫眉眼上都是笑意，骂他："不省事。"

王少鹏顺着她的视线看过去，宋斯南正被他们班的班主任拎出来一顿训，看宋斯南表情倒是认真听，但是嘴角那上扬的弧度……哎哟喂，宋小四你笑得好得意啊！

陈建斌说了七八分钟，嘴都快干了，最后不耐烦地说："你就不能让我省点心，就……跟那隔壁班的封嗣那样——也不用和他一模一样，你要真和他一样，也不可能——你就学个五六分，哦，不，就三分，学他的上课认真听讲就行。"

宋斯南皱着眉冥思苦想，要他像封嗣？不可能。

封嗣可是他潜意识中的敌人！

他学谁也不能学封嗣啊！

宋斯南可是有骨气的！

良久，他憋出一句：“多上课，少睡觉。”

陈建斌不知道说什么好，他抬起手，又放下手，最后，无计可施：“算了，你……你就按那上面的做吧。”

陈建斌一把拍开宋斯南靠近的脸，一句废话都不想和他说，绕过他就往办公室走。

宋斯南挠头，不明所以：“这到底是赞成啊，还是不赞成啊？”他边想边往教室里走，在门口处听到有人叫他。

“宋小四。”

宋斯南听到这个声音，一下惊喜，扭过头看她。两个人的中间隔着一米宽的墙，一个站在后门，一个站在前门。

宋之漫不知道是什么时候站在这里的，眉眼上都是笑意：“你刚刚在搞什么？”

“我给老陈头做保证啊，你看看老陈头，多关心我，经常下课就找我谈天。”

宋之漫：“您还要脸不？”

“我怎么就不要脸了？”

“哪儿哪儿都不要脸。”

宋斯南一步就走到她面前，脸凑近她，眨了眨眼，说：“脸在这儿呢，你看我还要脸不？”

因为他突如其来的靠近，宋之漫有几秒呆滞。她看着近在咫尺的脸，浓眉俊眼，他的眼睫毛很长，浅茶色的瞳孔与她对视，眼里像是有一整片的星空。

宋之漫心里一悸。

呼吸骤停。

手脚僵硬。

整个世界仿佛都静止在了这一刻，阳光从他背后穿过，恰好停留在他的发尾，他身后那一整片橙黄色的光就是世界在此刻的背景。

天是橙黄的，云也是橙黄的，他一眨眼，眼里散落的星光也是橙黄的。

没有人来打破这一秒的静寂，人群喧嚣都已远去。

她双颊微红，在这一刻，心生异样。

直到上课铃声响起。

“叮”的一声，把她的神志唤回。

今天是周五，下午上完三节课就放学，下周一是国庆，因此一中放假一周。

宋斯南下午倒是真的开始认真听课了。其实他也不是不听课，只是对于语文、英语之类的课程没有多大的兴趣，在物理、化学、生物这种理科类的学科上他每节课都是认真听讲的。

上完最后一节课，宋斯南看向窗外，走廊上，宋之漫、苏合欢、王少鹏还有封嗣，四人站在一起。

王少鹏见他看了过来，朝他摇了摇手。

宋斯南搭住王少鹏的肩，笑着看向宋之漫：“刚说什么呢？我在教室看到你笑得跟朵花儿似的。”

宋之漫抬眸看他，眼里是数不清的光华：“合欢说国庆的时候去清苔山露营，那儿风景特好，半山腰的地方还有农家乐，自个儿钓鱼自己弄着吃，我被她说得心痒，想去。宋小四，要不咱们国庆去那儿玩？”

他们一行人边走边说，宋斯南懒洋洋地问：“几个人？”

宋之漫说：“四个。除了鹏少，咱们四个人一起去。”

宋斯南脚步一顿，扭头看王少鹏，语气加重：“嗯？你不去？”

语气里阴森森的。

王少鹏被吓得一抖：“我……我要去国外啊，我家里早安排好了，我不是早和你说了吗？”

宋斯南颓然，他又问：“封嗣也去？”

“对啊，阿嗣对那儿熟悉，和他一起去再好不过了。”

宋斯南翻了一下白眼，不甘心地问：“封嗣不一定有时间吧，国庆，一般人不都旅游去了吗？”

封嗣听了他的话，先是偏头笑了一下，接着轻轻浅浅地说：“我父母常年在国外，很少回家，因此我也很少出去。”他说，“清苔山那儿离我家近，我在周末常骑车过去，那边空气比市区要好得多，而且里面的保护措施做得也不错，附近的玩乐也还可以，所以我觉得你们可以去那边看看。”

封嗣说完，大家都没再说过一句话。

合欢眯着眼，看向远方。

王少鹏低着头看地面。

封嗣笑着等他们的回答。

宋之漫在等宋斯南的回应。

良久，宋斯南偏头看宋之漫，他轻抬下巴，问：“想去？”

宋之漫迟疑地点了一下头。

“那好，去。”

宋之漫眼里的期待太盛，宋斯南根本没办法忽视。

爬山而已，他看了一下封嗣，见封嗣一脸云淡风轻的样子，他漫不经心地笑了一下。他还不信了，封嗣还真能从他身边抢走宋之漫。

第六章

宋斯南想，再也没有比她的吻还要甜的东西了。

这世上，再也没有了。

01

隔天，宋之漫和宋斯南背了个包就去清苔山。

车到了，宋斯南打开钱包，付钱给司机。

宋之漫站在人行道上，看到马路对面停着七八辆车，统一都是黑色的。她原本只是漫不经心地一眼看去，却没想到，最中间的那辆车的车门突然被人从外打开，外面的人微弓着身子，极为恭敬的样子。

慢慢地，从车里伸出一只脚，接着整个人出了车子，伸手拉了下戴在头上的棒球帽，调整了一下角度。从车的另一侧出来一个女生，穿着一套简单的运动服，身后背着一个书包，从车前走过来，站在他身边。

女生扬着脸，对那男生说了几句话，随后便转向这边，高举着双手："之漫！"

宋之漫也朝她挥了一下手："合欢。"

宋斯南付完钱，直起身，站在宋之漫的身边。

苏合欢拉着封嗣往这边走。

一走到跟前，封嗣就开口："你们来得很早。"

宋之漫说："你们也很早。"她的视线从那一整排有序驶离的车子中移开，再看向封嗣时，眼中再无波澜，回到了从前。

合欢挽着宋之漫的手，说："我早上六点就醒了，在家待不住，就让阿嗣早点过来了！"

宋之漫弯着双眼，看向合欢："只是爬个山，有必要这么激动吗？"

"当然有必要啦！之漫你不知道，我很少和朋友在一起玩的，我以前都没什么朋友。”合欢的情绪瞬间低落下来。

宋之漫见合欢这样，自己的心里也难受。她想要缓和一下此时的气氛，于是抬头问封嗣：“阿嗣，这往哪儿走啊？”

封嗣指了一个方向：“往那边走。”

宋之漫连忙拉着合欢往那儿走去。封嗣迈步跟上去，宋斯南也跟着她们的步伐。宋斯南和封嗣两个人第一次并肩而行——虽然氛围很奇怪。

前面两个人一直在说话，女孩子之间总有聊不完的话题。宋之漫和合欢的声音都很好听，江南的女生，说话的声音都是软软糯糯的，笑起来的时候也格外动听，连带着后面冰封的气氛也被感染了。

宋斯南眉眼带笑地看向前面二人，封嗣一直都是噙着笑意，此刻，嘴角笑意加深，眼底笑意渐浓。

到了半山腰的时候，合欢叫着走不动了，她问封嗣：“阿嗣，阿嗣，你不是说这儿有很多玩的东西吗？咱们先去玩吧，我不想爬山了，好累啊！”

“早就安排好了，往左边那条路再走一百米左右的距离，就有家农家乐，那里有一些娱乐活动。”

合欢惊叫，朝他竖大拇指：“阿嗣你好赞哦！”

很快就到了那家农家乐，农家乐外面有人在那儿等着，见是他们来了，马上迎了过来，却是一脸歉意：“真不好意思，小封先生，刚刚来了一群人非要到我们这边玩，我们拦也拦不住，您看，这……你们只有四个人，能和他们一起吗？”

封嗣皱了一下眉，转身问他们：“抱歉，这里出了一些岔子，你们——”

宋斯南轻蔑地笑了一下，打断封嗣的话，问那老板：“一群什么人？”

那人描述：“大概，就是一群和你们年纪差不多的学生。我们家农家乐是这儿办得最好的，大家都爱来，他们大概也是打探过了才来的，没想到被你们预订了。小孩子嘛，心气足，一个没忍住就闯了进来，他们人多，我和我家婆娘就两个人，拦不住。”

宋斯南讪笑：“不过是一群学生，算了。”

宋之漫也说：“那就一起吧。”

合欢随大家的观点：“对啊对啊，那就一起吧。阿嗣？”

封嗣说：“既然你们都同意，那……就一起吧。”

老板开心地应了一声，连忙给他们带路过去。

等带到了湖边，一应俱全的钓鱼工具和烧烤工具都摆在那儿，老板说了句“我去给你们拿肉”就走了，剩下他们四个人。

宋之漫蹲下身子拿着钓鱼竿和鱼饵准备钓鱼。她耐心好，心又定，以前也和宋鸿渊出去钓过几次鱼，均是满载而归。宋斯南就没有那么好的耐心了，他坐在草地上，等着老板送烧烤用的肉类过来。

宋之漫在钓鱼的时候，合欢就在一边拿着石子砸湖水，搅得一池湖水遍起波澜。偶尔会听到宋之漫斥合欢的声音：“合欢！别捣乱！”合欢嘻嘻嘻地笑着，消停了没几分钟就又开始捣乱。宋之漫没辙了，干脆扔掉鱼竿，跑到合欢边上挠合欢的痒痒，两个人立马闹成一团。

宋斯南和封嗣接过送过来的肉，又让老板生火，等到可以的时候，两个人挽起袖子就烤起肉来。他们两个人虽然时常针锋相对——宋斯南单方面的，但是在做这件事上，极其协调。

宋之漫和合欢闹了一会儿就累了，闻着香味跑到他们这儿。

宋斯南把烤好的肉都放在盘子里，递给她："拿过去吃吧。"

宋之漫双手捧着，接过去，刚放下盘子叫合欢来吃，就听到一阵嬉闹的声音由远及近地传来。

宋之漫寻思着大概就是那群抢了这儿的学生，也没放在心上，和合欢吃着面前的烤肉。

还没吃完，封嗣又拿了一盘过来。

宋之漫眯着眼，嘴巴里全是食物，嘟囔着说："谢谢你。"

封嗣笑："快点吃吧。"

他话音刚落，就听到有人说："哎，放哥这边有人在烤肉！"声音很大，大概是处于变声期，略微有点沙哑。

有人回答："是吗？过去看看。"

一行人窸窸窣窣地就走了过来，他们四人往声音的源头看去，三个男生，三个女生。

走在最前面的那个人，还是熟人。

宋斯南眯着眼，挑衅般地朝那人吹了声口哨："哟，这不是那谁吗？怎么，跑到这儿来？"

那人大概也是没料到在这儿能碰到宋斯南，略微惊讶地喊了声他的名字："宋四少？"

宋斯南笑，挠了挠耳朵，左脚抬起放在一边的椅子上，左手搭在膝盖处，指着自己的耳朵，朝那人说："难得听你路放这么叫我，来，小路子，再叫声宋四少让我听听。"

宋之漫听完就回头瞪了他一眼，这人怎么总是这样，一得意就忘形，跩得跟个地主似的。

路放挥了挥拳头："我的名字也是你可以随便叫的吗？是不是想打架？"

宋斯南："路放，别说我没提醒你啊，你今儿个这话要是传到你家去，你爸不得好好收拾你。"

"那也得有人传不是。"他扫了扫身边，"我这些朋友，嘴可紧着呢。"

宋斯南乐呵了，指着自己："不好意思啊，我这嘴，可真不怎么紧。"

路放黑着脸："宋小四，今天你是要惹事是吧？"

宋斯南一脚踹开踩着的椅子，放话："来啊，今天不和你干一架，你不知道你宋四爷爷的厉害！"

宋之漫服了他们两个人了，一言不合就打架。她清了一下嗓子，悠悠地说："你们两个真要打一架是吗？我这嘴也不怎么紧，今天的事，说不定也会传到你们各自的家里，你们说，到时候……"她点到即止。

果然，面对面站着的两个人立马放下了手。

路放龇牙咧嘴地看着宋之漫："宋小漫，真的，劝架我只服你。"

宋斯南憋着气不好发作，苦着脸看宋之漫："宋小漫，你赢了。"

宋之漫有心当和事佬，她招呼着路放："路放，叫你朋友一起吃点吗？"她看着路放身后的人，都对着那一盘盘的烤肉流口水，又问封嗣，"阿嗣，可以吗？"

封嗣表示并不介意。

路放也是干脆利落的人，问了一下身后人的意见，立马就落座吃了起来。

宋斯南一脸不情愿，拉过宋之漫，到烧烤架那边，因为害怕烟尘太大，烧烤架和吃烤肉的地方有一点距离。

宋斯南压低了声音："你为什么要让他们和我们一起吃饭？！"

宋之漫劝：“大家好歹也是一个大院的，一起吃怎么啦？”

宋斯南：“我不喜欢路放！哦，不对，我讨厌路放！”

大抵真是小孩子心性，他对于喜欢、讨厌的事物分得很清，对于喜欢的人、讨厌的人的态度泾渭分明。

宋之漫耐心地说：“你为什么不喜欢路放？哦，因为你们打架了，而你还疑似输了。别用那种眼神瞪我，我说的还是假话吗？好吧，你们勉强算打平吧。所以，所以你到底是因为什么不喜欢他呢？而且宋小四，路放他中考不是考了全市第十吗？你完全碾压了他啊，不是应该开心吗？要真说不乐意，也应该是路放不乐意和你吃饭不是？宋小四，你别不讲理，拿出个理由来，要是我听着靠谱，二话不说，马上赶他走。”

宋斯南的脸一阵青一阵红，半晌，他不情不愿地说：“算了，一起吃吧。”

宋之漫咧嘴笑，踮脚，伸手摸了摸他的头发，说：“这样才对啊。”

02

一群年纪相仿的人，很容易聊到一块去，再加上又是一所学校的学生，共同话题又多了几倍。一顿酒足饭饱之后，路放建议：“你们请我吃了烤肉，我请你们骑车怎么样？绕这清苔山一周。”

封嗣问：“绕清苔山一周？这里的路可不适合骑自行车。”

路放坏笑：“一看你就是好学生，我们这群人，可向来不走寻常路。”他站起来，拍了拍手，“走，带你们去个地方，保准地势平坦，特别适合骑车。”

宋之漫和宋斯南耸了耸肩，跟着上去。路放玩的路子比他俩可是野多了。

见他们二人跟了上去，封嗣和合欢面面相觑之后也迈步走去。

等到了地方，四人不得不惊讶，路放——还真有一套。

清苔山是C市最高的一座山，盘山公路一圈接着一圈，路势不算平缓。封嗣来了这么多回，也没找到一处平缓的地方，眼前却是一条绕着山腰的公路，坡度低，地面又极为干净，看样子又是鲜有人过来的。

封嗣倒是对路放另眼相看了，宋之漫和宋斯南是早就知道他的秉性的，没有过多的惊讶。

也不知道路放从哪里弄了六辆自行车过来，极为整齐地摆在路旁。路放抽出一支烟来，点燃了它，垂着眼吸了一口，极为熟练地吐出一个完美的烟圈来。

那边路放夹着烟的手指了指车，又点了点他们，说："这车本来是给我们自己准备的，没想到多了你们四个人，这样，我们两个人一辆骑着走。"

有人揶揄地问："哟，放哥，这是男男一辆还是男女一辆啊？"

路放深吸了一口烟，随即把烟都往那人脸上吐，不怀好意道："你说呢？"

"男女一辆呗！"说话的人立马抢了一辆，拉着边上的女生，"走，我带你！"

路放指着其中一辆："那辆有点问题，不能骑，咱们五辆车，两个人一辆正好。"他顿了一下，"男男还是男女都无所谓。"

路放那边剩下两个女孩子，大抵是觉得宋斯南和封嗣长得不错，纷纷走过来，一个人问宋斯南，一个人问封嗣。

宋斯南伸手就捞过宋之漫："我有人带了，不好意思哈！"

那个女生失落地坐上了另一个男生的车就走了。

封嗣向来不会拒绝人，这个时候也只是稍一蹙眉就点头答应了下来。

合欢见封嗣被选走了，慌乱地往四处看。

一眼瞥到路放，见到他不怀好意地对她笑。

路放上了一辆车，唤她："走吧，小姑娘，坐我的车。"

合欢犹豫了会儿，路放趁她犹豫的空当一把拉过她，作势往自己的后座上带，却没想到一辆车从斜后方过来，在他们面前停下。是詹言侨，年级排名前列的好好学生，长相清俊，性格温和，人缘很好。

宋之漫皱了一下眉："詹言侨，你怎么在这儿？"

詹言侨笑着说："过来放松一下，你们这是集体活动？"

"嗯。"

詹言侨四下环顾了一圈，最后视线停留在苏合欢和路放的身边，他疑惑道："你们……怎么了？"

苏合欢面对路放很是拘谨，倒是对突然出现的詹言侨莫名地信任，她快速扒开路放的手，跑到詹言侨边上，仰头问他："你带我好吗？"

"啊？"詹言侨愣了一下。

合欢知道自己这样很鲁莽，她压低声音："我不想坐他的车。求求你啦！"

"坐上来。"詹言侨慷慨大方。

合欢展颜："谢谢你！"

她坐上他的车，詹言侨就踩上踏板往前骑去。

封嗣是受到苏合欢父母的嘱托的，立马骑车跟上。

最后，只剩一辆车。

宋斯南双手搭在车把手上，长腿一跨就坐了上去，等了好半晌，都没感受到后面有人坐上来，他不耐烦地扭头看宋之漫，揶揄道：“怎么了宋大小姐，还要我请您上来啊？”

宋之漫无奈，她指着车后面：“这车没后座。”

宋斯南呆愣了几秒，下车——果然，这辆车没有后座。

等等，没有后座！

没有后座？

那……那她坐哪儿？

——坐前面啊！

——坐你怀里啊！

幸福来得太突然了，宋斯南想尖叫！

但他皱着脸，掩饰眼里浓重的笑意：“唉，看样子，你是要坐前面了。”

宋之漫微笑，抢过车把手，快速坐上去，露出得意的笑来：“谁说我要坐前面？”她指了指那个架子，“你来坐。”

“这也行？”宋斯南的下巴都要掉了。

宋之漫单脚踩上踏板：“不行吗？”

宋斯南这下是真笑不出来了。

他上前，拦腰抱住宋之漫，宋之漫一声惊呼，腾空的不适让她双手紧紧搂住宋斯南的脖子：“宋斯南，你把我放下来！”

自行车跌落在地。

宋之漫被宋斯南放了下来，宋斯南伸手往她头上一拍，斥她：“哪有女生带男生的？别烦，乖乖上我的车。”

他扶起倒地的自行车，径直坐了上去，朝她这边的方向垂下手，单脚点地，眼神示意：“还不上来？”

宋之漫犹豫。

“哎哟喂，宋大小姐，咱俩认识多少年了，你还怕我不成？”

宋斯南的桃花眼弯起，一脸坏笑，“难不成，你觉得我对你这贫瘠薄弱的身材感兴趣？”

他拿话硌硬她。

原本还在犹豫的宋之漫，听完他的话，当下就反驳：“我还没成年啊！宋小四，你能不能纯洁点？”

她说完坐上了他的车，一只手撑着车头，一只手抓着宋斯南垂下来的手。

宋斯南问：“坐好了？”

“坐好啦！”

“那行。”他另一只手搭上把手，脚踩踏板，在她头上说话，“我们，出发咯！”

“出发啦！”宋之漫大喊。

宋斯南快速地踩着踏板，自行车犹如一支离弦的箭，快速地往前冲去。

风呼啸而过，鼻尖都是山里青翠树叶的香味。

宋之漫头顶就是宋斯南的下巴，他动一下，鼻间的呼吸就在她的头上蔓延。

宋斯南两只手搭在把手上，怀里便是宋之漫。

他微向前倾，离自己心脏最近的地方，是她的左肩。

——呼，把我的心跳说给你听。

跳一下是喜欢你。

跳两下是很喜欢你。

跳三下是每天的我都比昨天的我更喜欢你。

它一直跳一直跳，其实是在说，宋斯南真的真的，很喜欢宋之漫。

可是她听不到。

宋之漫感受到风的温柔，她笑着，爽朗大方，像是一串风铃发出清脆的声音。

前面就是一条分岔路，一边往左，一边往右。

宋斯南大声问她：“往哪儿骑？”

宋之漫眼尖，看到了前方骑得极慢的一堆人，连忙指：“左边。”

她转头，想要看他，宋斯南偏头，想要离她更近些。

两个人的嘴角，突然碰到了一起。

——吱！

宋斯南急忙刹车。

宋之漫眨了眨眼，立刻转过头去，尴尬地左顾右盼。

宋斯南好半晌才反应过来，刚刚，他们两个是亲吻了，是吗？

是的。

他看到她泛红的耳根了，宋斯南笃定，宋之漫一定是害羞了。

他久久没有动作，宋之漫回头看了他一眼，头稍稍往远离他的方向倒，语气颇为不善：“还不骑车？”

宋斯南回神，立马踩上踏板重新往前骑去。

这次的车速明显比上次慢了很多，他的心里、脑海里，全是刚刚的画面。她的唇，碰到了他的嘴角。虽只是几秒，在宋斯南的记忆里，却像是有几分钟，时间被拉长、放慢。

冰激凌的甜度是三。

巧克力的甜度是五。

蜂蜜的甜度是八。

宋之漫的吻，甜度是十。

宋斯南想，再也没有比她的吻还要甜的东西了。

这世上，再也没有了。

令他甘之如饴，嗜甜成瘾。

封嗣站在别墅的大门处，正午的阳光毒辣，蝉鸣不断，他额上沾了几滴汗液。

合欢从里面跑出来，问："之漫和宋小四还没到吗？"

封嗣伸手揉了一下合欢的头发，温声问："这么热的天，出来要晒黑的，你进去吧，我在这儿等他们。"

合欢踟蹰了一番，迈出去的步子收回，她仰头看封嗣，轻声问："阿嗣，你觉得之漫怎么样？"

封嗣轻笑："怎么突然问我这个问题？"

合欢双手绕着，纠结了好半晌，闷闷地说："我不知道你的想法，从小到大我都摸不清你在想什么。有时候你在笑，我觉得你是开心的，但有时候又不是。阿嗣，你总是把东西都藏在心里，谁也不说，也没人问你。但是，这次我想知道，在你心里，之漫到底是怎样的一个存在？"

封嗣垂在身侧的手微微收紧，握成拳。他低头看向合欢，她睁着双眼，目光澄澈清明，眼里是一片执拗。

封嗣握紧的手又松开，他说："在我眼里，宋之漫是一个很不错的人。合欢，你和她成为好朋友，值了。"

成为她的好朋友，值了。

合欢似懂非懂地点了下头，担忧地看他，又低下头看向水泥地面，吞吞吐吐地说："阿嗣，其实我总觉得，在你心里，之漫是不一样的存在。你对之漫笑的时候，特别不一样，就是那种……春风而过的笑，让人感觉很舒服，但是你对别人，就是那种礼貌中带着点疏离的感觉。"她回忆起这段时间的相处，点滴记忆涌上脑海。

她又说："可是，之漫和宋小四……虽然宋小四从来没说过喜欢之漫，可是在旁人看来——至少在我看来，他是真心喜欢之漫、对她好的。而且，我觉得，再没有人，能像他们两个那样登对了。”

合欢说完，小心翼翼地看向封嗣，她不安地问：“阿嗣，你觉得呢？”

时间一分一秒地流逝，他们俩安静得像是雕塑一般。

太阳移动，合欢低头看到脚边自己的影子越来越大，从脚底的一团，再初具人形。良久，封嗣的声音从头上传来，他低低浅浅地笑：“合欢，你想太多了。”

合欢追问：“真的是我想太多吗？”

“嗯。”

他偏头，看向远处。

远处马路上，一辆自行车缓缓驶来，车上的少年双手给少女营造出一个完美世界，少女双颊微红，眯着眼看向这儿。

封嗣眯着眼看他们，对合欢说：“他们来了。”

宋之漫没等宋斯南停稳车就跳了下来，她一溜烟跑到合欢边上，拉着合欢的手就往别墅里面跑。

宋斯南稍慢了一步，也不恼，不急不缓地停好车，在路过封嗣的时候，挑衅般地朝他吹了声口哨。

封嗣目光幽深，他看向宋斯南离开的背影，眼底愈加深不可测。

下午四点，四个人决定离开。

封嗣已经安排好了车，就在山下等他们。

四个人散步回去，途中，路放驾着一辆轰鸣的摩托车过来，见到他们的时候嚣张地按了一下喇叭，一个转弯在他们面前停下，单脚点地，摘下头盔。

他甩了甩凌乱的头发，笑着看向合欢：“小姑娘，上来吗？”

合欢婉拒。

路放说："这儿走下山要半个小时，可累了，真不考虑坐我的车？"

合欢缩了缩身子，小声说："不了。"

路放把头盔戴上，又轰鸣着车，开下山去。

宋之漫觉得诡异，依路放的性格，在半路停下竟不是嘲笑讥讽宋斯南，而是邀请合欢坐他的车，太怪了。

宋之漫看宋斯南，发现他蹙着眉看向前面的路。

宋之漫问合欢："你们刚刚发生什么事了吗？"

合欢连忙摆手："没有发生什么事，你相信我！"

"真的？"

合欢拉过封嗣："真的，不信你可以问阿嗣，刚刚阿嗣一直跟在我后面。"

宋之漫看向封嗣。

封嗣回想了一下，说："没发生什么事。"

宋之漫这才放心。

至于她为什么这么紧张？

路放这样的人，太喜欢招惹了。招惹谁她都不在意，可千万不能是合欢——

这世上，最单纯、善良的合欢。

03

国庆假期过得十分快，宋之漫再上课的时候感觉像是到了秋天。

C 市四季分明，春夏秋冬，气候差异极为明显。

国庆之后，便是凉爽的秋天。

十月底，便是期中考试。

宋之漫经历过中考失利，对于考试结果看得淡了。倒是合欢，每天都很紧张，她很害怕考不好成为班里倒数的。

宋之漫安慰她："没事的，你每天那么认真，肯定会有好成绩的。"

合欢捧着本物理书看，这时可怜巴巴地从书里抽出身来，噘着嘴说："之漫你不懂，考进一中的都是神人，哪是学霸啊，都是学神，我脑子不好，就只能比别人更勤奋。可就是这样，也不一定考得过别人的，我爸说了，学习这种东西啊，天分很重要，其次才是努力。"

宋之漫哑然。

她又突然想到了一个人——宋斯南。

他似乎是那种天分很高，却不努力的人吧，真让人艳羡啊。

考完试第二天，成绩就出来了。

宋之漫坐在位置上，听着这门课的老师在台上报成绩。

她边报成绩边发试卷。

不出意料的是，封嗣这门课还是全班第一名。在报完全班的成绩之后，英语老师在上面说："我们班这次考得还算不错，英语平均分是全年级第二，平均分全年级第一是（4）班。但单科全年级第一的人，不在这两个班，而在隔壁的（7）班。"她用略带骄傲的口吻说，"这次英语的年级第一，是（7）班的宋斯南！大家以后可以多和他交流交流经验，问问他是怎么学好英语的。"

坐在位置上的宋之漫轻笑。

怎么学好英语的？

他大概会这么回："怎么学？自学啊！"

宋之漫想到他说这话时眉飞色舞的神情，忍不住想笑。

身后的王少鹏吐槽："宋小四那人没数的啊，他今年暑假被他家院长关在家里学雅思，专门请了三个老师教他啊，这样成绩还不好，怎么可能！"

合欢咋舌："三个老师？"

"对啊！宋小四现在周末还有一天要去上雅思呢，英语成绩必须好啊！"

合欢惊叹："那他是要出国吗？"

王少鹏不说话了。

合欢转回身，拿着试卷盖住自己的脸，小声问宋之漫："宋小四要出国吗？"

听到他们两人对话的宋之漫愣了愣，她学着合欢拿试卷遮挡住自己的脸，回："不一定，只不过多学一点东西对自己并没有什么坏处。"

"那你也学雅思了吗？"

宋之漫回："没有，怎么了？"

合欢理所应当地说："你们两个不是应该什么都在一起的吗？"

宋之漫愣住，她不知道该说些什么。她和宋斯南，不知道从什么时候开始被捆绑束缚在了一起，众人在见到宋斯南的时候总会问他宋之漫在哪儿，在宋之漫这里亦然。

而他们两个确实也是形影不离。从很早就开始了，像是习惯深入骨髓了，就像是在人群里，宋之漫下意识第一个要找的人，永远是宋斯南。

见她不说话，合欢在桌下踢了她一脚："你在想什么呢？"

宋之漫突然回神，放下卷子，侧目看合欢："是啊，我和他，是什么事都在一起的。”

合欢问：“那你怎么不去学雅思？”

宋之漫看着答题卷，说：“没必要。”

她不想出国，她觉得，祖国的大好河山足以令她倾倒、心悦诚服。中国有那么多所好大学，有那么多出色的学者，医学研究越来越发达，她要留在祖国，跟着祖国的脚步走。

等到所有的成绩公布完，排名也马上公布。

班主任拿着成绩单，贴在教室黑板和前门之间。

一下课，所有人都跑去看成绩。

宋之漫和封嗣坐在位置上没动，合欢和王少鹏拼命地往人群里挤。

紧接着，就是合欢的一声尖叫：“阿嗣阿嗣，你这回又是年级第一！啊——之漫！你是年级第三，好棒！”

兴许是不小心碰到了黑板，合欢的头上沾了点白色的粉笔灰。她坐回位置上，激动不已。

宋之漫小心地帮她拍掉头上的灰尘，笑：“那你呢？”

原本元气满满的少女突然垂下脑袋：“我是班级倒数第三。”她又突然抬起头，“不过，鹏少竟然也是全班前五，他好棒啊！哦，不对，是你们三个都好棒啊！”

宋之漫哭笑不得：“你之前不是很紧张的吗？怕考不好，这回成绩出来，没有一点难过吗？”

合欢眨了眨眼：“有，一点点吧。”她用大拇指和食指比画了一下“一点点”到底是多少，她看了看四周，招手示意其他三人靠过来。

三人犹疑地靠在一起，听到合欢说：“其实我刚开始进来的时候，算了一下我的成绩，就是把艺术分那些什么的都弄掉，就纯文化成绩，发现我是倒数第一啊！可是我现在竟然变成了全班倒数第三了，我这不明显是进步了吗？我觉得，没什么好难过的！”

王少鹏、封嗣不知说什么好。

宋之漫：“你心可真宽。”

三人坐回自己的位置上去。

合欢捧着桌子上的杯子傻笑：“我进步了呀，进步使我快乐！”没一会儿，她又突然从位置上蹦了起来，她问宋之漫，“之漫，之漫，你知道谁是年级第二吗？”

宋之漫拿着水杯去外面接水，示意她让位置，漫不经心地回：“宋小四？”

“啊！”合欢尖叫。

边上的同学纷纷看了过来，合欢不好意思地朝他们点了点头，抓着宋之漫的手，摇她：“你怎么知道？！”

宋之漫举了举水杯：“我要去装水啦，放开我啊。我怎么知道？宋小四成绩向来很好啊，而且他这次考得不错。”

合欢眯眼，双手捧住自己的脸：“哎呀，你们都好棒啊！我好崇拜你们哦！”

宋之漫走出教室，拿着水杯到走廊尽头饮水机处装水。

她弯下身子，刚打开阀门，边上就来了个人，吊儿郎当地说：“美女，接水啊？”

宋之漫没理他，自顾自地接水，等装完水，关上阀门，往教室走。

“哎哎哎！”宋斯南伸手拦住她，“走那么快干吗？！就不能和我聊聊，沟通沟通，促进促进我们之间的感情？”

接水的人来往不断，饮水机处人满为患，宋之漫连忙拉着宋斯南往外走，靠在走廊墙壁上，她无奈：“没看到那儿那么多人吗？”

宋斯南“哦哦哦”地应了一下，接着满怀期待地看向她：“考试成绩出来了，你知道吗？”

宋之漫玩着水杯上的吊坠，有一搭没一搭地和他聊天：“知道。”

宋斯南摸着下巴，用大拇指指自己：“你知道我考第几名吗？”

宋之漫看吊在天上的太阳，很温暖。她回：“第二。”连声音里都带了一些温暖。

暖得宋斯南心里热乎乎的，只是她的眼睛里有外面的光，没有他。他略有些遗憾，但还是激动得意地说：“我厉害吧！”

宋之漫终于转回来看他，浇他一头冷水：“只是第二名而已，有必要这么激动吗？下回你考个第一名试试。”

宋斯南摇摇头，神秘地说：“第一名有什么好的，不稀罕，我倒觉得第二名才最好！”

宋之漫觉得他脑子坏了：“在胡说什么，第一名当然是最好的啊！”

宋斯南笑而不语。他往远处看去，一片金黄色的银杏叶璀璨发光。

在一片金色光芒之中，他偏头往下面宣传栏看去，下面有人正在换着最新的百名榜。

前十的名字被加粗，他们两个就处在二楼，宋斯南一眼就看到高一最前面那处印着的名字：封嗣、宋斯南、宋之漫……

第一名，哪有第二名好。

我和你在一起呢。

宋小漫。

宋斯南收回目光，看向宋之漫。

宋之漫的杏眼此刻微微眯着，她低下头喝水，热水雾气氤氲，模糊了她的双眸。

她抿了口水，突然抬头看他，轻快地说：“宋小四，下次考试，还有期中考试，你一定要加油啊！”

宋斯南帮她盖上杯盖，拧紧，问：“为什么？”

宋之漫接过水杯，不答。

她往教室的方向跑了十几步，突然转过头看他，大声说：“宋斯南，一起进尖子班吧！”

宋斯南说：“好。”

未来的路，我们总要并肩。

04

期末考试很快就结束了。宋斯南和宋之漫考得都不错，两个人一个第三一个第四。综合上次月考的名次——宋之漫第一，宋斯南第二，以及期中考的名次，两个人顺利进入尖子班。

寒假来得很快，大年三十那天，宋之漫和宋鸿渊两个人就去隔壁的大院，宋之漫的外公外婆家吃年夜饭。

宋鸿渊是北方人，亲戚多在北方，因此每年过年都是在隋家过的。

隋欢的父亲隋仲邦，早年留学法国，说得一口流利的法语，生活习惯受西方的影响极大，过年这种节日，会十分浪漫地从花店订好九十九朵玫瑰送给宋之漫的外婆。

今年也是如此。

宋之漫一进隋家就闻到了玫瑰花的香味，她大呼：“外公，你今年买的玫瑰好香啊！”

隋仲邦拄着根拐杖，鼻梁上架着一副圆框眼镜，下巴上还蓄着一撮胡须，有半指长，他摸了摸胡须，得意地眯着眼：“我选了很久。”

“难怪这么香！”宋之漫朝他竖大拇指。

大年三十的团圆饭是由隋母和宋之漫完成的，吃完之后，由宋鸿渊和隋仲邦收拾碗筷、洗碗。

等到都收拾好了，四人坐在沙发上看春晚。

窗外的鞭炮声从下午三点就开始响，一直到晚上七点都没有停。

宋之漫在春晚唱歌的空当，站起身来给长辈拜年，她甜甜地笑着：“外公外婆爸爸新年好！新年快乐恭喜发财！”

宋鸿渊从兜里拿出一个红包来：“新年快乐。”

隋仲邦和隋母也分别拿出早就准备好的红包，递给她：“新年快乐。”

她把那些红包都放在口袋里，看了看窗外，烟火一阵阵闪过。

宋鸿渊看出了她眼里的期待，说：“出去看烟火吧，今天大院里放烟火。”

宋之漫问隋仲邦：“外公，可以吗？”

隋仲邦点头：“当然可以。”他念的是法语，极其优美。

宋之漫小时候学过一段时间的法语，此刻回道：“谢谢您，绅士。”

她拿过边上的围巾和帽子，最后戴上手套，出门了。

她一打开门，漫天飞雪便扑面而来。

风雪自那天起就没停过，大雪堆积，室外是一片银装素裹的景象，在一片白色和万家灯火之中，宋之漫一眼就看到了在院子门口的宋斯南。

他穿着一件黑色羽绒服，整个人笔挺地站在门口，脖子上戴着的是一条黑白相间的格子围巾。宋之漫围的围巾是红色和白色的，两条围巾都是林景芝织的，特别暖和。

宋之漫反手关上门，抬脚往宋斯南那边跑，一个没收住，扑到了他的怀里。

她感受到他胸腔在震动。

宋斯南笑得停不住，问：“宋小漫你今天对我这么热情？”

宋之漫从他怀里出来，狠狠地剜了他一眼：“我那是热情吗？我这是没收住！这路多滑啊，这不是一个没收住嘛！”

宋斯南撇嘴，不怀好意地看向她：“你就找借口吧！你是不是对我另有所图，啊？”说完他立马双手抱住自己，往边上退了几步，警惕地看向她，“我可是纯爷们儿，你这样不好吧？”

宋之漫伸腿就是一脚。

宋斯南及时躲过，得意地朝她吐舌头：“踢不到我吧，哈哈哈哈！”

宋之漫微笑，她伸手一把拧住他的耳朵，拉着他的耳朵往前走：“踢你我还不稀罕呢。”

“啊啊啊啊啊，轻点轻点！”宋斯南半弯着身子，配合着她的个子，耳朵其实并没有多少感觉，因为她戴着手套。但他还是叫着，“轻点啊，作为女孩子，要温柔一点知道吗？”

宋之漫转头看他：“不知道。”

她又多用了几分力。

宋斯南大叫：“宋小漫！”

宋之漫学他：“宋小四！”

宋斯南反复叫道：“宋小漫！”

“别烦啦！宋小四。”她松手，往广场的中心挤。

宋斯南快步跟上她，人山人海里，他双眼紧盯着她、跟随她。

这一刻，他是她虔诚的追随者。

这晚的烟火格外盛大，广场上人山人海，宋斯南和宋之漫被人群包围着。远处就是护城河，烟火在护城河上绽放。

一道道光从平地起，升到半空中又缓缓落下。

落下一片繁花盛开，漫天的星空都不及今晚烟火的十分之一美。

一树一树的烟火绽放，没有任何规律。

红的白的蓝的紫的，花样巧妙，姹紫嫣红尽数绽放。

宋之漫眼底是数不清的烟火海洋。

宋斯南与她并肩而立，看着那满天的烟火，心下十分满足。

这场烟火看了很久，广场上的人开始倒数新年。

“十——”

宋之漫抓住宋斯南的衣袖。

“九——”

宋斯南感受到有人在抓着他的衣服，低下头看，看到了在烟火映衬下的宋之漫。

“八——”

烟火还在放，他们两个的脸上，被烟火映出各种颜色。

“七——”

宋之漫踮脚。

“六——”

宋斯南弯腰。

“五——”

宋之漫靠近宋斯南的耳侧。

“四——”

宋斯南感觉到耳边有着温热均匀的呼吸，自己的呼吸凝滞。

“三——”

人头攒动，人潮暗涌，在一片喧嚣繁杂之中，他清晰地听到自己的心跳。

“二——”

宋之漫开口：“宋小四。”

“一——”

她说：“新年快乐。”

人群中爆出整齐的声音：“新年快乐！”

宋之漫悄然从他耳边离开，抬头看宋斯南，眼底是无限的欣喜与热切。

宋斯南回：“新年快乐，宋之漫。”他说完，又大声重复了一遍，“新年快乐，宋之漫！”他双手放在嘴边，呈喇叭状，第三次说道，“新年快乐，宋之漫！”

宋之漫此刻满心欢喜，眯着眼，大声喊道：“宋斯南，你好啊！”

新的一年，我们两个是见到彼此的第一人，和往年一样。

宋斯南低头看她，说话时喷出一团白雾，他说：“你好啊，宋之漫。”

我们又见证了彼此的新一年的成长时光，真好。

过去的一年，虽莽撞、无知、蛮横无理，但终将成为过去。

宋斯南说：“新的一年，我会好好对你的，宋之漫。新的一年，宋斯南会对宋之漫很好的，会对她很好！”他喊完，看向宋之漫，双眸澄澈清明，认真地说，“我保证。”

宋之漫说：“我也会对你很好的，宋小四！”

如你对我一样，我对你也会十分、百倍、掏心掏肺地好。

第七章

宋小四喜欢合欢是吗？

平生第一次，宋之漫觉得自己的心里特别不是滋味。

01

再次开学的时候，宋斯南和宋之漫成了同班同学，不仅如此，两个人还成了前后座。

合欢再次成了宋之漫的同桌。

而封嗣，则坐在了与宋之漫相隔一条走道的位置，不过是一个转头的距离，便可清晰地看到彼此。

因此，宋斯南每节课都特别认真，他必须装成认真听课的样子，才能掩盖他在偷偷看宋之漫和封嗣有没有互相偷看彼此的行为。

这种无聊的事情，他竟坚持了三个月。

三个月后的某天，王少鹏出国，去加拿大读书。

宋斯南心情郁闷，趴在桌上睡了一下午。

晚上吃饭的时候，宋之漫给他带了份饭回来，放在他桌上。

宋斯南双手叠在一起，脑袋趴在手上，看向地面。宋之漫担心他，在他旁边蹲下，从他膝盖处探头过去。

宋斯南睁着眼，看向下方。

宋之漫眨着眼睛，仰着头看向上方。

突然从下面冒出来一个脑袋，吓得宋斯南放在桌子下方暗杠处的脚一抖，掉落在地上。等反应过来那是宋之漫之后，他伸手就拍了一下宋之漫的脑袋，骂她："吓死我了你知道吗？"

宋之漫讨好地对他笑："还郁闷啊？"

"嗯。"

宋之漫伸手戳他脸蛋，软软的，她乐得直发笑："郁闷什么啊，鹏少准备出国又不是最近的事，不是在中考那年就说了要出国的吗？你别郁闷了呀。"

宋斯南抿着嘴，说：“你不懂。”

“我怎么就不懂啊？”宋之漫在他大腿上找了个合适的位置，蹭了下，“不就是他出国了你感伤吗？感伤什么啊，又不是你出国。而且现在通信这么发达，咱们可以和鹏少打电话啊，每天都能联系，就和在身边一样，你说对吧，宋小四？”

“又不是你出国。”

宋斯南怕的就是自己出国。他们这种家庭的人，很多事都是没法自己做决定的。他学了雅思这么久，说没有一点出国的想法，也是假的。

可是看到王少鹏出国，他就畏惧了。

不是畏惧一人在国外孤独无依。这有什么好怕的呢？

最怕的，难道不是无论多想她，都不能见到她吗？

见他不发一言，宋之漫以为他还在为那件事黯然神伤，遂又安慰他：“宋小四你别难过啦，我给你买的饭都快凉了，你还不吃吗？”

宋斯南伸手按了一下她的头发：“下去。我要吃饭了。”

宋之漫把头移了出来，因为那个姿势导致自己的脖子特别难受，她右手贴在颈侧揉着，叮嘱道：“这饭可都得吃完啊，我排了好久的队呢，不许浪费。”

宋斯南拿出筷子，应道：“知道了，啰唆。”

宋之漫坐回自己的位置上，听到他这么说，不满道：“不许说我！”她整个身子往后靠，宋斯南的桌子都晃了一下。

宋斯南小心翼翼地护着自己的饭盒，求她：“大姑奶奶，我不说你、我不说你，你放了我成不？”

“不说啦？”

“真不说。”

宋之漫收回身子，在位置上做题。

而吃完饭较早回来的封嗣，站在走廊处，隔着窗户看着他们两个。

宋之漫毫无顾忌地将头放在宋斯南的腿上，宋斯南揉她的头发，两个人旁若无人的举动令他心里一紧。

封嗣蹙眉，按捺住心下的难受，努力说服自己：这没有什么的，而且，你也不喜欢她。

对，不喜欢。

封嗣反复说着这句话，让自己宽心。

时间过得飞快，眨眼又是一个学期。暑假，宋之漫和宋斯南去了南方的一个小镇，小镇的名字就叫南镇，那里山清水秀、鸟语花香。

再回来便是秋季开学。

宋之漫和宋斯南的班主任这个学期换成了陈建斌，报到的时候宋斯南一脸呆滞。

在他边上的宋之漫，看到他的表情，同情地拍了一下他的肩，说：“我看你可以做一套数学试卷冷静一下。”

宋斯南没理她。

等到全班人都来齐了，陈建斌在上面发言的时候，宋之漫感觉到身后有人拿笔在戳她。

她往后靠了一下，低声问他：“你干吗呢？”

就看到从身后伸出来一只手，上面写了一排字：“给我一套数学试卷，我想冷静一下。”

宋之漫憋住笑，从书包里拿了本练习题，放在他的手上。

她转回头的时候，刚好看到封嗣扭头过来，两个人的视线撞上，宋之漫对他弯了一下嘴角，封嗣报以一笑。

下课的时候，宋之漫和封嗣在走廊上又遇到，两个人就靠在栏杆处聊天。

“暑假过得怎么样？”

“还不错，我们在南镇过的暑假，那儿蛮好玩的。”

“我们？”

“对啊，我和宋小四，我俩一起去的。”

“两个人在一起，是会过得不错些。”

他的情绪有那么一瞬间低落，被宋之漫捕捉到了。她琢磨了一下，问道：“你呢，暑假过得怎么样？”

封嗣看向远方，淡淡地说：“一个人在家里看书，晚上的时候会出去夜跑，周末的时候去爬山，还不错。”他淡笑，漫不经心地说，“没有你们有趣，不过，我习惯了。”

他的漫不经心像是一把小刺刀，一点一点地往宋之漫的头皮上割，割得她头皮生疼，然而，比这更疼的是她的心。

爬山那天，封嗣似乎是一个坐拥城堡的王子，身边有保姆、保镖、司机。

他谈吐大方、为人谦逊，完美得这世上再难有人出其右。

可是今天，当他说着暑假时的生活时……

令宋之漫都忍不住为他心疼。

宋之漫抬头看他，问：“你家里人呢？”

封嗣云淡风轻地说：“他们啊，太忙了。”顿了一下，他笑，“每天都飞来飞去的，没有时间顾及我。”

见她耷拉着脑袋，封嗣安慰她：“做生意都是这样的，没办法。”

宋之漫小声说：“那你可以和他们一起啊。”

“不了。”

往后的几十年的时间里，大概都要和他的父母一般东奔西走，现在又何必提早体验那种生活呢？

其实说来也是可笑，明明未来的生活一眼就能看清，为什么现在还这么努力呢？

他以前不明白努力的原因，直到遇见了宋之漫。

封嗣低头，看向宋之漫。

她刚好抬头看他，笑靥如花："阿嗣，以后要是放假了，我们一起玩吧。"

封嗣犹豫："这……不太好吧？"

"没什么不好的啊，你、我、合欢还有宋小四，我们四个人可以一起玩啊。"见他仍在犹豫，宋之漫大概能想到他的顾虑是什么，立马拍胸保证，"你放心啦，宋小四不会有意见的。"

"还是算了，我怕到时候……"他欲言又止。

宋之漫立马说："你不相信我吗？"

"当然不是。"

"那不就好了，说好啦，到时候，我们一起玩。"

封嗣迟疑地点头。

两个人又靠着栏杆。

是啊，直到遇见了宋之漫。

这一整个暑假，他在那偌大的别墅里，如往常般生活，看书、写字、画画、弹琴、打游戏、吃饭……无数的瞬间里，感到寂寞的时候，他的脑海里只有一个想法——要是宋之漫在就好了。这个想法在出现之后就喷薄而出、再难收回。

如决堤的江水一般，席卷着寸草不生的大地。

他像是在沙漠中行走已久，未进半滴水的旅者，偶遇河塘，内心欣喜若狂，像是上瘾一般，只想时刻汲取着难得的水源。

他用了一个月的时间说服自己并不喜欢宋之漫；又用了一个月的时间接受了自己真的喜欢上了宋之漫。

他早熟，十二岁的时候就已读懂了马尔克斯的《百年孤独》，他那时便深信，最忠贞、最狂热的爱情都将是过眼云烟。

他的家庭也让他明白这一点。

他的父母并无任何感情，只是强强结合，两个人因为工作总是在各个国家跑，留给封嗣的无非是钱，以及一堆尊敬他的人。

可是，这些想法，如今通通推翻。

只因为一个人——宋之漫。

封嗣坐在教室里，余光看着宋之漫认真做题的神情状态，想着自己刚刚故意说出口的那些话，突然有点自卑。

到底是使了些不光彩的手段，让她对自己有了更多的关注。

但那又怎样？人心这种东西，很难说清。如果非要说清，那不过是因为在乎。封嗣想，宋之漫是在乎他的，在他说那些话之前就是，虽然只是同学之间的在乎。

但现在，她已经把自己当成了朋友。

人在无意识之中流露出的感情最为真实，就像刚刚她的心疼，真实到连封嗣都觉得自己的心被狠狠剜了一下。

02

这一年学习明显比去年紧张得多，除了体育课，其他的非高考的课程都被取消了。

因此，学生们唯一的娱乐时间便是在体育课上。

宋斯南一下课就招呼了几个人跑去篮球场打球了，宋之漫和合欢对于这种课兴致不大，但又不可以留在教室里，无奈，两人只得坐到篮球场的看台处聊天。

两个人聊得热火朝天的时候，突然有人叫了声“苏合欢”。

宋之漫和合欢噤声，往声音传来的方向看去。

是路放。

宋之漫微微蹙了一下眉，问：“你找合欢有事吗？”

路放脚下踩了个篮球，闻言，把球往边上一踢，笑着说：“我找的是苏合欢，宋之漫你说什么话呢？”

宋之漫站起身来，两个人一个在看台上，一个在看台下。

她俯视路放，倒有点睥睨的感觉：“路放，你找合欢干什么？”

路放置若罔闻，他看向合欢，用青春期特有的沙哑嗓音说：“小姑娘，我找你有事，你能下来吗？”

一听到他故意压低了嗓音，用着略微蛊惑人心的低音说话，宋之漫内心就一阵恶寒。

她拉住苏合欢的手，摇头：“别下去。”

合欢皱眉：“我不下去。”

“小姑娘，你再不下来，我就上来找你了。”

宋之漫低下声音：“路放，你过了。”

“我怎么过了？我没招你也没惹你啊宋之漫。”

宋之漫冷下脸：“路放，她是我朋友，你好歹也要看在我的面子上不是？”

路放嘲讽道：“你的面子？宋之漫，你过了啊。我不过是喜欢上这位小姑娘，还要看你的面子？”

“你！”合欢涨红了脸，“你胡说什么呢！”

路放看向合欢，眼里多了几分调戏：“我在说什么，小姑娘你是没听清呢，还是说听清了在装不知道呢？”

话音刚落，路放头上就被远处抛来的球重重地砸了一下。他捂着后脑勺，盛怒："谁砸的，给老子出来。"

不知什么时候到他身后的宋斯南，眯着眼看他，痞气地说："老子扔的，怎么了？"

路放捡起那球，狠狠地往宋斯南的方向砸去。

宋斯南闪身一躲。

又是一个球飞来，砸向路放。

还未反应过来的路放肩上被人一砸，恼羞成怒地大吼："谁砸的！"

远处站在篮筐下的封嗣微笑："抱歉，手滑。"

而站在看台上的宋之漫目睹了封嗣拿着球准备投篮，却在听到了这边的骚动的时候停下，在路放向宋斯南砸球的那一刻，他抓着球，扬手就往这边抛了过来。

宋之漫勾着唇，无声地笑了一下。

连续被两个人砸，路放恼怒。

他快步走到宋斯南面前，伸手就抓住宋斯南的衣领，举高他的衣领。

宋斯南一动不动，只是在路放狂肆嚣张的表情中缓缓地勾起嘴角，放话道："好久没练了，怎么，今儿个是要练一下了？"

宋之漫惊呼："宋小四！"

然而她的话并没有让撕扯的两个人重视。

"成啊，练一个。"路放抓住宋斯南衣领手青筋凸出，他挥了挥另一只手，作势就要向宋斯南的嘴角挥去，没想到拳头刚伸出去，就被人抓住了手腕。

他怒红了双眼，没好气地说："你谁啊！"

相比于他的怒火冲天，封嗣平淡冷静得像是在班级上做自我介绍一般，淡淡地说："我，封嗣。"

路放冷笑："怎么，年级第一也要管我的闲事？"

"我没有管闲事的癖好。"

"那就给老子滚开！"

封嗣丝毫没有在意路放满嘴的脏话，他说："抱歉，合欢的事，我不得不管。"他说完，右手用力，左手握住路放的虎口处，一掐，路放立马松手。

宋斯南理了理自己的衣领，挑衅般地看向路放："怎么，打一架？"

路放的手被封嗣捏得生疼，他说："宋小四，我找苏合欢聊聊天而已，你们何必呢？我又没碰她，你——"

他原本想说"你管得是不是太宽了"，却被宋斯南一拳打断。

宋斯南扬手就把路放揍倒在地，狠厉地说："这是学校，你再给我说那些恶心话，信不信我把你揍到医院去？"

路放狼狈地擦了一下嘴角——流血了。

封嗣垂眸看路放，用着格外平静的语调说："合欢不是你能招惹的。"说完，转身回去球场。

宋斯南看路放坐在地上，满脸狼狈，扔下一句狠话："我这人最护短，你也是知道的，那苏合欢是我朋友，我告诉你，你敢碰她，信不信我二话不说就找人和你干一架？"

路放信，但他也不是孬种，他不甘示弱："要不试试，看是谁赢？"

台上，宋之漫的声音传来："没什么赢不赢的，路放，你要是敢浑到我边上的人来，我有得是方法对付你。"宋之漫捏人命门特准，她说，"你不是不喜欢去军校吗？你说，要是你在学校的这些破事被你爸妈知道，他们会不会把你送到军校去？"

路放不说话了。宋之漫还真是一语戳心。

要论打架，路放还真不怕，可是去军校……那种被人管束着的感觉实在不爽。

见他沉默了，宋斯南讥笑，呸了一声。

篮球馆外。

宋之漫和苏合欢面对面站着，宋斯南嘴里咬着一株狗尾巴草，闲来无事地躺在篮球馆外放置的乒乓球桌上。

宋之漫担忧地看向合欢："你和路放……"

合欢说："他暑假来我家找过我，也约了我一起玩，不过被我拒绝了。"

"他怎么知道你家在哪儿啊？"

合欢懊恼："那天他问我，我就说了。"

宋之漫想起那天合欢的眼神。

"那天，你是不是对他有好感啊，合欢？"

她一问出，合欢就沉默了。

宋之漫急了："你不会真喜欢路放那种人吧？"

合欢连忙解释："没有！那天……怎么说呢，蛮崇拜他的，觉得他很帅。但是后来他一直给我打电话缠着我，而且他满嘴脏话，之漫，我不喜欢这种人，一点都不喜欢。我喜欢……我喜欢的人，才不是他那样的呢！"

这样就好。宋之漫悬在高空的心归原位。

她拍了拍合欢的肩，说："以后要是他再来找你，你别搭理他，他这人忒喜欢招惹事情，和流氓没什么两样的。"

听到"流氓"这两个字，合欢嘻嘻笑："你不是说宋小四也是流氓吗？怎么我们都不离他远远的呢？"

听到自己的名字被提及，宋斯南一愣，反应过来是说他什么的时候，也无奈："拜托，能别把我和路放那种货色混为一谈吗？"

宋之漫也说："他们不一样。宋小四他啊，心好，对人也好，他只是有的时候不正经，我和鹏少开玩笑的呢叫他流氓。"

其实并不是啊。

宋小四啊，他比任何人都有正义感，为人正直，只是有的时候太不着调、不正经了。

合欢不过是开玩笑的，却没想到宋之漫这么认真地回答。

合欢看向宋斯南，说："我知道啊，你很好的，宋小四。"

宋斯南不好意思地挠了一下头："哎哎哎，你可别这么正经地跟我说这些话，怪尴尬的。"他话音一转，"喂，封嗣。"

被叫了名字的封嗣微愣，和边上的人说了几句话便走过来，温和一笑："有事吗？"

宋斯南从球桌上跳下来，走到封嗣的面前，上下扫视了他一遍，说道："喂，你刚刚，很帅啊。"

"嗯？"封嗣困惑。

宋斯南一边的嘴角往上挑，那双桃花眼笑着："竟然敢拦路放，你也是有种的。"

封嗣想了想，问："我应该把这当夸奖吗？"

宋斯南挑了挑眉，没说什么，转身就往外走，等到他站在阳光之下，整个人沐浴光亮，陡然回转，那双桃花眼里的笑意更甚，他说："封嗣，你，是个人物。"

封嗣淡笑。

而此刻的宋之漫，像是有一支枪在她耳边发射，余音在她耳边回旋，脑子里突突的，全是发射之后的眩晕感。

刚刚那个态度温和、言辞恳切的人，是宋斯南吗？

是的吧？

宋之漫揉了揉眼，只看到宋斯南离开的背影和拉长的影子。

她用力掐了一下手背，疼得她龇牙。

竟然不是梦。

宋斯南竟然对封嗣这么友善。

真的，太不可思议了。

不只是她这么觉得，连合欢都一脸呆滞。

合欢说："之漫啊，刚刚那个是宋小四吧？是那个经常对阿嗣冷嘲热讽的宋小四吧，我怎么这么不敢相信呢？"

宋之漫回："我也不敢相信。"

但，就是他。

03

高中的最后一年，整个年级像是陷入沼泽之中，氛围压抑低沉。尤其是宋之漫和宋斯南所在的尖子班，班上的人毫不懈怠地开始复习功课，夜以继日地做卷子。

甚至连向来吊儿郎当的宋斯南都开始认真复习、听课了。

那些心无旁骛满心欢喜的岁月，那些一心学习坦率天真的笑容，所有宣之于口付之于心的满心欢喜，哪怕是被所爱之人拒绝也毫不动摇地喜欢，年少时的喜欢，是真的喜欢，没有纷杂世俗的牵绊，没有金钱利益的瓜葛，只是在午后的某个瞬间，你抬头，看到他站在阳光下对着你笑。

于是，心就跳了一下。

你想，哦，原来是喜欢。

班里面的气氛越来越压抑，却在某个晚自习时，班主任气势十足地跑到讲台上，大手一拍，惊得所有人都抬起头，不敢说话。

陈建斌指着两个人，让他们站起来。

宋之漫不明所以地看向那两个人，就坐在她的前面，两人是同桌，一男一女。

男的叫刘峰，女的叫陈满。

陈建斌在台上苦心教导："这都什么时候了？我之前说了什么？高中最重要的就是学习，至于别的情情爱爱的东西都给我抛到一旁！你俩这是怎么了？硬要和我对着干是吧！这个时候谈朋友，是要气死我吗？！"因为激动，他的脸涨得通红。

听了好一会儿，宋之漫才后知后觉反应过来，陈满和刘峰原来是在谈恋爱啊。

她经常看到陈满和刘峰下课的时候一起出去，再回来的时候两个人脸颊通红。

也在校外看到两个人在一起吃饭。

也看到过陈满拉着刘峰的袖子撒娇。

冬天，陈满把冻到发抖的手放在刘峰的衣袖里……

原来，这就是谈恋爱吗？

可是，宋之漫想，她和宋斯南，向来都是这样的啊。

她以为，陈满和刘峰也是如她和宋斯南一般的关系，然而并不是。

讲台上，陈建斌还在苦口婆心地说着些什么，宋之漫却神游到天外去了。

她的脑袋，有一瞬间空白。

如果那就是恋爱，那么她和宋斯南到底是什么关系呢？

不，不是爱情。

也不是友情，是……是亲情吧。

下课之后，宋之漫和合欢趴在走廊的栏杆上闲聊。

合欢前几天偷偷地去做了指甲，少女的指甲盖圆润饱满，酒红色的指甲油在阳光下泛着点点光晕。

宋之漫被午后的阳光晒得昏昏欲睡的时候，有人突然叫了声合欢的名字。

詹言侨？

宋之漫看着他，莫名地觉得他出现在自己班的次数有点多。

詹言侨站在合欢面前，原本自信满满的少年，此刻战战兢兢地说着对面前少女的爱意。

合欢的脸一点点变红，双手无处安放。

宋之漫尴尬地离开原地往教室走去。

待上课铃响了之后，合欢才回到教室。

合欢双颊微红，未施粉黛的脸上浑然天成般姹紫嫣红，还不等宋之漫开口，她便开口对宋之漫说："之漫，对不起，这件事情没有想要隐瞒你，只是我不好意思说。"

"我又没有要怪你。"宋之漫朝合欢笑笑，"不过你的保密工作可做得真好，居然都没有透露一点点消息出来。"

合欢拉着宋之漫的手边撒娇边说起第一次跟詹言侨的偶遇过程，那些细节琐碎得温柔。

最后，她小心翼翼地看着宋之漫，问："之漫，你觉得我应该和他在一起吗？"

"合欢，就快高考了，其实可以等高考完了再说。"宋之漫软声道。

合欢乖巧点头，说："我也是这么和他说的，等高考结束再在一起。詹言侨……他也答应了。"她的脸上尽是暖意，阳光从窗外投射到她的脸上，照得她的眼睛都放着光，"我真的很喜欢他，很喜欢很喜欢。之漫，你知道什么是爱情吗？”

“不知道。”在她的认知里，爱情太虚无太缥缈，这么多年，从来没有人给她指点，跟她解释爱情的定义。

她对于爱情茫然不解。

合欢转眼看向窗外，郁郁葱葱的树木繁盛，光从四周洒向窗边，她的声音像是最温暖的太阳一般，细说着：“我也不知道什么是爱情，可是之漫，和詹言侨相处的时候，我很安心。”

宋之漫捏了捏她的手，问：“安心……就是爱情吗？”

合欢摇摇头，怅然若失道：“我也不知道。但如果走不到最后，谁知道那到底是不是爱？”

走不到最后，你怎么知道它不是一段爱情？

宋之漫云里雾里的，她总觉得爱情不真实，觉得学生时代的爱情太脆弱，就像陈满和刘峰，被老师发现之后两个人就开始吵架、闹分手。

看吧，所谓的爱情多脆弱啊。

或许哪天，合欢就不喜欢詹言侨了，不是吗？

只是一天又一天过去，詹言侨来他们班上的次数越来越多，越来越频繁。

饶是两耳不闻窗外事的封嗣都察觉到了合欢和詹言侨二人之间的暧昧情愫。

周日下午回校的时候，宋之漫一个人在外面吃饭。刚好，封嗣也在那家餐馆，两个人就坐在一起吃了。

等菜的时候，封嗣给她清洗餐具，问：“宋斯南呢？”

宋之漫心不在焉地回答：“打球去了，他说好久没碰球了，今天必须去打一会儿，要不然得憋死。”

想到宋斯南最近的改变，封嗣点头：“他是有好些日子没去打球了。”

菜一会儿就上来了。

宋之漫戳了戳碗里的饭，没有胃口地放下了筷子。

几乎是她一放下筷子，封嗣就关切地问：“怎么了，菜不好吃吗？”

“不是。”宋之漫满面愁容。

“那是怎么了？”

原本是想说“我觉得合欢和詹言侨一点都不合适”的，但是话到嘴边，宋之漫及时地改成：“阿嗣，你对于爱情，有什么看法吗？”

封嗣夹菜的动作一顿，他抬头看她：“爱情？”

“对，爱情。”

像是想到了什么，封嗣把筷子放下，身子靠在椅子上，似笑非笑地看着宋之漫，悠悠地开口：“你是想问，合欢和詹言侨的事吧？”

一下子被猜到了小心思，宋之漫有些不好意思了。她挠挠头：“你能别说得这么直白吗？怪不好意思的。”

封嗣偏头想了一下，说：“爱情，有的时候讲究的是缘分。有的时候，一眼就是一生。有的人十岁的时候就遇到了爱情，而有的人等到垂暮的时候才等到爱情，在很多时候，爱情依靠的是缘分。合欢和詹言侨的事，我要怎么去说呢？这毕竟是他俩的事，我们都不能说什么。他们都那么大了，为人处世也有自己的一套方法，所以之漫，你真的不需要太担忧。”

在这个喧嚣的小餐馆里，周边是一群和他们一样穿着一中传统校服的学生，宋之漫听到坐在她后面的人讨论着期末考试；她的边上坐着两个小姑娘，在讨论周末新买的衣服如何如何好看；还有与她相邻的一桌，几个男生说着游戏时谁谁谁的走位如此风骚……

在她的周边，都是一群年少的人，他们讨论着关于青春期里该有的东西：游戏、打扮、考试……

而只有封嗣，他满脸认真地和她讨论着爱情。

封嗣向来都是认真的，但是宋之漫总觉得，今天的封嗣，有点不一样。

可到底哪里不一样，她也说不出来。

面前的饭菜逐渐冷了，封嗣用手指点了一下桌面，说："说了这么些，也不知道你听懂了多少，还是先吃饭吧。"

想到还有三节晚自习，宋之漫皱着眉还是把那些饭吃了。

回去的路上，大雪纷飞，寒风肆虐。宋之漫感觉风从脖子里灌到身体的各处，冷飕飕的，她伸手往脖子处摸，这才后知后觉地想起自己并没有戴围巾出来。

然而只是几秒的工夫，她就感觉到有一团柔软温暖的东西贴上了自己的皮肤。

她吃惊地一看，封嗣把自己的围巾摘了下来，一圈一圈地给她围上。

宋之漫连忙拒绝："阿嗣，不用了。"

封嗣却很强势地给她围上，眼里有着星点的笑意，语气还是如同往常一般随和，他说："我一个大男生，不怕冻。倒是你，不是很怕冷的吗？怎么忘了戴围巾了？"在教室里，她总是抱着个暖手袋。

宋之漫拢了拢围巾，深吸了一口气，感觉鼻息间都是他的味道，有些怔忡。

封嗣双手插在上衣口袋里，脖子上因为没有围巾而显得空荡荡的。

大雪纷飞，宋之漫回想起早上的新闻，据说今天是今年最冷的一天。

雪花落在她的围巾里，瞬间消融。

两个人朝学校走回去。

封嗣突然问："你觉得什么时候谈恋爱最好呢？"

不知道他为什么突然这么问，宋之漫愣了一下，想了好久没想出来答案，最后干巴巴地说："反正不是现在。怎么了？"

封嗣轻笑："没什么，只是问问。"

她似乎对于爱情一知半解。也是啊，如果她真的明白什么是爱，那她对于合欢的事就不会有现在的看法了。

可是要真的等到她对于爱情熟悉透彻的时候去表白，她会答应吗？

不会。

封嗣很确定。

到那个时候，她一定会发现宋斯南对她的心意，也一定会知道，她到底是抱着怎样的心态和宋斯南在一起耗了这么久的。

封嗣手心微动，突然问她："我记得，你的生日是在二月。"

"嗯，二月三号。"宋之漫的声音闷闷的，她用围巾把自己都裹住，只剩下一双眼睛，看他，"怎么突然问这个？"

"没什么。"他柔声说，低头看她，两个人骤然对视。

他的眼底是细碎的光，是万般的柔情，是冬日难得的阳光，他声音温柔："之漫，二月三号，我陪你过生日吧。"

宋之漫想拒绝，但是他眼底的温柔太深，她艰难地从那温柔中抽出身来，说："我答应了和宋小四一起过生日的。"

封嗣眼底有一瞬间失落，那一瞬间，宋之漫觉得自己像是无意中伤害了他一般，可她只是说了一句话而已。

下一秒，封嗣嘴角上扬："嗯，你们一起过生日……之漫，给我一个小时，我只需要你在那天晚上给我一个小时的时间就好。"

"啊……"宋之漫想了一下，"白天其实都可以啊。"因为和宋斯南约的是晚上。

封嗣却说："不，我想要你晚上的一个小时，十二点之前。"

宋之漫面露难色："那大概会有点晚，可以吗？"

"可以。"只要她答应了，封嗣就觉得够了，"那到时候我到你家楼下等你。"

宋之漫"啊"了一声："我家住哪儿你知道吗？"

"大院啊。"她围巾上都是雪粒，封嗣忍不住伸手帮她轻轻拍掉，边拍边说，"我家里有个亲戚和你住在一个大院，到时候我给他打个电话就好。"

雪粒都拍完，封嗣又不想收回手。

可到底还是在学校周边，他不敢做得太明显。

他说："我记得离你家不远处有一棵大樟树，我在那儿等你。"

宋之漫吸了吸鼻子，应道："那你到时候晚点来，我估计着得到九点才能结束，宋小四特闹腾。"

终于走到了教室，宋之漫跑到教室后面把自己出校前充电的暖手袋拔了，双手伸进去焐热。

恰好就在这个时候宋斯南从教室后门进来，他一开门，就带来满身风雪。

宋斯南原先是面带笑容的，只是在靠近宋之漫的时候，脸色越来越僵，到最后停在宋之漫面前的时候，是有点恼怒的。

他一把扯下宋之漫的围巾，语气不好：“谁的？！”

“啊……忘了还他了。”宋之漫放下暖手袋，想要从宋斯南的手里把围巾拿回去还给封嗣。

围巾却被宋斯南死死捏着。

宋之漫看了看他的表情——满脸怒意，心里慌慌的，她慌忙解释：“是阿嗣的，我刚刚出去的时候忘记戴围巾了，阿嗣见我冻得全身发抖才把围巾给我戴上的，宋小四你别乱生气！”

宋斯南还是恼的，但是她一点点地、事无巨细地向他解释，他又不那么生气了，只是心里闷闷的，早知道就和她一起出去了，那么她现在戴着的围巾就是他的了！

见他脾气缓了过来，宋之漫把围巾从他手上抢走，准备还给封嗣。

还给封嗣之前，她叮嘱道：“不许生气！”

宋斯南还是僵着脸。

宋之漫走了几步，不放心，转回头再次重复：“不许耍脾气！”

宋斯南翻白眼：“知道了，知道了！”

生什么气，生谁的气？

宋斯南咬着后槽牙，他生自己的气！

就应该拿根绳子把宋之漫绑在自己的身上，或者是把自己绑在宋之漫的身上，用着捆仙绳把两个人捆得死死的、牢牢的、寸步不离的，这样他才能安心！

04

临近期末，班里的气氛越来越压抑。据说这次的期末考试是十校联考，C 市有三所学校参加，以及临近 C 市的省重点名校，一共十所。

动员大会的讲台上陈建斌还在说："同学们，距离高考的时间已经不多了，十二年磨一剑啊，十二年的学习只是为了在高考中取得一个好成绩。这次的十校联考很重要，基本上这次的排名决定着你们高考时的排名，所以这次期末考试，我们必须努力！"

下面的人听得昏昏欲睡的，宋之漫听这话也听得耳朵上起茧子了。

终于等到陈建斌说话结束，一个班一个班的人往各自教室走。

宋之漫和宋斯南并排走在一起。

宋斯南突然走到宋之漫边上，用着神秘兮兮的语气说："你知道吗？陈满和刘峰分手了。"

听到这件事，宋之漫的第一反应竟然不是错愕。她用着很淡然的语气说："现在的首要目标应该是高考。"

宋斯南赞同道："是啊，现在最重要的事是高考。"可是说完之后，他又有点怅然若失了，"你说，爱情这东西，是不是不能发生在十七八岁？"

这是他的第一次试探，如此小心翼翼、百转千回。

还有半年，只剩半年他们就要高中毕业了。

宋斯南感觉每个夜晚都很难熬，害怕她拒绝，更怕她拒绝之后老死不相往来。

明明这世上，他比宋鸿渊对她都要好！

可是万一呢？

他如此喜欢她，喜欢到无以复加，学习所有的温柔和善良，把自己最好的都给她，可她要是拒绝呢？

太多可是了。

宋斯南的大脑里一片混沌。

宋之漫一声轻叹："我也不知道。"她没经历过爱情，并不知道那令人挠心抓肺、死心塌地的爱情到底如何美好，也不知道为什么有那么多人愿意葬身于爱情。

"爱情"这个词，竟然在这种重要关头，屡次出现在宋之漫的脑海困惑干扰着她。

宋之漫第一次，因为爱情而深深烦恼。

第二天宋之漫和宋斯南到了附中参加考试，正巧在门口看到了合欢和詹言侨。

到底是年少如花，合欢和詹言侨就像是朝阳下的白露一般。舞者出身的合欢身姿绰约，眉眼如画；詹言侨是学霸，而且人长得确实不错，举手投足之间又带着一番气度。

昨晚她问宋鸿渊，在他眼里的爱情到底是什么，到底是为什么和隋欢在一起，并且这么久以来，也只爱她呢？

宋鸿渊是怎么回的？

——你母亲在死前和我说过这么一句话："我体会过爱情的美好，这一生死去都甘愿。"

宋之漫便释怀了。

合欢也不过是遇到了一段可以称之为爱情的青春懵懂，沉浸其中怎么了呢？

如果换作是她自己……她也会沉溺其中的吧。

于是，宋之漫笑着向他们打招呼："合欢，詹言侨。"

合欢欢快地跑向宋之漫，寒冬的天气里，她的笑容比光更盛："之漫。"

宋之漫伸手拨了一下合欢的头发，温声问："是詹言侨送你来的吗？"

合欢点头，嘴里像含了蜜一般甜：“他早上到我家接我的，我一起床就看到了他。”眼底都是笑意。

宋之漫被她感染得也一起笑了。

她顺着合欢的视线往詹言侨那边看去，他正和宋斯南热络地聊着。

等到时间差不多了，校门打开，合欢和詹言侨依依不舍地告别。

宋之漫看着他俩浓情蜜意地告别，颇不好意思地往边上挪了挪。

耳边却听到宋斯南冷嘲热讽地说：“恋爱的酸臭味！”

“你怎么好酸啊？”宋之漫不怀好意地指着他，“你不会是吃醋了吧？”

她不过是一句玩笑话，对方竟顺口接道：“是啊。”宋斯南悠悠地看向她，语气幽怨，“我吃醋了。”

是吃醋了，吃他们两个的醋了。

他们从认识到在一起不过半年多的时间，还是因为上次去爬山才认识的，这才多久就这么腻歪。

反观自己，追了宋之漫多少年啊……

道阻且长哟。

宋斯南心里想的是这么一回事，宋之漫心里想的又是另外一回事。

他说：吃醋了。

吃谁的醋？

合欢吗？

所以，宋小四喜欢合欢吗？

平生第一次，宋之漫觉得自己的心里特别不是滋味。

像是吃了苦胆一般，不仅嘴里难受说不出半分，心里也难受得有一块地方突突作痛。

一直痛，痛得没完没了。

甚至在考试之后，还是痛的。

她不知道为什么会这样。

第八章

年少时光，我只专心做一件事——喜欢你，从一而终，认真且尽。

01

没过几天，C 市又下雪了。

宋之漫晚上睡得迟，早上挣扎着从床上起来，一睁眼，窗外是一大片的雪白。

她今天要去林景芝的药房帮忙。

宋斯南的父母都是从医的，父亲宋远征学的是西医，现在是军队医院的院长；母亲林景芝学中医，早年也在军队医院上班，后来在外面开了家中药店，专心地在中药店干了起来。

宋之漫在放假的时候常常钻到林景芝的中药店去。她喜欢看中医看病诊疗的过程，然而这些她都没学会，倒是学会了煎药。

煎药最重要的是火候，把握火候最重要的是什么？

是心境。

今天刚到药店，林景芝便对她说："之漫，今天有几剂药，特别注重火候，你来帮我煎一下行吗？"

宋之漫连忙点头应下。

后来很久，久到她一个人踽踽独行，当初说好要一直对她好的人远赴重洋，说着以后和她老死不相往来；久到她在漫长的岁月里身边再也没有一个人同她闹脾气开玩笑；甚至久到她都快忘了自己的生命里存在过那么一个人，她都没有忘记过这天所看到的画面。

她站在炉前，拿着扇子控制着火候，对着的是一块透明的玻璃窗。落地窗外大雪纷纷扬扬地下着，雪势越来越大。

宋之漫只是一抬头，就定住不动了。像是电影画面一般，男主人公穿过马路，迈着长腿，步伐稳健。他穿着宝蓝色的羊绒大衣，双手插兜，穿着同个牌子的休闲鞋，从那边缓缓而至。

他微微勾着唇，弯着那双好看的桃花眼，在一大片雪色之中，世界都已远去，车鸣声、说话声都骤然消失，所有的尘埃都归于静谧。

只有他，迈着步伐，向她走来。那一刻，他是闪闪发光的。

宋之漫的眼底滋生了一滴泪，她一低头，泪珠砸在了药罐上，随着高温“刺”的一声蒸发了。

男主人公走到她面前，两个人隔着那扇落地窗对立而视。他抬手，一双骨节分明的手，指节微微屈起，敲向落地窗。

宋之漫终于回神。

她开口说话，竟发现自己的声音又干又哑：“宋斯南，你干吗呢？”她很少叫他“宋斯南”，所以这声“宋斯南”有点缱绻的意味。

宋斯南嘴角上扬，笑容完美到无可挑剔，对她做了口型：“宋之漫。”

“干吗？”她没好气。

宋斯南这次不再无声了，声音大得像是在吼人般：“宋之漫！”

“干吗？”

他从口袋里拿出一支蓝色粉笔，在那落地窗上，缓缓地写着——“别生气了。”

宋之漫想：我才没生气呢！

“你总是对我发火，我也很难受。”这是鹏少教的，要先示弱，让对方心软，这样就事半功倍了。

果然，宋斯南就看到宋之漫噘着嘴，满怀歉意地看向他。

人心大振！

宋斯南一鼓作气接着写：“不过我不会真的生你气的，我说了我要对你好，一辈子的那种！”这可不是鹏少教的，这是他的心里话。

就是不知道……她听不听得懂，这种害羞内敛又带着一些小男生矜持的表白方式。

宋之漫当然听不懂这种神一般转了十八个弯的表白方式，她只当作是宋斯南向她示好的行为。

可是，他为什么示好呢？为了追合欢吗？以前从不向自己低头的人，竟然为了追一位小女生这样千方百计地向自己示好？

宋之漫当下就不开心了。

她全然忘记自己正在煎药，把手上的扇子一把按在窗上，挡住宋斯南那张烦人至极的脸。

原本心里万分害羞的宋斯南，等了半天，竟然等到当事人这种反应，愣了。他把脑袋往边上挪，边挪边喊："宋小漫，宋小漫！"

见她不搭理自己，宋斯南气急败坏地从外面跑进来，一进门，带来满身风雪。他语气不善："你为什么不说话？"

药罐里突然发出“刺刺刺”的声音，打断了两个人的思路。

宋之漫意识到自己刚刚是在煎药啊！她将扇子一甩，手忙脚乱地拿着抹布去把那药罐挪开。她也没想到，那扇子一甩，就那么好地甩到了宋斯南的脸上，刚好砸到了他的鼻子。

“啊——”他那又高又挺的鼻子！

“啊——”宋之漫懊恼地对着面前一片狼藉，拿筷子往药罐里拨了拨，“都成渣了，煎坏了啊！”

她心情极坏，咬牙切齿地对着宋斯南低吼：“你烦死我啦！我这在煎药呢，就是因为你，这一罐子药没用了！”

半晌都没听到响动，宋之漫犹疑地往边上看去。这一看，差一点想吐血。

这个拿着药房里称药材的秤当镜子照的人是谁啊，她不认识啊！

宋之漫呆愣在原地，接着又看到那人用食指撑了一下鼻孔，又拿食指和大拇指把鼻子四处揉捏，最后，心满意足地收手。

简直是平地一声雷，“哐”的一声砸在了宋之漫的头上。

这个真是出身医药世家的人吗？

宋之漫很想把这些药渣扔到宋斯南的身上。

宋斯南看到自己的鼻子没受影响，又屁颠屁颠地跑回来，可是看到宋之漫的表情……怎么比刚刚还要生气啊？他刚刚没做什么啊！

女人啊，心思似海深啊！

但宋斯南是谁？他缠了宋之漫那么多年，早就知道安抚宋之漫应该用什么招数，以最直接最轻松的方式让她笑。

宋之漫不理宋斯南，她认真地收拾着药渣，把那些倒掉，又去了林景芝那里向林景芝道歉自己把药煎坏了。

等宋之漫再次拿着药材回来，重新站在煎药处的时候，浑身一震。

因为室内外温差的关系，玻璃窗处一片雾蒙蒙的。雾蒙蒙的背景，纯白至极。

窗上有两幅图，第一幅图，上面有一只小狗，小狗说：“对不起对不起，是我错了，你能原谅我吗？”

边上的小猫说：“原谅你，你会改吗？”

第二幅图，同样的小猫和小狗。

小狗说：“当然会改，宋小四听宋小漫的！”

小猫：“那好吧，我原谅你了！”

宋之漫扑哧一笑。

终于笑了……宋斯南心里的石头落地，巴巴儿地看着她，俨然忘记自己是最开始生气的那个人了。

宋之漫脸上的笑意怎么挡也挡不住，她索性不挡，但还是一巴掌把他凑上来的脸拍走：“走开，我要煎药了！”

被拍走的人又缠上来：“那你原谅我没有？”

“原谅你什么啊？”宋之漫问。

宋斯南丝毫没有犹豫地说：“原谅我惹你生气了。”我也不知道我做错什么了，可是你生气了，这就是我最大的错。

宋之漫心里甜滋滋的：“我是小猫啊？”

“对啊。”

“我才不是小猫呢。”宋之漫嘟囔着，伸手点了点那只小猫，又点了点那只小狗，坏心眼地说，“宋小狗？”

她难得兴致这么高，宋斯南不想扫了她的兴，环顾四周，心不甘情不愿地叫：“汪汪汪！”

这下，宋之漫真的是乐了。

她踮脚，双手搭上宋斯南的肩，在宋斯南的耳边模仿着猫叫：“喵！喵喵！”

下午雪势逐渐转小，小片小片的雪花和糖精一样，空中白茫茫的，天幕低垂，从煎药的地方望出去，只看到铅灰色的云和颗粒状的雪。

02

因为林景芝晚上还有事，宋之漫和宋斯南先行回家。

他们两个坐在班车的最后一排。

雪花砸在车窗上，发出细微的敲打声。宋之漫听着声音往外看，目之所及都是一片薄薄的白色，像是被上帝亲吻过，嫩白的肌肤下，透着自身的肤色。

一片沉默之中，她突然开口："宋斯南，你有喜欢的人吗？"

宋之漫真的不常叫宋斯南的大名，她喜欢叫他"宋小四"，今天却叫了两次。先前是气急败坏的语气，而现下，却是难得的郑重其事。

窗外天色愈暗，漆黑的夜帘下，班车的车灯亮起。

柔和的灯光映着宋斯南眼窝处一片阴影，听到那个问题，他先是愣了一下，不过几秒，他就似笑非笑地说："干吗这么突然问我这个问题？"

这辆车上只有他们两位乘客，她看着前面空荡荡的座位，忍了好久都没忍住，她不想成为最后一个被告知的人——如果他真的喜欢合欢，那么应该告诉她不是吗？

——毕竟他们这么好。

她把心底的疑惑问出来："你喜欢合欢，是吧？"在心中压抑了多日的疑惑被说了出来，她却没有一点神清气爽，而是油然而生的紧张感。

紧张什么呢？她也不知道。

宋斯南一脸莫名："谁……喜欢谁？"他掏着耳朵，凑近宋之漫耳边，极力想听清她刚才说的话，"苏合欢？我喜欢她，你搞错没有？"

宋斯南一刹那很想把自己的心都掏出来——他真的想把自己的心掏出来给她看看长什么样子。

心上全刻着一个名字，就是面前这个人的名字。各种"宋之漫"，全是宋斯南亲手写下的。

生气时写的"宋之漫"十分用力，像是要把她本人生吞了一般。

高兴时写的"宋之漫"字迹清晰，最后一笔微微上翘，像是长了一条小尾巴。

失落时写的“宋之漫”歪斜扭曲，一笔道尽失落之时的沮丧之意。

太多太多了。

宋斯南真的很想把自己的心给掏出来双手捧在她的面前，也想看看她有没有心！

想到这里，宋斯南咬牙切齿：“宋之漫，你没良心！”

莫名就被骂的人皱着眉瞪他：“神经病啊你！”

宋斯南哼了一声，移到靠窗的那个座位，两个人中间隔着三个位置，瞬间空荡荡的。

转瞬就被孤立的宋之漫摸不着头脑：“喂，你干吗啊？我就问了你这么个问题，有必要这么生气吗？”

“有必要！”

明明喜欢的人是她，也只对她好，却被误认为喜欢的是别人，换谁都不好过吧？

他这种态度摆出来，宋之漫也生气了，鼓着腮帮子扭过头去，不看他。

等到班车停下，两个人别扭地在后面一动不动，驾驶员催促着：“下车了，我要下班了。”

两个人这才站起来下车。

下车的时候宋之漫踉跄了一下，幸好宋斯南在后面看着，及时伸手把她扶住。她一站稳，立马扯回自己的手，目光直视前方走去。

宋斯南抓了抓头发，抬脚跟上她，却没走到她边上去。

他在想，为什么宋之漫会问那个问题？

——喜欢苏合欢？

当然不。

可是她为什么这么问呢？

宋斯南想了半天都没想清楚。他一没对苏合欢有任何的表示，二和苏合欢也没走得近，两个人的交流很简单啊，就是普通同学的交流，到底是哪里出了错？

得得得，想不通了！

宋斯南实行老套路，快步走到宋之漫的边上，准备向她说自己并不喜欢合欢，拉着她的手肘让她转向自己，却意外地看到她满脸眼泪。

他顿时手足无措了，心慌地看着她："宋小漫，你哭什么啊？"

宋之漫梗着脖子，死不承认："谁哭了，你才哭呢！"她别过脸去，伸手抹了把脸。

她也不知道为什么哭啊，就是觉得——委屈。

他不是对她最好，只对她好吗？怎么就喜欢上别人了呢？

"宋斯南，你欺负人！"宋之漫声音哽咽，愤愤不平地说着自己的不满。

这可真的是冤枉啊！宋斯南拨开她吃进嘴里的头发，哭笑不得："我怎么就欺负你了，我对你这么好呢！"这世上，哪还有人像我一般待你如此了？

不求回报，不求利益，只求你……求你喜欢我有我喜欢你的十分之一。

看吧，宋之漫，我对你的爱竟到了如此卑微的地步。

不求你爱我，只求你喜欢我。

哪怕那喜欢，只有我爱意的十分之一，不，哪怕是百分之一，我也甘之如饴。

寒风吹过，吹得雪花飘落，又是一阵寒意。

宋之漫还在流泪，她很少哭。因为没有什么值得她伤心难过的，也没有人欺负得了她。这些年来，唯一能欺负她的，也只有宋斯南了。

是啊，心花怒放是因为你，潸然泪下也是因为你。

见她擦着眼泪，哭得不能自已的样子，宋斯南的心如同针扎一般疼。

他的喉结上下滑动，终于，好久之后说："我怎么会喜欢她呢？我对苏合欢，就是单纯的对朋友的感情。"我喜欢的人是你。这句话他在喉咙处吞咽多次，却说不出口。

要怎么说呢？

她甚至不明白什么是爱情。

他怎么可以如此草率地表白？

至少不是现在。

周围都是一片荒凉，树木落叶，枝丫张牙舞爪地伸开，寒风就在耳侧。

一点都不浪漫。

其实排除了这些次要因素，最主要的原因就是他还不能确定，宋之漫的心里到底是怎么想的。

喜欢他吗？知道什么是喜欢吗？如果表白了，她会和他在一起吗？

这些问题困扰着宋斯南。

也就是因为这些，他迟迟不愿表白，不愿诉说心意。

他想，或许等她再大一点，懂得那些男女之事，他就上前向她表白心意。

"真的、真的不喜欢她？"宋之漫哽咽着，眼睛红通通的，鼻子也红，挂着泪的眼睛直勾勾地看向宋斯南。

看得宋斯南浑身一紧，头皮发麻。

从来没有看到过她这般模样，像是蒙上了一层纱，欲遮还羞的模样。

宋斯南像个二愣子一般，不住地点头："不喜欢，不喜欢，一点都不喜欢！"

"真的吗？"宋之漫止住了眼泪。

宋斯南点头如捣蒜："真的！宋小漫我什么时候骗过你？"

得到他的肯定回答，宋之漫终于收住了眼泪，却还是不死心地问："那那天，就是期末考试那天，我问你是不是吃醋了，你为什么回答吃醋了？"

"啊？"宋斯南搜寻了一遍关于那天的记忆，"考试那天，你什么时候问我的？"

宋之漫急急地解释："就是在附中校门口，我们遇到了合欢和詹言侨，我问你，你是不是吃醋了，你说是！你忘了？"

她这么一说，宋斯南便记起来了。

"你不会是吃醋了吧？"

"是啊，我吃醋了。"

这都哪跟哪啊，他不是那个意思啊！谁去吃詹言侨的醋了，别逗了！他又不喜欢合欢，他喜欢的是宋之漫！

宋斯南解释："我真的不喜欢苏合欢，真的，那天我就……我就是羡慕嫉妒恨！"

宋之漫哭笑不得。

宋斯南理直气壮地说："整天在我面前秀秀秀，秀得我脑仁疼。"

他任性起来特别小孩子气。

宋之漫仰头看着他，不远处就是一盏路灯，她的呼吸之间，面前一片雾茫茫的，面前的宋斯南不太真实，却又是真实的。

还是一如既往的幼稚。

却和以往不一样了。

这些日子，他个子高了许多，在月色与灯光之中，脸上棱角愈加分明，眼眸璀璨，像是一片盛夏星空。

隔着一团雾蒙蒙的空气，他抿着唇，一言不发。

宋之漫轻声说：“宋小四，我突然觉得你变了。”变得不真实了。我看得到你，却看不清你。你好像在我面前，但在我面前的又好像不是你。

她突然陷入一个怪圈中，一个叫“真实与虚假”的怪圈。

“哪里变了？”宋斯南低头看她。

两个人双眼对视，他轻声说：“我还是那个我，宋小漫。”我还是那个我，除了对你的爱逐日递增，其他的分毫未变。

我想，我真的是爱惨了你。

宋之漫说：“我总觉得你们都变了。合欢变了、鹏少变了、阿嗣变了，甚至连你也变了。唯独我，什么都没变。”她脸上露出淡淡的笑意，“也不是，应该说你们都长大了，而我还在原地踏步。”

宋斯南伸手把她的头发撩到耳后，说：“我们都一样，之漫。我们都在长大，只是，每个人长大的方式不一样，而且，你忘了吗？你比我们都要小一岁。”

“可是，长大，到底是什么呢？”

宋斯南被问住了。

长大，到底是什么？

过了好久，直到他把宋之漫送到她家门口，再往自家的方向走去，看着雪花漫天飞舞，他停住脚步，转身看着宋之漫房间的灯亮起。

他的心里，如烈火般炙热。

他忽然明白了长大是什么。

是陪你走过这小半生，经历过磨难、伤痛、心酸、开心、难过，有无数次的争吵，也有无数次的忍让。

曾想和你就地解散，却还是想和你一起白头。

过尽千帆，还是想要和你在一起。

我的长大，是为了和你在一起。

03

这个年过得很快，没多久就是宋之漫十八岁生日。

晚饭是在宋斯南家吃的。当初隋欢离开后，宋之漫的第一个生日就是在宋斯南家过的。那个时候她太缠着宋斯南了，而宋斯南的父母对于宋之漫也是无条件地宠溺，所以生日都是在宋斯南家过的。

上菜之前，宋之漫和宋斯南照旧在饭桌上斗嘴。宋鸿渊和宋远征说着工作上的事，林景芝在厨房和阿姨忙活着。

晚上七点，宋家准时开饭。

两个小时之后，大厅内所有灯光熄灭。从厨房里出来一个高高大大的身影，手上小心翼翼地捧着一个蛋糕。蛋糕上的生日蜡烛，是这室内唯一的光源。

宋之漫在原处坐着，双眼望向这唯一的发光处。

宋斯南手捧着蛋糕，一步一步地向她靠近，时不时地抬头看她一眼，眼底是数不胜数的漫天繁星与光彩笑意。

他面前就是光。而他的笑，比光还亮，亮得慑人。

宋之漫想，这人原来这么好看。

吃完蛋糕，照例是收礼物的环节。

宋之漫收到了林景芝送的项链、宋院长送的超大红包，以及宋鸿渊送的一个小镯子，据说那个小镯子是明清时的东西。

到最后，宋之漫抱着那些礼物看向宋斯南："宋小四，礼物！"

宋斯南朝她抛了个媚眼，得意道："走，到小爷房间里，小爷给你看看我送你的礼物！"

等到了房间，宋之漫坐在椅子上，宋斯南去拿礼物。

礼物是——他用了三年的时间折的一箱千纸鹤。

他每天晚上都会把自己的心情写在纸上，然后把纸折成千纸鹤放在置物盒里。起初是放在置物盒里的，只是千纸鹤越来越多，最后只有纸箱才放得下了。

宋斯南昨晚抽了几只千纸鹤出来，把它们拆开来，看着最熟悉的字体写着自己当时的心情。

——今天开学，和宋小漫不在一个班，不开心不开心不开心！

——宋小漫做题的样子真好看，考试的时候我看她做题，看得忘了自己题目都没做，最后语文考了倒数第一。结果她竟然骂我。有点委屈。

——宋小漫说我很棒，很开心。

——我和宋小漫吵架了，我不想道歉（划掉）她就不能向我示弱一次吗？

——鹏少让我去告白，我不知道该不该去。

今晚的最后一只千纸鹤，宋斯南在上面写道："宋小漫，我喜欢你，很喜欢很喜欢你。"

是的，这是一箱告白情书。

满满的一箱情书，说着他对她的喜欢与爱。而他终于决定，在今晚把这些写满自己心意的千纸鹤，全部交给他的心上人。

我把我所有的爱意，连同你陪我度过的时光，都写在纸上。

这年少时光，我只专心做一件事——喜欢你，从一而终，认真且㞞。

宋斯南抱着那一箱千纸鹤，手上轻飘飘的，心里却沉甸甸的。

到底是一种什么样的心情呢？

紧张？有的。

激动？也有的。

还有呢？还有害怕。

他探出头去，看着坐在椅子上的宋之漫，她披散着头发，脑袋靠在椅背上，百无聊赖地发呆。

宋斯南心里忐忑不安，他不得不承认，即便做了决定，无数次的犹豫和反悔之后，依然决定要把自己的心意告诉她，但还是害怕。

怕什么？怕她拒绝、犹豫，以为这不过是玩笑一场。

宋斯南是谁？是趾高气扬、威风凛凛、狂妄不羁的少年，是在中学操场上，一个转身微笑就能吸引无数女生眼球的少年，是志得意满，是年少得意。

然而，只他一人知道，所有的年少得意，不过就是和她并肩。

喜欢一个人，就想要和她站在一起。

爱情是一件很正能量的事情，因为喜欢上一个人，所以想离她更近些，想和她并肩，想和她站在同一个高度。

他所有的犹豫不决，都来源于她。

宋斯南犹豫再三，终是苦笑，但还是坚定不移地把那箱千纸鹤抱了出去。他自始至终都认为，再也没有比这个更好的生日礼物了。

他抱着那纸箱出去，“啪”的一声扔到宋之漫面前。

他低头俯视她，寻常“傲娇脸”：“爷赏给你的生日礼物，快收好！”

宋之漫被这大型纸箱吓得吃了一惊，她试探性地敲了几下，疑惑地看他：“不会……是定时炸弹吧？”

“啧，宋之漫你每天在想什么东西啊，你脑子坏掉了是吧？”宋斯南嫌弃地把她捞起来，在她耳边念叨，“这可是好东西，看了保准你感动得叫爸爸。”

“什么爸爸啊，宋小四你皮痒了是吧？”宋之漫从他手心处挣脱开来，嫌弃地往那纸箱瞥了一眼，又看向宋斯南，吐槽，“这什么破纸箱啊，宋小四你有没有诚意，这生日礼物也太敷衍了吧？”

她作势就把那箱子打开了，箱子打开的一瞬间，她整个人愣在原地，一动不动。

那一整箱的千纸鹤，粉的黄的，满满当当。

她头皮发麻，血液急速地在血管中流动。

宋之漫几乎不敢相信地看他：“你折的？”

“嗯。”宋斯南撇过脸去，他感觉室内温度上升，自己的体温骤然上升，浑身都是滚烫的。

宋之漫拿出一只千纸鹤来，放在手心处，仔细端详着。

她心里美滋滋的：“真的是你折的？”

宋斯南右手握拳放在嘴边，轻咳了一声掩饰尴尬，又挠了挠头，在宋之漫眉眼弯弯的神色中，渐渐地不好意思了，随即又恶狠狠地凶她：“都说了爷给你的礼物独一无二吧，你还不信！怎么，满意了吧？来，叫声爸爸来听听！”

“滚蛋！”宋之漫脸上乐开了花，却还是习惯性地骂他一句。

她站起来，把手心处的千纸鹤扔回箱子里，一把抱住那箱子，傲娇地说，“我拿走了啊！”

“走吧走吧走吧！”宋斯南不耐烦地挥手。

在她走到门口处的时候，他又叫住她：“喂！”

“干吗？”宋之漫转过头来。

心里七上八下的，宋斯南上前几步，伸手帮她把箱子盖好，犹豫再三之后说：“就是单纯的千纸鹤，也没什么意思，你……开心吗？”

最后的一刻，他都没有说出口。

那些深藏在心的喜欢与爱，那些在无数个夜晚记录下的欢喜，在此刻都选择了缄默。

他听到宋之漫回答：“开心啊，宋小四，这是我收到的最好的礼物了，谢谢你。”

够了，宋小四，这就够了。还有什么不满足的呢？

喜欢早已付诸笔下，深爱也已深埋在心，总有一天会破土而出，在十万公里深海的秘密，在最恰当的时候喷薄涌动。

现在不是最好的时候，宋斯南如此宽慰自己。等到以后，一定会有最好的时候的。

04

宋之漫抱着那一箱千纸鹤到楼下和宋斯南的父母再见，然后出门回家。

她没走几步，就感觉脸上有星星点点的雨滴飘落，她停下脚步，前面两米处就是一盏白兰花式样的路灯。路灯灯光发出暧昧的黄色，落在地上圈出一个圆。

她抬头，顺着灯柱看向路灯，再看向在漫天飞舞的雪花。

灯光照出一小朵一小朵的圆瓣。

雪花在风中飞舞着，寒风呼啸，枯朽的枝丫在寒风中瑟瑟发抖。

她看了一小会儿就收回目光，往前才走了几步，就生生停在了那里。

“阿嗣……”宋之漫叫他的名字，“你怎么在这里？”

站在她家门口的封嗣在听到她声音的一刹那转过身来，他穿着黑色的羊绒大衣，转身的时候衣角飞扬，带着一阵雪花飘落。他身体颀长，立在原处，手上还提着个小袋子。

带着星星点点笑意的双眼看着这萧索的落雪世界。

宋之漫脑袋像是卡带了，愣在原地一言不发。

在她对面的封嗣轻笑，声音里带着一丝埋怨：“之漫，你该不会忘了我和你说的话了吧？我说过，要你的一个小时。”

他这么一提醒，宋之漫就记得了。

她咬了一下唇，充满歉意地看向他：“我忘了。”

封嗣耸了一下肩，大度地说：“没事。”

他缓缓地走向她，眼里的笑意，因为看得愈清楚，显得愈盛。

雪花还在空中盘旋，甚至还有些落在他的头上、衣袖处，可他迎着风雪，一步一步、坚定不移地朝她走来。宋之漫眼睑微湿，她微微闭上眼，感觉回到了那天。

开学那天，他在讲台上落落大方地介绍着自己，用清润如玉的声音说：“大家好，我是封嗣。”像是山涧溪泉水流湍急的声音，一下一下地敲打着她的心。

他转身，拿起粉笔在黑板上写下“封嗣”二字。最后一笔落成，班里便一阵哗然。连自小学习书法的宋之漫都不得不感叹，他的字，真的写得很好。

他笑着扫视全场，最后眼神停留在宋之漫这边，微微笑着，再也没有说话。

那天天很蓝，风很清，阳光温暖，岁月如歌。

宋之漫听到耳边有人在议论封嗣——

“听说封嗣中考考了全市第一。”

“封嗣他家的企业是全国前十的，我爸就在他家的公司上班。”

“我和他一所中学的，他当初是我们校学生会的主席，多少小姑娘追着他呢！”

“哎，那封嗣谈过恋爱没有？”

“那倒没听说他谈过恋爱，这样的人，要多优秀的人才配得上啊。”

所有的话都让她明白，面前的这个人，是多么闪闪发光、光芒万丈。

寒风吹过，雪势渐大。

宋之漫回神，却看到离自己不过半米距离的封嗣。她抬头，眼睛就那样和他的对上。路灯就在他的身后，把他的身影投射在她的身上，掩盖住她的身体。

宋之漫陷入他的眼睛之中，仿若有一汪清泉，清风徐来，水波不兴。

短暂的对视之后，封嗣压低了的嗓音在这个寒冷冬夜响起，像是一道曙光，光芒万丈：“生日快乐，之漫。”

宋之漫短促地回道：“谢谢你。”

“不用。”他眼睛瞥向那个箱子，“这是什么？”

“这是……东西。”话到嗓子眼的时候宋之漫改口，在那一刻，她突然不想告诉封嗣这是宋斯南送给她的生日礼物了。

很多东西都不便与外人说明。

封嗣是她的好友，但是……与之相比，宋斯南的存在完全不同。是啊，封嗣确实是闪闪发光、光芒万丈啊。

可宋斯南不也是吗？

宋斯南没有所谓的“全市第一”“全国前十”“学生会主席”这样的字眼加持，那是因为他本身的光芒就足够令所有人仰望了。

当一个人足够优秀的时候，别人是不会注意他的家世背景的。而他一直以来也从未以“大院”“医院院长的儿子”这样的身份横行。

在学校，他嚣张跋扈、肆意妄为，却也让无数女生倾慕动心；他和很多人打过架，也在班主任的黑名单上出现过，但是学校的红榜上一直有他的名字。

他是老师眼中最头疼的学生，也是学生心中最向往成为的人。自由、随性、散漫，却又优秀得让人难以望其项背。比起封嗣来，宋斯南活得更有血性不是吗？

所以，于宋之漫而言，封嗣只是封嗣，而宋斯南，却是她的宋小四。

听到她的话，封嗣只是低声一笑：“东西吗？看上去不太像。”哪有什么东西值得她如此宝贝地锁在怀里，双手冻得发白却还是执拗地抱着。

他尾音一颤，话音未落又继续说：“今天是你的生日，我给你带了礼物。”

“啊？”因为震惊，宋之漫睁大了双眼，在他拿出礼物之前连忙拒绝，“不用了，只是一个生日而已。”

他却以不容拒绝的口吻说：“要的。”

还未等宋之漫再说什么，封嗣就把那随身提着的小袋子递到她的面前：“我从城北那边过来，不就是为了送你一份生日礼物吗？之漫，不许拒绝。”

宋之漫有点手忙脚乱的，她双手都还抱着宋斯南送的一大箱礼物，这会儿根本没手拿封嗣送的礼物。封嗣眼尖，看出她此刻的窘迫，及时开口说：“我帮你拿着这个箱子吧。”

他伸手，宋之漫犹疑地看着他，犹豫再三之后把纸箱递到他的手上，顺势接过那个袋子。

“是什么礼物？”她问。

封嗣说：“你拆开来看看。”

宋之漫疑惑地打开那个袋子，拿出里面的盒子，盒子外面有彩带，因为体积蛮大的，她一只手放不下。

宋之漫看了一下四周，最后眼睛落在封嗣抱着的纸箱上，她向封嗣示意：“你把纸箱靠近我一点，我放在纸箱上拆。”

封嗣听话地把纸箱靠近她。

宋之漫把盒子放在纸箱上端，双手因为在寒风中待了过久，有些僵硬，她搓了一下手，解开那些丝带，掀开盒子的盖子。

——盒子里面装着的东西终于出现。

是一个十分应景的水晶球。大概有……两个拳头那么大，做工精美到无以复加，宋之漫双手捧着，双眼放光：“这里面是……”

“是城堡。”封嗣轻声回答。水晶球里面是一座城堡，城堡里面住着的是一位公主。因为你是公主，你是我唯一的、深爱的公主。

雪花落下，寒风吹过，吹得宋之漫浑身一抖，她觉得自己的骨头都快被冻僵的时候，封嗣把箱子放到地上，沾着那落雪的水渍，他却丝毫未在意。

因为现下，他的心里眼里，都只有面前的公主。

他伸手按下水晶球的开关，音乐从中传来，宋之漫听得不太真切，觉得那像是人亲手弹的，但又觉得，怎么可能会有人劳心费力地做这种事呢？

水晶球里的白色晶片四处飞舞，和此刻的雪景相互呼应。城堡屹立在白雪之中，灯光璀璨、金碧辉煌，一切都美好得不真实。

而在她沉醉于那美好的不真实之中的时候，她听到熟悉的、满含深情的声音缓缓响起：“宋之漫，我喜欢你。”

在这一刻，音乐声骤停，雪花停滞在空中不动，风吹动着宋之漫的衣角不愿离去。

世上所有一切都静止入定，时间暂停在这一秒。天与地之间，所有的东西都归于沉寂。

唯一跳动着的是宋之漫的心，心跳加速，慌乱得没有任何规律。

大脑混沌，理智丧失。

她手脚发软，双手捧着的水晶球在那瞬间陡然落下，封嗣眼疾手快，接住了。

他右手拿着那个还在运转中的水晶球，轻笑一声，把开关关了。

封嗣再也没有抬起过头，他微笑着看着手里的水晶球，一言不发。

宋之漫像是突然醒了一般，牙齿发抖，斟酌了好久，才用着略微轻松的语气说：“阿嗣，你刚刚，是在开玩笑吗？”

“没有。”封嗣也咬紧牙关，他目光沉沉，转向宋之漫，再看向她时，眼神坚定，“我没有在开玩笑，之漫，这是我的告白。”

宋之漫眼睛四处乱瞟，干巴巴地说：“阿嗣，你别闹了，你知道我不会在这个时候谈恋爱的，你知道的不是吗？”因为紧张，她说话都失了条理。

封嗣虽然早已做好被她拒绝的准备，但此刻，心里还是有那么点失落。

他在来之前，早已经预设了千万次这样的告白。

所以他说：“我知道的，之漫，我知道。”

“那你，为什么……还要说那些话呢？”宋之漫的声音很轻，轻到只有风能捕捉到。她仍没看他，失神地看向远方。

封嗣露出淡淡的笑来，他低沉的嗓音在她的耳畔响起：“因为我怕……来不及了。”

害怕还没得到就要体会到失去的感受，所以他必须先宋斯南一步。

他说：“你可以不用回答，因为我不急，高考之后，甚至是你在读大学的时候，我都可以等，没关系，我可以等你。只要……只要你在谈及恋爱时，能想到我。等你想谈恋爱的时候，最先考虑的人，能先是我吗？”

不是想要专程来要求你必须答应我，只是希望，当你想要恋爱时，我能在你的考虑范围之内。

先喜欢的人，本来就是这么卑微。

他俯身姿态，此刻在她的面前卑微如尘土。

宋之漫心里不是不震撼的，可是她虽然不懂爱情，却也知道，自己对封嗣从来没有过……心动。

哪怕他是天之骄子，如太阳神阿波罗一般的存在，对她而言，不过是一盏漆黑深夜亮起的灯。

她想要找的那个人，是与白昼同行的光。

封嗣不是。

可是拒绝……她实在说不出口，于是伸手拍了拍封嗣的肩，放柔了声音说：“阿嗣，如果真的有那一天，我会和你说的。”

宋之漫从来没有看到过封嗣这么开心的样子，甚至从脚趾到头发都在笑，他伸手揉了揉她的头，声音里满是笑意："够了，之漫，这就够了。"

这已经，是最好的结果了。

宋之漫扯着嘴角朝他淡笑。

到最后，她抱着那箱千纸鹤，手上摇摇晃晃地提着一个袋子，站在门前和封嗣告别。

封嗣朝她招手："进去吧，我在这儿看你进去就走。"

宋之漫点头，叮嘱道："今晚冷，你早点回家吧。"

"好。"封嗣站在风口，冲她笑。

第九章

可是宋小漫，我是真的喜欢你。

所以请你千万、一定，要好好地生活。

01

等到宋之漫开门进去的时候，封嗣立马收敛住笑意，转身看向另一侧。

就在与宋之漫家相隔两户的地方，有人双手插兜，面无表情地看着他。

封嗣直视过去，语气平平地说："好久不见了，宋斯南。"

宋斯南下颌紧绷，冷笑道："是啊，是好久不见了，一见面，竟然送这么大的礼，我真是谢谢你啊，封嗣。"

封嗣淡笑："不客气。"

"不客气吗？我看你是成心的吧，算计好了？"

"不是算计，只是做了一件你不敢的事情。"封嗣坦然道，"你不是不敢告白吗？宋斯南，你不敢的事，我敢。"他语气笃定，"你没表白吧，今晚？"

宋斯南狠狠地咬着自己的后槽牙，放在口袋里的双手紧握成拳，他冷笑："是，我不敢，那又怎样？封嗣，你别以一副胜利者的姿态和我说话，恶心！"

封嗣挑了挑眉，往宋斯南那边走了几步。

风雪加大。

他们像是不怕冷一般对视而立。

封嗣说："你和她认识十五年，我和她不过认识三年，从这个意义上来说，是我输。但是现在看来，似乎并不是这样。十五年的时间，你和她的关系并没有进一步改变，而我，"他扬着嘴角，"我至少向她表明了心意，宋斯南，在这一点上，我赢了你不止百步。"

“你以为你表明了心意之后，她就会喜欢你？”宋斯南不屑道。

像是考虑了一番，封嗣说：“不一定，但如果不和她说，她一定不会喜欢上我。”夜晚路灯下，星点雪花顺着光线落下，封嗣抬头，说着在场两个人都知道的一点，“她还小，还不明白到底什么是爱情。我希望，我能让她知道什么是爱情。”

话音落，他视线回到宋斯南的身上。

“嗬！”宋斯南从胸腔里发出了一阵笑声，“让她知道什么是爱情？封嗣，老子现在就告诉你，宋之漫的爱情是我！”他红了眼，说话时甚至胸腔都在颤抖，因为激动，整个身子在这落雪的时刻发热，“你以什么身份教她东西？还让她知道什么是爱情？别逗了好吗？我是这么多年都没和她表白过，那是因为我不舍得她为这种事情纠结！我愿意等，等她知道什么是爱情！她的爱情就是我！”

等到她情窦初开，就会发现身边的他，到底是以怎样的情感陪伴她多年。

宋斯南爱宋之漫，爱得甚至不愿意让她在爱里受到一丁点的委屈！

“是啊，你是喜欢她，她那么好的人，值得所有人喜欢，配得上所有人的青睐！”宋斯南狂傲不羁，宋之漫在他眼中，当然是全世界第一好的人，除了有点任性受要小脾气，但是哪个女生没有小脾气？

你喜欢她，很正常啊！

宋斯南说：“你不是喜欢她吗？喜欢就去啊，我不阻止，反正，她不会喜欢你。”

封嗣笑了两声。

宋斯南以为他的笑是轻视，立即火上心头，吼一般地说：“她对我的感情和对你们任何人的都不一样，封嗣，你要清楚！”

“我当然清楚。”封嗣也承认这一点，“到底谁是她的爱情，我们都还不知道不是吗？”

他们两个人，一个怒吼像野人，一个斯文如书生，两个截然相反的人，却因为喜欢上同一个女生而在这雪夜对峙。

还说什么呢，最后的结果不就是不欢而散吗？

相比于宋斯南的滔天怒吼，封嗣显然成熟得多：“你这么生气干什么呢？之漫又没答应我，我和她还没在一起，我只不过是向她表白而已，你不至于这么生气吧？要是我和她在一起了，你还不——”

宋斯南心里说，我啊，是喜欢她，喜欢得恨不得时时刻刻都见到她。

我当然希望她也喜欢我啊。

如果她和别人在一起……

我一定会恼怒至极。

我恨她，恨她为什么看不到我。我和她认识这么多年啊，从我察觉的时候我就知道我对她的感情和对别人的不一样，直到后来我发现那是爱……

是爱啊！

所以从那以后，我宠着她、惯着她，用各种方式让她记住我。这么多年，哪怕是一块石头我都焐热了。所以如果她不爱我，那么我一定会恨死她。

我这个人吧，就是这么变态。

那又怎么样呢？

我用了这么多年去爱一个人啊，余生哪还有力气去爱其他人？这一生，初见是她，相爱是她，最后也是她。

没有别人了，不会有别人了。

“封嗣，你对她的喜欢，远远没到爱，你根本没有资格到我面前来说爱情。”因为不平等，我对她是爱，而你只是喜欢，所以，还是我赢。

封嗣笑：“总有一天会的。”

宋斯南摇头：“不，等到了那一天，我对她，会是深爱。”

封嗣摇了摇头，不愿和他交谈下去了。

还怎么说呢？这人就是一痞子流氓，总是有各种歪理，出各种奇招让他料想不到。

看到封嗣离去的背影，宋斯南得意地以为封嗣示弱认输了。如果他此刻有条尾巴，那一定翘到天上去了，他扬着眉大喊道：“封嗣，你输了！到最后是我赢！哈哈哈哈哈哈！我，一定会赢的！”

他得意地大笑。

突然传来一个人的声音：“宋小四你讨厌啊，大晚上在外面笑得这么嚣张！”

宋斯南笑得花枝招展，抬起头看打开窗探出头来的宋之漫，陡然唱起：“今儿个老百姓啊，真呀么真高兴啊！”

“啊啊啊！宋小四你变态！”宋之漫把窗户合上，抖了一下身子，心里吐槽：宋斯南真是魔怔了。

而在她关上窗之后，宋斯南收回了那放肆的大笑，他露出个可以称之为温柔的笑来，心里像是有一道风，温柔地吹。

吹得大地春暖花开。

02

高考就这样来了，十二年的学习在三天的考试中得以体现。

当初年少稚嫩，彷徨着未来遥遥无期，但眨眼就到了高考。所有的少年时光似乎都奉献给了学校，也曾无忧无虑，也曾担心彷徨，最伤心的不过是成绩不好，最难过的不过是无一好友，最开心的时候是有人给你欢乐、陪你笑。

所有单纯、纯真、青涩的时光终于要结束了。

分别来得如此猝不及防，却又不期而遇。

班上的最后一次聚餐在高考之后的一个星期。

宋之漫和宋斯南是最后到场的，KTV 包厢里灯光忽明忽灭，大家三三两两地围聚成团，有解放天性的拿着酒杯四处敬酒，有的人奔赴音乐梦想引吭高歌，但大多数还是沉默着玩手机。

合欢眼尖，在宋之漫和宋斯南推门而入的时候就看到了他们，连忙伸手示意：“这儿，之漫！”

宋之漫笑着向她招手，绕着人群走了过去。

灯光太暗，她寻了苏合欢边上空的位置落座。

合欢见她到了，激动得手舞足蹈地向她描绘：“哎呀，你怎么才来，刚刚有人向阿嗣表白了，你错过了啊！就是我们班那宣传委员，长得文文静静的，眼睛大大的，特好看的一姑娘，拿着话筒在上面唱了一首《蒲公英的约定》，深情款款地，乐死我了。”

“后来呢？”

“后来啊……”合欢咳了咳，清了一下嗓子，手里拿着一根牙签，模仿着刚才的场景学着封嗣的语气说，“抱歉，我有喜欢的人了，希望你能够别再喜欢我。”

合欢激动地拍掌：“我第一次见到阿嗣拒绝人啊！”

听完之后宋之漫尴尬地扯了扯嘴角，她目光往室内扫去，灯光太暗，她看不清楚，扫了一圈又重新看向合欢。

正好看到合欢满脸探究地看向自己。

宋之漫不太自然地摸了摸自己的脸，心虚地说：“看我干吗？”

合欢饶有趣味地猜测：“我总觉得哪里怪怪的，阿嗣还是第一次用这种借口拒绝人——也不是借口，他很少说假话，那应该是真的。既然是真的，那么，他喜欢的人是谁？”合欢摇头晃脑地大胆猜测，“在他边上就我们两个女的，他对我没兴趣，那——就只剩下一个人了！所以，阿嗣喜欢的人——是你！”合欢激动地下结论，紧张地抓着宋之漫的手说，“真的是你啊，之漫是不是你啊？”

宋之漫有些头疼，她无奈地点了一下头：“嗯。”

合欢想要大叫，幸好宋之漫及时地伸手捂住了她的嘴巴，示意她：“别让别人知道。”

合欢点点头。

等她放下手，合欢凑近她的耳边问道：“为什么不让别人知道啊？阿嗣向你表白了吗？那你答应了吗？”

她噼里啪啦地问了一大串问题，让宋之漫有些应接不暇。

包厢里刚好切了一首歌，换歌的时候前奏响起，悠远绵长的背景音渐渐响起。

宋之漫揉了揉太阳穴，说：“你一个一个地问。”

久久都没有等到合欢的问话，宋之漫睁开眼，见她瞠目结舌地看向包厢的唯一的亮处——屏幕前方。

就着合欢的视线往那边看，宋之漫浑身一颤，心口一紧，头皮发麻。她下意识地去找宋斯南的身影，却碍于昏暗的灯光，根本找不到他。

抑或是，他根本已经出了包厢。

宋之漫左右寻找着角落，想看看哪个地方隐蔽些，能够藏住自己，至少一首歌的时间。

还没等到她找到藏匿的地方，包厢里的灯光骤然亮起，她的上方就是一盏盏小灯泡，在这个时候，她完完全全展现在大家的视野之中。

她双手握得紧紧的，面色低沉如水，不发一言地死死盯着站在屏幕前的人。

他身材颀长，背对着屏幕逆光而立，深情款款地看向宋之漫。

前奏响过，声音从话筒里传来。

寄，没有地址的信
这样的情绪，有种距离
你，放着谁的歌曲
是怎样的心情
能不能说给我听

我可以，陪你去看星星
不用再多说明
我就要和你在一起
我不想，又再一次和你分离
我多么想每一次的美丽
是因为你
……

他嘴角噙着笑意，原本面容俊朗的人此刻更是帅气非常，他缓缓地往宋之漫这边走，对着她唱着这首歌。

歌声醇厚，又带着他自有的温润气质。

整个包厢里的女生少女心都快要跳出来了。

一旁的合欢双手成捧心状："阿嗣好帅啊。"

宋之漫的脸色却不是很好看，她从没想过封嗣会如此大张旗鼓地在全班同学面前告白，或者说，是逼她。

在此之前的表白，她根本没有任何的反应时间。

面对跨越大半个城市，迎着冬日大雪，只为和她说一句生日快乐的他，她根本不舍得说一句拒绝的话。

那天他笑着说"我不急"，她以为他是真的不急。

可是现在，当着全班同学的面，他如此大张旗鼓、高调地向她唱歌表白，明显就是在逼她。

宋之漫背脊发凉，在渐缓的音乐声中慢慢地站了起来。

音乐不知道被谁暂停了，大概都是一群看热闹不嫌事大的人，起哄地闹着："表白！表白！表白！"

封嗣抬手，示意他们安静。

众人安静下来。

封嗣走近她，两个人这个时候隔了不过半米的距离，他说："之漫，这是我的第二次表白。我希望，你能答应。"封嗣紧握着话筒，他也知道今天这样的举动不妥当，但是在他上完厕所洗手的时候，听到宋斯南和人在打电话。

"啊，对，今天表白，绝对要成功啊！

"她不答应？——她要是不答应我就把她按在墙上亲她！

"呸，我就不信了她不会答应，我对她的好她总不能忘了吧？又不是白眼狼。

"放心，放心，我一定会把握住分寸的，不会太过的，我也不敢啊。

"好好好，放心好了，鹏少。"

……

封嗣洗完手，看着镜子里的自己，暗暗地做了一个决定。

背水一战。

所以他决定表白了，他也知道这或许是在逼她，但是……他得试一试。

宋之漫抿着唇一言不发，班上的人看这形势也不敢起哄了。最后，她抬腿往外走去，打开门的瞬间，她回头对封嗣说：“我们谈谈。”

该谈的人放下手上的话筒便追上她。

03

走到走廊尽头，宋之漫转身看向封嗣，神色不善，却又不好发作，只是敛了些情绪说：“阿嗣，你这是在逼我。”

封嗣点头：“是。”他目光沉沉，直视她，“所以呢，你是答应还是拒绝？”

他眼里的坚决太亮了，宋之漫艰难地移过眼不看他，靠着窗沿的身子瑟瑟发抖：“阿嗣，你别逼我。”

封嗣上前一步，双手撑在她的身侧，将她整个人包裹住的姿势，低头看她，带着压迫性的语气说：“之漫，我不得不这么做。”

宋之漫死咬住牙关。

她说不出答应。

她对封嗣的感情并不是男女之情，也没有怦然心动的感觉。

但也说不出拒绝——封嗣是她在高中认识的第一个同学，也是朋友。

她蹙眉，紧缩着身子，不让自己碰到他一分一毫。

过了好久，整个走廊除了从包厢里传来的歌声就再无其他了。

封嗣动了动喉结，干涩地问道：“回答不了吗？”

宋之漫眼底微愠。

他再也忍不住了，低头，欺身上前，一只手搂着她的腰，另一只手捧着她的下巴，就这样吻了上去。

她的吻干涩，他的也是。

封嗣贴着她的唇，只是很单纯地贴着，他在等，等她的反应。

而在他们的背后，有一个人眼里燃起熊熊烈火，怒气冲冲地往这边大步走来，他右手紧握成拳，离得近了，左手拉住封嗣的肩，伸手就是一拳。

因为宋斯南的到来，封嗣被扯离了宋之漫的身边，而又因为那狠狠的一拳整个人趔趄了几步差点跌倒在地。

宋斯南胸口起伏不断，还没等封嗣站稳，他伸手一把抓住封嗣的衣领，就听到封嗣说：“一句话不说就动手，真是个流氓。你还真以为之漫会喜欢你这样的流氓混混？你大概不知道，她刚刚，就在你来之前，答应我的告白了。”

封嗣笑着，一直笑着，用只能让他俩听到的声音说着，挑衅着宋斯南。

这是他最后的努力。

即便他被宋斯南打伤打残，那也是他想过的，这样最好不过，依照宋斯南父亲的性格，大概会把宋斯南送到部队去，那宋之漫的身边就只有他了。

他的爱，到底也变质了。

由最初的我是爱你的，你是自由的，变成了现在的我是爱你的，而你必须是属于我的。

他当初有多看不起宋斯南，现在就有多看不起他自己。

封嗣的最后一句话，彻底激怒了宋斯南。

宋斯南握拳，伸手，一下、两下，又一下。

他用力得很，发狠地把身体全部的力气都用在了封嗣的脸上、胸上和腿上。

封嗣很少去健身馆和跆拳道馆，唯一的运动就是爬山，这个时候根本没有任何反抗的机会。

而宋斯南没有给机会让他躲，从各个方向揍他。

终于他揍累了，倚靠在墙边喘着粗气，气喘吁吁地看向瘫倒在地一动不动的封嗣。

封嗣眼睛还睁着，嘴角一扯带得面部神经都疼，他整张脸都是血，扯着嘴想笑，一扯，满嘴的血流了出来。

宋斯南冷笑，伸腿又在他身上踹了一脚，啐他："牙都碎了，还笑！"

宋斯南转过去看宋之漫。

她蹲下身子，双手环抱住自己，双眼放空，无神地看着某个地方，眼角微湿，狠狠地咬着自己的嘴唇。

整个人让人心碎得想哭。

宋斯南铁青着脸，走过去单手拉住她，直直地往洗手间的方向走。

洗手盆就在外面，他把她拉到洗手盆前，大手压住她的背，把她整个人往洗手盆压，另一只手把水龙头打开，水流出来。

宋斯南捧着水往宋之漫嘴上擦，捧一点擦一点，用力得像是要把她嘴唇上的皮磨掉一般。

渐渐地，痛意从嘴上传来，宋之漫陡然回神，她挣扎着："宋小四，你放开我！"

宋斯南压制住她，把水往她脸上洒，又毫不留情地用水抹她的脸。

仿佛刚刚被封嗣碰到是一件多肮脏的事。

宋之漫还在挣扎，踹他、掐他都没用，他还是我行我素地用水给她洗脸、擦唇，恨不得让她换一层皮，被封嗣碰到过的地方，统统都换掉！

宋之漫终于忍不住了，低头就是水流出来的声音，她大哭："宋斯南你松开我，你浑蛋啊，松开我！"

他表情出现了一丝裂缝，手上的动作却没减半分，力道十足。

过了好久，他终于松手，宋之漫猝然倒地，而他也像是用尽了全部力气，整个人无力地倒在地上。

宋之漫还在哭，不可遏制地流泪。

宋斯南无力地扯了一下嘴角。

"哭什么呢？"他的声音极低，抬头看向上方。你哪里有我难过呢？

宋之漫朝他吼："宋斯南，你变态！"

"嗯。"

"你有病！"

"嗯。"

"你给我滚！"

"嗯。"

宋之漫擦着眼泪，脸上全是泪，她质问他："你刚刚，干吗要这么做？"

"因为我变态，有病，还是个浑蛋。"他云淡风轻地回答，挑眉看她，"你刚刚，为什么不拒绝他？"

宋之漫哽咽着。

"算了。"没听到她的回答，宋斯南站了起来，走到她边上，又蹲下，略显轻佻地抬起她的下巴，从她的嘴到她的鼻，又到她的眼睛，无一不是红的。

他的喉结上下滑动，最后笑道：“竟然有人看得上你，真是可笑。”

“啪”的一声，宋之漫伸手就打了他一巴掌。

因为突如其来的冲击力，宋斯南的脸扭向一侧，他抽回手摸了摸自己的脸，往地上“呸”了一声，转过头来继续看她。

宋之漫的眼睛红红的，还含着泪水，她一边流着眼泪一边朝他吼：“宋斯南你浑蛋！”

“嗬，对啊。”宋斯南说，“我就是浑蛋。”

宋之漫直接把他往后一推，他再次坐到地上。

宋之漫站起来，低头看他，紧咬住牙关，最后泄愤般地踹了他一脚：“宋斯南你给我滚！”

“好。”他笑着应道。

那笑里多苍凉多悲伤，只有他一个人懂。

宋之漫一跺脚就往外跑，只留他一个人还在原地坐着。

等她走远了，宋斯南捂住自己的脸，渐渐地，有眼泪从指缝中流出来。

他的心底像是在流血一般，疼得发指。

“我就是浑蛋，一个喜欢上你喜欢得要命的浑蛋！”

宋之漫跌跌撞撞地往外面跑，脸上都是泪痕。

KTV 的走廊交叉曲折，她一时之间找不到方向。

在慌不择路的时候，她回到了之前宋斯南和封嗣打架的地方。灯光昏暗，太阳光从尽头的窗户照射进来，照在地上投射出一大片阴影。

宋之漫头皮发麻，她看到瘫倒在那里的人毫无生气、面色苍白，脸上还都是鲜血，她浑身发软，突然跌倒在地，失神地望着他。

她喃喃道：“为什么要……那样呢？”她眼底浮现氤氲雾气，“我不喜欢你啊。”她环抱住自己，轻声地说，“你不是我的光，他才是。”

在那一刻，她终于明白，自己的生命之光，到底是谁给予的。

是那个在年少懵懂时期就一直牵着她的手，从来没有放弃过她，宠她宠到骨子里的人。

——宋斯南。

在被吻的那一刻，宋之漫一瞬间是蒙的。她手足无措，从脊椎骨开始发冷，她颤抖着身子缩成一团。

封嗣的吻带着温度，像是一道光照耀着她想要感染着她给她温暖。

可是那时的宋之漫，如坠极地冰窟。

“不应该的，不应该是这样的。”她在心里悄然说。

下一秒，封嗣被拉开，她只觉得脑袋一片空白，眼前晃过几个人影，人影攒动中，熟悉的身影背对着她……

“宋小四，”宋之漫缓缓地蹲下身来，“为什么是你呢？”

为什么在我被吻的那一刻，眼前浮现的身影是你呢？

为什么我会想到那次骑自行车时的场景？

为什么我喜欢的人，会是你？

是啊。此时此刻，即便茫然失措，即便无所依偎，即便她不知道爱为何物，却清楚透彻地明白，她喜欢上了一个人。

一个，当她在被吻时脑海里就会浮现出他的身影的人。

她喃喃自语：“是你啊，竟然是你，真的是你……”

再后来，她被宋斯南拖到洗手间，他动作粗鲁暴戾，把她按在洗手台上，大把大把的水往她脸上砸——真的是砸。

他擦拭着她的嘴、脸、眼睛，用力得很。

宋之漫心中百般滋味。

疼啊，是真的疼，脸上疼，嘴巴疼，心最疼。

委屈，打心眼里委屈着，她什么都没做啊，她也想推开那个并不能算是吻的亲吻，可是推得开吗？封嗣的手像是要把她的下巴捏碎了一般，他按着她的后背，让她贴近他，她根本就没有反抗的机会。

满脸都是水，宋斯南还掬了水往她嘴里塞，她被呛得眼泪直流，含混不清道："宋小四，你放手啊！"直到说出来她才意识到自己的声音里满是哭腔。

可他手下没有半分的犹豫。

她被呛得眼泪直流，连同心碎和委屈，一股脑都流了出来。

到最后，她已经不知道到底是为什么哭了。

就是不可遏制，就是情难自抑，就是肝肠寸断。

想到这里，宋之漫吸了吸鼻子，唤道："封嗣。"

地上的封嗣未动半分。

宋之漫加大了声音，叫："封嗣！"

可他沉默得像个雕像。

这才意识到不对劲的宋之漫急忙跑到他的身边，面对着他满身凌乱却无从下手，她慌了，大叫道："封嗣！封嗣！你醒醒啊！"

她努力地想让自己冷静下来，深呼吸几次，从口袋里拿出手机，想要镇定地拨下号码，哆哆嗦嗦的手指却泄露了她的不安。

"喂，120吗……"

04

三天之后。

医院住院部。

宋之漫打了瓶热水回到病房，病房里静悄悄的，躺在病床上的人安静而又沉默，见她进来便对她扯了一下嘴角。

他面色苍白，脸上青一块紫一块的，浑身都是伤，躺在病床上连翻身都觉吃力。

宋之漫把热水瓶放在床头柜上，拿笔写了一句“我去上个厕所”，就匆忙离开了。

她脚步慌乱地出了病房，一出病房拔腿就往安全通道跑。

泣不成声。

到底为什么会变成现在这个样子？

宋之漫浑身发软，无力地坐在楼梯上，眼泪哗哗地往下流。她咬紧牙关，不让自己发出一点声音，心里的痛楚却是千倍百倍的。

那天封嗣被送往医院，她一直跟在他的身边，看到他整个人苍白无力地倒在担架上，嘴角、耳边不住地流血，苍白的脸被鲜红的血衬得更是慑人。宋之漫哭得不能自已，呜咽着说：“封嗣，你醒醒，你醒醒啊！”

可封嗣没有醒，没有像平时那样对她露出温和的笑。

他的如沐春风陡然消失，只剩下如极地冰山般的面孔。

宋之漫的眼泪无法控制地流着，一直流一直流。

到了医院，宋之漫在手术室外面等他。

秒针嘀嗒，时间消逝。仿佛过了好久，手术才结束。

宋之漫僵硬着身子看医生出来，整个人木木的，对外界没有任何的感知，只知道他还活着。

他还活着，还能像以前那样对自己笑。

封嗣的父母匆忙从国外赶来，主治医师在他们面前接连叹息道：“年轻人太冲动了，打架跟玩命一样，浑身都是伤。”

宋之漫是第一次见封嗣的父母，他们衣着得体端正，西装革履。

封嗣的母亲真的很优雅，此刻却红着眼眶看着病床上安静沉睡的儿子。

宋之漫也是第一次，见到宋院长低声下气地向人道歉。

怎么就……变成这个样子了呢？

封嗣怎么就变成这个样子了呢？

为什么……一夜之间，所有的事都脱离了轨道，不可控制地往不好的方向发展了呢？

在她泪流满面之时，眼前模模糊糊地出现了一个身影。

宋之漫用手背使劲地把眼泪擦去，吸了吸鼻子，看着站在楼梯口的那个人。

他还是往日的穿着，眉眼间却再也没有往日的嚣张。

他看着宋之漫，笑着问：“哭什么呢？”

宋斯南拔腿往上走来，等走到她的身边，和她并肩坐下。

宋之漫沉默不语，双眼看着某处，空洞到令人窒息。

他叹了口气，说：“我和封嗣的事，是我和他的事，你别掺和进来。我打伤了他，是我的错，我理应受到责罚，你就别多管了，收拾收拾回家，准备填志愿去。你不是说要考清华的吗？我听宋叔叔说，你的成绩够了。乖，宋小漫，回家去。”

她又红了眼眶，压抑着内心的情绪，问：“你呢？”声音里带着明显的哭腔。

宋斯南咽下口腔里的苦涩，强颜欢笑，调侃道：“我啊，我大概是得把我的耳朵割下来给他了！”

“宋斯南！”宋之漫大吼。

他看着她，她眼里都是泪光，脸上满是泪痕。

宋斯南轻声叹了口气，伸手抚上她的脸，轻轻地擦拭，边擦边说：“封嗣的耳朵是我打伤的，我怎么样也不能跑，该我的就是我的，我不能逃。我爸说了，封嗣那边治疗要多少钱，我们就出多少钱，必须让他治好。但是我估计得到国外去了。之漫，”他唤道，语气轻柔得不可思议，“你呢，在这边要好好的，好好地上课，好好地生活。我呢，我就在你看不到的地方，好好地上课，好好地生活，你——”

宋之漫打断他，眼泪不可遏制地流下：“我不要，宋小四，你不在我身边，我不要！”

她咬着下唇，不断地摇头。

“乖，之漫，乖。”宋斯南如视珍宝般捧住她的脸，轻声说，“听话。之漫，这是我最后一个请求。请你，一定要好好地生活，等我回来。”

“我不要，我不要，宋小四……”宋之漫终于号啕大哭。

这些年来，她很少流泪，除了自己母亲逝世之时，再也没有崩溃过。他曾说过让她一辈子开心的，可现在，风雨都是他给的。

他是个骗子，骗她。

宋斯南再也忍不住了，伸手把她整个人抱住，喉咙哽咽：“我也不要，可是之漫……我们到底是走到了这一步。”是我的错，我的鲁莽、任性和冲动，让我们两个走到了这一步；是我的错，没能在今后的日子里好好照顾你；是我的错，没有实现对你的承诺。

“之漫，答应我，好好照顾自己。”他说完，放开她，站起身，看向不远处的宋鸿渊，眼眶泛红，却还是忍着不流下一滴眼泪。

他说："宋叔叔，您带之漫回去吧。"

宋鸿渊点了点头，走过来抱住宋之漫。

宋之漫在宋鸿渊的怀里挣扎，却听到有人用恳求般的语气说："之漫，我再看你一次，真的，再看你一次。"

他语气里的恳求让她心碎，宋之漫不由自主地往宋斯南那边看。

再看一次，我也再看你一次。

宋小四，你千万别忘了我。

等到宋之漫离开，宋斯南整个人跌倒在地，他把头埋进双手里，不住地嘶吼痛哭。

半个月后，封嗣被送往美国，同行的还有林景芝和宋斯南。

宋之漫被宋鸿渊关在家里牢牢地看着，生怕她追到机场去。

她却沉默地坐在书桌前，推开窗，窗外是茂盛的大树，合欢花随着微风飘动。

她垂下眼帘，摆在她面前的是一个水晶球。

梦幻而又真实。

水晶球的旁边是一个偌大的箱子，宋之漫伸手把那个水晶球塞进最底层的抽屉，然后打开那个纸箱，纸箱里数百只千纸鹤躺在那里。

宋之漫打开一只，上面写着："喜欢宋小漫的第一百三十六天，她今天对着我笑，开心。"

她捏着千纸鹤的手指泛白，抑制不住内心的激动，又打开了第二只："封嗣整天在宋小漫边上，真烦！"

第三只："喜欢宋小漫的第四百二十三天，想向她表白，却又怕被她拒绝，真烦。"

第四只、第五只、第六只……

一直到最后一只。

宋之漫看完之后泣不成声。

而在机场的宋斯南，沉默地站在人群之中。

起飞时间快到了，他跟着人群走，最后一次，他转过头往后看。

他伸了伸脖子，转回去。

——说好了再一次，已经没有第二次了。

她不会来了，也不可能来了。

宋斯南，你看看，现在这样都是你造成的。

你活该。

你怪不了谁。

可是宋小漫，我是真的喜欢你。

所以请你千万、一定，要好好地生活。

第十章

就知道对付宋之漫要用苦肉计，别说被打成猪头，就算被打到住院也值了！感谢他那十年如一日只知道动粗的爹！感谢他机智的头脑！

01

宋斯南是半年前回国的。

心外科科室。

董立添一进科室就对里面的人说："嘿，外面那小伙在这儿等了有小半个月了吧，到底是什么来头？"

知道真相的詹言侨别有深意地看了宋之漫一眼，幽幽道："该不会是谁的追求者吧？"

翻看住院记录的宋之漫淡淡地看了他一眼，手指点了点桌面说："老师，我这边有个患者，她的情况蛮特别的，您要过来看看吗？"

刚换好衣服的董立添闻言走了过来："什么情况，你和我说说。"

两个人讨论着患者的病情小半个小时之后，宋之漫又接着看病历去了。

见她没有往外边去的意愿，詹言侨默默起身走了出去。

在他出门之后，宋之漫才抬起头，看向桌子上的置物架上一只小小的千纸鹤。

那小伙果然还坐在走道里的椅子上，只是精神状态不大好，西装外套有点凌乱地搭在身上，合着眼像是在睡觉。

詹言侨走过去抬脚踢了他一下："别睡了。"

他浑身一动，外套就那样滑到了地上。

詹言侨弯腰帮他捡起那件外套，拍了拍，还给他，并且叮嘱道："医院里都是病毒，你每天都来，穿得还这么少，也不怕生病？"

他接过外套，就搭在手上，没穿，也没回答詹言侨这个问题，只是问："宋小漫呢？"

"唉。"詹言侨叹了口气，朝科室那儿抬了下下巴，"在里面不肯出来呢，我说你们两个也真是够可以的。一个就在外面等，也不进去；一个就在里面坐着，也不出来，即便是出来吧，看也不看你一眼。怎么，闹别扭了？"

"没有。"

詹言侨坐到他边上，两个人安静了一会儿。

詹言侨骤然开口："离开……多久了？"

"十年。"宋斯南的声音闷闷的，在医院待了数天，衣服穿得不多，医院的冷气在他头上吹，吹得他鼻子都堵了。

"十年啊……嗬，竟然是十年。"詹言侨笑了一下，又说，"你也舍得回来。"

宋斯南不傻，听清了他语气里的嘲讽意味，但也没恼。

宋之漫中午的时候去食堂吃饭，吃完想到他一个人坐在那儿大概也不会去买饭吃，走向住院楼的时候又绕了回去，在食堂打了份饭。

可是等到了科室门口，就看到走道上空无一人，原先坐在那里近十天的人已然不见了。

她把那盒饭扔进垃圾桶里，用湿纸巾擦了好几遍手，双手泛红才停止。

她站在窗户前，眺望远处，心里有些愤恨：就知道这么些年他没有什么改变！压根不知道坚持！

要是再坚持一点点，哪怕是一点点，她就服软了呀。

宋之漫低头看向自己的鞋面，十分郁结。

“浑蛋宋小四！”

于是下班的时候她走得极快，以往她都是最后一个下班的。

宋鸿渊帮她在医院边上买了套公寓，步行只要十分钟时间，她向来是把东西都处理好，再准备好第二天的事才离开医院的，今天却匆忙得很。

她去超市买了点食材，拎着两大袋东西出了电梯，隔着远远的距离，看到自家门外有个人影。漆黑的楼道处，声控灯不知道为什么没用了。

反倒多了几分阴森的意味。

宋之漫心里紧绷绷的，走得近了，看清了人影，才舒了口气。

又看到他脚下一堆烟头，烟雾弥散。

她像没见到他似的，径直去开门。

开了门，她进屋，拎着两袋东西去了厨房。

以为会一直被冷落的宋斯南，见她没把门关上，心中一喜，熄了烟，闪身进去。

宋之漫在厨房里整理着食材，宋斯南就在一旁看着。

两个人一直没说话，厨房安静得只能听到整理塑料袋的声音以及流水的声音。

宋之漫不说话，宋斯南也不敢轻易开口。

等到她整理好，一个转身，就看到赫赫有名的宋四少坐在一张小矮凳上，双手捧着张脸，眯着眼睛，讨好地对她笑。

宋之漫一下子就破功了。

见她一笑，宋斯南乘胜追击：“宋小漫，别生我的气了，可以吗？”他话音刚落，就看到对面的人敛了神色，恢复了前几日一般淡然的表情。

“宋小漫，你真的不准备原谅我了吗？”

宋之漫洗菜的手一顿，颇为平淡地说：“你觉得我应该原谅你吗？”

“不应该原谅。”宋斯南老实承认，无力地靠在门边，一一细数着自己的错误，“我这一去就是十年，十年来没有任何的消息，你不原谅我是应该的。我当初说好要一直陪着你、对你好，可是最让你伤心难过的，就是我了，你不原谅我是对的。我把封嗣揍成那个样子，你不原谅我，嗯……”他边点头边说，“设身处地地想想，连我都不能原谅我自己，竟然还来求你原谅我。”

他说完，重重地叹了一口气。

“说完了？”宋之漫转过身，直视他，平静地说，“第一，最让我伤心难过的不是你，你别自作多情了；第二，把封嗣揍成那样，我应该生气吗？我和封嗣不过是朋友，现在……也只是普通朋友。”

“那你原谅我了吗？”宋斯南再三斟酌，问道。

宋之漫冷笑：“原谅你？十年不声不响，一句求饶就想让我原谅你，宋斯南，你还真的把我当成十年前的宋之漫了啊？”

当然没有。宋斯南缩了缩脖子，其实他很想说“十年前的宋小漫才不会这么横眉冷眼对我呢！才不会”。

十年前面对宋之漫他就㞞，十年后还是如此。

他上前接过她握着的花椰菜，一点一点清洗着，感受到手上被水流冲击，冰冷的水滑过他的手心，他以一种平淡的口吻说：“还记得吗？我那天在医院和你说的一句话。”

“什么话？”

“请你，一定要好好地生活，等我回来。”

“记得。”

“那你……”

"有好好地生活。"

"然后呢？"

"然后什么？等你吗？"宋之漫轻笑，挑衅般地说，"我凭什么等你？"

宋斯南气结，想发作又发作不出来，谁让他理亏呢！只是干巴巴地问一句："那你这些年，除了封嗣，和谁在一起过吗？"

宋之漫拿水的动作一顿，好半晌才反应过来，对他的问题哭笑不得。

她把水拧开，喝了一大口，说："你总是封嗣封嗣的，该不会，你喜欢的不是我，是封嗣吧？"

"砰"的一声，宋之漫好整以暇地看着被水溅湿上衣的宋斯南，他目瞪口呆地看着她，咽了一大口口水，问她："你怎么知道我喜欢你的？"说完又改口，"谁……谁说我喜欢你的！你别自作多情！"

宋之漫眨了眨眼，往身后的餐桌上指了指："千纸鹤啊。"

"哈？"因为吃惊，他的嘴巴张得极大，"什么千纸鹤？"

带他走到餐桌旁，餐桌上摆放着一个透明的玻璃瓶，被木头塞子塞住，宋之漫轻车熟路地把塞子拔出来，又从里面取了只千纸鹤，拆开来，念上面的话："笨蛋宋之漫，题目不会做不问我，竟然去问封嗣，气死我了！"念完，她满脸黑线，吐槽道，"宋小四，你幼不幼稚啊！"

熟悉的名字就这么轻易地叫出口，连宋之漫都明显一愣。

这个称呼似乎有很多年没有被提起了，那年分开之后，宋小漫失去了宋小四，除了在午夜梦回并不清醒的时候她会下意识地叫着"宋小四"，其他时间，情绪掩藏至灵魂深处。

而宋斯南，在国外的这些年，顶着一个英文名横行。回到国内，大家都尊称他一声"宋总"或者是"宋四少"，"宋小四"这个称号，早就被人遗忘在时间长河之中了。

他眼角眉梢都是笑意："嗯，幼稚啊！"

年少的时候，谁不幼稚？

因为喜欢你，我做了多少现在看来幼稚至极的傻事。

黄昏夕阳退去，金色的余晖逐渐被深黑色的夜幕掩盖，只亮了一盏灯的客厅昏暗至极，却因为他眉梢的笑意而柔和不少。

或许不是因为他的笑意。

而是因为他。

宋之漫浑身的刺在这一刻收了起来，她拉了一张椅子坐下，又把那千纸鹤折了回去，放回玻璃瓶里。

宋之漫想，她等了他这么久，他终于回来了。

从此以后，她再也不用一个人假装着坚强独立，有苦再也不用一个人咬牙咽下。

他是她的盔甲，让她有着面对千军万马却可以一人血战到底的孤勇。

借着柔和灯光，宋之漫看向宋斯南。

长高了，头发也长了。

不像以前那样经常穿运动衫和休闲衫了。

在医院等自己的这么多天，他似乎都穿着成套的西装。

更成熟了。

脸上棱角轮廓也更清晰了。

也……更好看了。

十年过去，依旧俊朗非凡。

这杳无音信的十年，中间的空白时光，无数个漆黑深夜都是她一人坚强度过的。

一句原谅，说出来真的太难。

可她完全没有办法不原谅他，毕竟她……那么爱他啊。

在他以为会一直沉默下去的时候，就听到宋之漫开口，说："宋伯母和宋伯父出差去了，交代让你住我这儿，可以吗？"

可以可以，当然可以！他使劲点头，又意识到她看不到，说道："可以！"两个字说得铿锵有力。

"嗯。"她又回到厨房继续洗菜，又问，"你站在这里干吗？"

"等你。"

"什么？"

宋斯南说："等你回头看我一眼。"

宋之漫内心的第一道防线，就这样被攻破了。

02

之后的几天里，宋之漫的态度仍是冷淡的。

宋斯南和她说话，她也应，就是很冷淡地附和。要是他不开口，她也绝对不说一句。整个房子阴沉沉的，像是笼上乌云一般。

宋斯南哀叹了一声。

正好有事来找他的王少鹏此时正端坐在他对面，见他闷闷不乐的，凑上前想逗逗他："嘿，宋总，这怎么了，黑着张脸的？"

"宋总宋总，来硌硬我啊？"宋斯南抓了抓头发，不耐烦道。

王少鹏觉得好玩，往日也没见他这么烦躁，兴致来了："哟，您这是怎么了？"

"你说呢？"宋斯南木着脸看他。

他这么一说，王少鹏马上了然，一拍大腿，感叹道："果然是宋小漫厉害啊！怎么，在她面前还是那么……"

被他这么一说，宋斯南涨红了脸，反驳："谁？你说谁？"

宋斯南挺直腰杆，死要面子的样子，王少鹏都看不下去了，指着他说：“你就不能成熟点、稳重点？在国外待了这么多年，洋墨水喝得够多了吧？那些礼节啊、气度啊、绅士风格啊，就没能学到一点？”王少鹏手中的文件夹拍得桌子啪啪作响，“就算你一点都没学到，那总该成熟一点了吧。都十年了啊，能成熟点吗？宋总！”最后两个字，他加重了音量。

宋斯南泄气了，烦躁地松了松领带，从抽屉里拿了盒烟出来，叼在嘴上。他摸了摸身上没摸到打火机，看向对面的人，点了一下下巴：“打火机带了没？”

“没有。”王少鹏低头看着文件，抽空看了他一眼，劝道，“我都不抽了，你也少抽点。”

“戒不了。”宋斯南从抽屉里找了盒火柴出来，动作熟练地点火，烟凑近火苗，“刺”的一声点上了。

一下子，室内烟雾缭绕。

王少鹏许久没抽烟了，一下子闻到烟味有点不习惯，起身开了窗，站在窗边看文件。看完了，王少鹏问他：“这个工程，靠谱吗？”

一支烟燃尽了，宋斯南掐着烟屁股，眯着眼看王少鹏，嗤笑了一声：“我准备做的第一个项目，拿这个开疆拓土，你觉得靠谱吗？”话落，他松开手，烟屁股掉进垃圾桶内。

王少鹏琢磨了一下：“能行啊。这个工程我也不太清楚，但这么说吧，你我还是信得过的。”

王少鹏拍拍他的肩：“说吧，要我做什么？”

宋斯南很轻地笑了一下，说：“没什么，就是想问问你的意见。”

“真的不用我帮忙？”

“谢了，兄弟。”

王少鹏摆了下手，“咱俩说什么谢不谢的。”

过了一会儿，王少鹏问：“宋之漫那边……”

“嗯？”

“你俩怎么样？”

提到这个，宋斯南就烦。

他从烟盒里又拿出支烟，也没抽，只是放在鼻尖闻了闻味道，好半晌才说：“还能怎么样，她不怎么愿意搭理我，大概还是怨我。”

“换我我也怨你。”王少鹏心直口快地说。

宋斯南气急败坏：“站哪边啊，还是兄弟吗？”

王少鹏怕了他，连忙往后退了几步，捂住脸，直白道：“帮理不帮亲！”

“哎！你这——”宋斯南掏了烟盒，整盒烟都往他身上砸去。

王少鹏一闪，躲过去了，乐道：“嘿，没砸到。”

宋斯南又把火柴盒往他那儿扔，他又躲，得意扬扬地朝宋斯南吐舌头：“又没砸到！”

两个穿着西装的男人，玩着你扔我躲的游戏，幼稚得像三岁孩童。

闹得累了，两个人躺在沙发上，一人一角。

这个光景仿佛回到很多年前，那个时候他俩总在外面玩。宋斯南是个闲不下来的主儿，但凡不上课，总会找各种乐子。大多数时候他和宋之漫在一起，但也有很多事情，宋之漫是不方便，或者说是不愿意参与的。

男生和女生的喜好总归是有差异的。

宋之漫不愿为了宋斯南委屈自己，而宋斯南也不会轻易改变自己的喜好。说到底，他们两个都是不愿意为了别人而轻易妥协的人。

可宋斯南在那些岁月里，身边也只有两个人，一个是宋之漫，另一个则是王少鹏。

王少鹏也是唯一一个见证了宋斯南喜欢宋之漫那么多年的人。

哪怕分别十年，宋斯南对宋之漫的爱也没有任何改变。或许也有改变，变得愈加浓厚。

而这十年，也不是宋斯南一个人的独角戏。

他在等她，她亦然。

王少鹏是亲眼见证了宋之漫等待了十年，两个人分明就是相爱的，怎么到了这个时候耍起性子来了？

宋斯南和宋之漫，这两个名字在很早的时候就是黏在一起的，很多时候，当事人不愿意主动，那就只好由他这个局外人推一把了。

王少鹏踢了踢宋斯南的脚，说："晚上一起吃饭。"

"不去。"宋斯南懒洋洋地说，"回家陪宋之漫。"

王少鹏点头："哦，忘了和你说，约的就是宋之漫。"

宋斯南跳了起来："你怎么不早说？！"

"现在说也不晚吧？"

宋斯南跑回办公桌前收拾东西，文件按轻重缓急分类放好，整理出今天要做好的东西，碎碎念道："你怎么突然约了宋之漫，我没听她说过啊！"

"她和你说过话吗？"王少鹏是知道他们两个人还在闹着别扭，毕竟离开了十年，任宋之漫再大度，也没有那么容易就原谅宋斯南。

宋斯南被呛了一句，却还是好脾气地问："她知道我会去吗？"

"你要是去了，她会来吗？"

"不会。"宋斯南脸色铁青，最后吐出一口长气，"时间、地点。"

“下午六点。”他看了一下表，“五点了，一起走？”

刚好今天要做的东西都做完了，宋斯南点头：“也行，走。”

宋之漫下班的时候接到合欢的电话，合欢在那头提醒她：“之漫，我们约了今天吃饭你还记得吗？你可不能忘了啊，我把人都叫齐了，你可不许放我鸽子。”

她要不打这个电话，宋之漫还真忘了。

宋之漫换上外套，边往外走边说：“记得啦，记得啦！你把地址发给我，我打车过去。”

“就知道你忘了……”合欢嘟囔，“不过没事，我让人接你去了。”

宋之漫心里油然生出一股不妙的感觉，她警惕地问：“你让谁来接我了？”

“鹏少啊！”合欢说。

不是他。

得知这个答案，她松了口气，可……又有点失落。

宋之漫挂了电话，站在医院大门等王少鹏来接她。

王少鹏来得有点慢，差不多是掐着点来的，见宋之漫已经在那儿等着了，立马说：“路上堵车了，来得晚了点。”

宋之漫上车，边系安全带边说：“我也刚下班一会儿，没等多久。”

等车子缓缓汇入车道，王少鹏和她闲谈：“最近上班忙吗？”

“忙。科室又接了几个新病人。”

“你啊，干什么不好，非得当医生，天天忙得脚不沾地的。”王少鹏揶揄她。

宋之漫笑着说：“没办法啊，喜欢嘛。”

“就因为喜欢，所以坚持了这么久？”王少鹏转过头来意味深长地看了她一眼。

宋之漫接触到他的眼神，再结合他那句话，便知道他一语双关。她伸手降下车窗，不紧不慢地说：“给他来当说客的吗？”

王少鹏神情自然：“算，也不算。”

“怎么说？”

“他那人太小气，你们之间的感情，他不喜欢有其他任何人插足，哪怕是我他都不喜欢。”王少鹏无奈地说。宋斯南的秉性脾气他太清楚了，哪怕是现在和宋之漫关系这么僵，他都是不愿意让别人插手的。

王少鹏继续说：“可我这人闲啊，就爱管这些闲事。”

宋之漫笑而不语。

“咱们仨认识这么多年了，很多东西大家都清楚得很。宋小四喜欢你，这个是不容怀疑的，你喜欢他……之漫，这十年，你是在等他吧？”

王少鹏作为一个说客，自然是有准备的。

他不站在宋斯南那边，也不站在宋之漫这边，他就是一个局外人，简单剖析他们两个人之间的感情。

宋之漫把车窗全部降下，风缓缓吹进来，她闭着眼，轻声应了一下：“嗯。”

“等一个人十年，真的不是一件容易事。人的一生能有多少个十年呢？”王少鹏低声说，“可你还是等了。之漫，我真的很佩服你。”

宋之漫其实也曾想过要放弃，可她真的没有办法。

真的，一爱一生……

看她紧闭着眼，脸上流露出些许痛苦的神色，王少鹏接着说：

“宋小四其实真的不是个好男人。把你一个人扔在这里不管不顾，可他也不是不想回来的，他只是不敢。刚开始的时候封嗣的家人在海关处把他拦下，后来是宋伯父和宋伯母不让他回来，再后来……再后来他觉得他配不上你，又不敢回来。”

“什么配不上配得上啊……”宋之漫低声咒骂，“傻子！”

王少鹏跟着一块骂：“他真是个傻子！”

“可是十年，你不是等到他了吗？”

“是啊，等到了。”

“既然他都回来了，还计较什么？”王少鹏说，“你们都已经浪费了十年，还想要再接着浪费接下去的时光吗？”

宋之漫嘴上的笑意僵住。

03

宋之漫和王少鹏到包厢的时候合欢和宋斯南已经到了，见她来了，宋斯南马上起身过来，却又不敢和她说话。

饭桌上安静得可怕。

王少鹏不动声色地把转盘一转，脚一抬踢在身边宋斯南的小腿上。宋斯南和王少鹏那么多年的兄弟，这会儿他一个眼神，宋斯南就摸清了七七八八。

他伸手微微转了一下转盘，偏头对宋之漫低声说：“不是喜欢吃糖醋排骨吗？这家的糖醋排骨很好吃。”

宋之漫在上菜的时候就已经看到了，这满桌子的菜都是依照着她的口味来点的。

伸手还不打笑脸人呢，她这会儿也不再板着脸，拾起筷子，淡淡地说：“吃吧。”

席上三人终于松了口气。

合欢因为常年跳舞，在吃的方面还是比较克制的，但这桌东西着实好吃，她吃得都停不下来了，突然，她“啊”了一声。

宋之漫看向她：“怎么了？”

“之漫！这道菜！这道菜！”合欢像是发现新大陆般。

宋之漫看向她指着的那道菜，眼里的光一点一点地亮了起来。

高二那年的暑假，宋之漫和宋斯南一个在物理竞赛班，一个在化学竞赛班，每天早上从家里出发，晚上放学结伴回家。

两个人的午餐成了最大的问题。

宋之漫是不爱在外面吃饭的，宋斯南因为她也不爱在外面吃。

两个人思来想去许久，最后宋斯南一拍大腿，咬牙说道：“我们自己带饭过来吃！”

宋之漫明显不信，觑他：“我只会煮面，你呢，你会什么？你确定要我们自己带饭过来？”暑假宋斯南的父母去外地进修，而宋之漫的父亲也去了南城调研，这下两家家里只剩下他们两个人了。

“谁说我不会！我会的事多了去了，只是你不知道！看小爷我明天给你做一份大餐！”宋斯南夸下海口。

宋之漫怀疑地看着他。

第二天，宋斯南果真带了份便当过来，他脸皮厚，拿去老师的办公室用微波炉加热，没一会儿就端了出来。

宋之漫拼命地眨眼，不敢相信地看着他：“真的是你做的，没骗我？”

“那当然是本小爷做的！”

宋之漫半信半疑地打开便当盒，扫了眼，卖相……还不错，她尝了尝，味道也还可以，反正将就着吃就成！

宋斯南本来还没多大把握，这会儿看她一口接一口的，突然信心倍增。

“这么好吃啊？”他得意扬扬地打开自己的那份，尝了几口，味道……一般。

“宋小漫。”他叫她。

宋之漫笑着说：“好啦，味道还可以啦，毕竟是你第一次做菜，做成这样已经很不错了。没事啊，下次就会好啦！”她又塞了一大口进嘴里，含糊着说，“明天还是吃这个，好吗？”

“不换一个？”

“你就把这个土豆炖排骨做好就行！我喜欢吃这个！每天吃都行！”

宋斯南真的做了一个暑假的土豆炖排骨，他的手艺越来越好，但也仅限于这道菜。

宋之漫在这些年学会了很多菜，但做得最好的，仍是这道土豆炖排骨。

合欢不明所以，大大咧咧地说：“和你做的味道太像了！之漫，我觉得你得去见见这位大厨。”

宋之漫尝了一口，味道太熟悉了……

她放下筷子：“你还会做这道菜？”

宋斯南就在她的身旁，听到她开口，立马说：“怎么可能会忘？”这么多年，关于你的，我无论如何都不敢忘记。

合欢听到他们的对话，有点蒙了：“这菜，是宋小四做的吗？”

“嗯。”宋之漫扯着嘴，“这道菜，还是他教我的。”是啊，这道菜，宋之漫站在他的身后跟着他学了大半个月。

以前种种，让她无不心软。

宋之漫内心的防线，一点又一点地崩塌。

吃完饭之后，宋斯南接到家里的电话。

他看着宋之漫，小心翼翼地问：“回大院吗？”

“怎么突然要回去？”

“我爸妈出差回来了……”宋斯南苦笑，这十年第一次回国，估计他爸是准备好好收拾他一顿了。

宋之漫点头：“回去。”

到了两家门口，宋斯南抓住宋之漫的手腕：“明天送你去上班，好吗？”

放在以前，他哪里会说“好吗”这样的话，他向来是飞扬跋扈的，即便是对着她，也没有用过任何征求意见的词语。

她艰难地推开他的手，眼睛往四处瞟，忽视他眼里的希冀：“再说吧。”

宋斯南眼里的光一点一点地暗下去，车外夜色浓厚，漆黑夜晚掩盖了无数的悲伤。

一回家，宋斯南就看到宋远征坐在客厅沙发上，边上还放着一根……一根皮鞭？！

宋斯南情不自禁地咽了口口水，他觉得这么多年过去，他家老头应该稳重、冷静、成熟了，应该不会那么喜欢揍人了！就像他！

宋斯南试探性地叫了声：“爸？”

“嗯。”

宋斯南看他没有什么想要动手的想法，放松地走过去：“哎，我妈呢？”

“还没回来。”

“那您找我回来什么事啊？”

“我和你妈商量了一下，觉得你年纪也不小了，准备给你介绍个女朋友，过几天相亲去！”

宋斯南立刻奓毛，从沙发上蹦了起来：“相亲？我不去！”

“我没有在征求你的意见。”

宋斯南气急败坏：“爸，我不去相亲，我有想要结婚的对象。”

是的，这么些年，他一直都有想要结婚的对象。从他情窦初开开始，一直到他快要接近而立之年，他心里一直有一个人。

在很早的时候他就已经发过誓，此生非她不娶，换了任何人，都不行。

宋远征闻言冷笑：“宋之漫？不可能！你觉得你还配得上人家吗？”

宋斯南这会儿是真急了：“爸，我就是要娶宋之漫！这辈子，我也只会娶她！我爱她！我只爱她！”

宋远征气急败坏：“你爱她？你拿什么爱她？这种冲动的性格和暴戾的脾气？”他气得拿起身旁的鞭子，一下一下甩在宋斯南身上，他下手狠、不留情面，带着多年的怨气，“这么多年不回来，让她等你这么久！让我和你妈担心！我就你这么一个儿子！这么多年和不存在一样！宋斯南！”

宋斯南一下都没躲，任那鞭子甩在自己的身上。

疼，真是疼，但再疼也得忍着。他死咬着唇，闷哼几声将那痛楚咽下去。

最后宋远征打不动了，颓然坐下：“给我滚！”

宋斯南感觉后背火辣辣的，肉和衣服都绞在了一起，他都没有去看后背，心想，一定血肉模糊了吧。

他向宋远征鞠躬，艰难地吐出几个字来：“爸，我错了。”

宋远征看着宋斯南，这些年宋斯南越发出类拔萃、英俊非凡，也更加坚韧，回国的这段时间，他就已经听到各种对宋斯南的夸赞之词了。

宋远征看着他，眼眶微湿，摆了摆手，语气温和地说：“上去休息吧。”

宋斯南点头，眼里也含了泪水：“谢谢，爸！”

一墙之隔的宋之漫，听着他咬牙的闷哼声和没有停歇的皮鞭声，恨不得下一秒就冲进去抱着他，护着他，可她没有动一步。

她早已没有办法动了，因为他那句“爸，我就是要娶宋之漫！这辈子，我也只会娶她！我爱她！我只爱她”。

宋之漫想，够了，不要再闹了，他都说了只爱你，那还闹什么呢？一辈子那么短，用来相爱的时间更是少之又少，真的，不闹了。

宋之漫艰难地挪动脚步回家，洗完澡准备睡觉的时候听到窗户那儿发出声响，她困惑地走过去打开窗，正对着一张肿得跟猪头似的脸，那人却还龇牙咧嘴地朝她笑。

宋之漫又气又笑：“宋小四！”

她挪了一下身让他进来，他却说：“不进去了。”

他双手撑着身子，脸上冷汗涔涔，他的背都要发麻了，声音都在发抖：“我不进去了，宋小漫，我走不动了。”

“宋小四，你怎么样，你还好吧？”

宋斯南伸手摸着她的脸，安慰她：“没事，真没事，在家躺几天就行！你宋哥哥可是做大事的人，这点伤算不了什么！”

宋之漫看着他受伤的样子，内心的最后一道防线，就这样彻底瓦解。

她大哭：“宋小四！”

“不哭不哭！”宋斯南手忙脚乱地安慰她。

“我不闹了！宋小四我不闹了，我们和好吧！”宋之漫搂着他的脖子说。

宋斯南肿得跟猪头似的脸，这会儿笑了。

就知道对付宋之漫要用苦肉计，别说被打成猪头，就算被打到住院也值了！感谢他那十年如一日只知道动粗的老爹！感谢他机智的头脑！

04

隔天一大早，宋之漫准备带宋斯南去医院，结果一出门就看到他西装革履地站在自己门外，她惊讶："你的背……"

"没多大事！老头没使全力，就皮外伤！"宋斯南不屑地说。他昨晚去医院包扎了，现在上半身都是一圈圈的绷带，他却无所谓，"好着呢！走，送你去上班！"

宋之漫不信，作势要看他的身体。

宋斯南揶揄道："这大白天的，做这种事，不大好吧？"

宋之漫心说：就不应该关心他！

到医院门口，宋斯南说："晚上来接你下班。"

"不行，我今晚要值班。你自己回去吧，回去之前去医院看看你的背，知道吗？"结果她的关心换来的却是某人汽车的一团尾气……

心外科不比别的科室，没那么忙，只要没有棘手的病人，基本上一周是能休息三四晚的。

今天晚上宋之漫值班，晚上查完房回到办公室，经过护士站的时候和值班的护士交代了几句便安心回去了。

她躺在办公室的小沙发上昏昏欲睡的时候，就听到有人在敲门。她起来，走过去，打开门。

门外是小周，她上气不接下气地对宋之漫说：“宋……宋医生，出事了。”

宋之漫的神经绷紧了，问道：“出什么事了？”

“那个先天性心脏病的小姑娘，高烧一直没退，已经昏过去了！”

她心下一紧，绷着脸小跑向病房，厉声叱问：“除了高烧还有什么症状？我不是说了如果两个小时没有退烧就和我说吗，为什么到现在才和我说？”

午夜时分。

医院走廊处只亮了一盏灯，阴郁恐怖的气氛感染着周围。

被责难的小周都快哭了，皱着脸磕磕巴巴地解释：“我……我就去打了个电话，就忘了这件事了。”

家属见到宋之漫到了立马挪开位置，站在边上。

宋之漫把手盖在病患额头上，烫得很。

她拿出听诊器听病人的呼吸音，粗得很，又转过去看心电监控，心率极快。

宋之漫手下一顿，当下就做决定：“小周，马上联系董医生，和他说四十三床的病人高烧不退，心律不稳，呼吸急促。”

被点名的小周立马去联系，还没出门又被叫住：“准备手术。”

“小宋医生……科室里人手不够啊。”

“联系詹医生，让他把几个实习医生都带过来。”宋之漫说得极快，“董医生离医院近，大概二十分钟就能到，我们先准备。”

“好。”

宋之漫转头看向家属，抿了一下唇：“放心吧……小姑娘会没事的。”

董立添和詹言侨来得极快，手术室也已经空了出来。三个人讨论了一番，立马就进行手术。

手术结束已是凌晨。

宋之漫和詹言侨疲惫地出了手术室。

“待会儿一起吃早餐。”詹言侨和宋之漫并肩走着。

宋之漫揉了揉发酸的脖子，毫不犹豫地拒绝：“不要。”

“合欢也在。”

她停住：“合欢来了？合欢怎么突然过来？”

“她要去出差，我待会儿送她去机场。”

两个人边说边往外走。

宋之漫懒洋洋地说道：“打车去不就行了嘛，怎么就非要你送去？”

“没谈过恋爱吧。”詹言侨得意地说，“你要是谈过恋爱你就知道了为什么非要我送过去。”

“恋爱的酸臭味。”

到了办公室，果然看到合欢。

她穿着绿色的连衣裙，收腰的设计衬得她身材极好。裙子的颜色又衬得她肤色白嫩，像是仙女。

宋之漫跑过去，笑眯眯地蒙住她的眼睛，掐着嗓子说：“猜猜我是谁？”

合欢嘻嘻嘻地笑：“之漫。”

合欢从随身的包里拿出两个保温盒，摆在桌上。

“快吃早餐吧。”她打开保温盒，早餐的香味立马充满了整个办公室。

宋之漫埋头吃早餐却发现坐在身边的合欢一直笑眯眯地看着她。宋之漫无奈，抬头瞥她：“看我干吗？”

“嘻嘻，之漫呀，你和宋小四……和好了吗？”合欢双手撑着下巴八卦道。

宋之漫叹了口气，伸手在她脑袋上拍了一下："和好了，和好了，你们一个两个的都这么积极，我们还能不和好吗？"

合欢眉开眼笑："真好啊！"

宋之漫受不了她："詹言侨，拜托你，赶快送她去机场吧。"

詹言侨满脸宠溺地把她拉走："乖，我们走吧。"

合欢虽然不情不愿，可詹言侨一揉她的头发，在她耳边低语，她立马就找不到方向跟他走了。

办公室里的人越来越多。

等到实习医生到齐了，宋之漫又带着实习医生去查房。再回到办公室的时候，詹言侨已经从机场回来了。

宋之漫在位置上坐下，随口问了句："怎么这么快就回来了？"

"嗯。"詹言侨弓下身子去开电脑，神思有点恍惚，"送完她回来的路上，心一直在跳，特别不安。"他用手背覆盖住眼睛，好半晌都没再出声。

宋之漫心口一紧。当医生的特别相信直觉，因为见过了太多的生死，所以一不安，就害怕各种的病痛。不是见多了就麻木了，而是那根刺不扎在自己心上，并没有感同身受，一旦自己的心上被扎了根刺，便痛到无以复加。

下午的时候宋之漫查完房，绕到ICU去看那个先天性心脏病的小姑娘。小姑娘整个人安安静静地躺在病床上，一言不发。

她看得出神之际，边上突然多了个声音："喂！"

吓得她瞳孔失焦。看清来人，她抬腿就往他身上踹："动作不会轻点啊！"

宋斯南忙往边上躲，西装裤子上瞬间多了几个鞋印，他也不恼，嬉皮笑脸的："轻点轻点，你踢轻点。"

两个人隔着窗户看那个小姑娘。

宋斯南问她："谁啊？"

"病人。"

他顿住，过了好久，问："年纪挺小的吧？"

"十五岁。"宋之漫说完顿了一下，低着头眼神放空，声音缥缈得很，"宋小四，我们十五岁的时候……在干吗？"

"嗯……忘了。"

宋斯南是真忘了，他们两个从很小的时候就在一起，那些年做过的事他都记得，可真要说哪一年做了哪些事，他倒无法说清了。

"她才十五岁呢，每天待在医院里，和外面整个世界都格格不入。宋小四，她这些年一直都待在医院，都没像同龄人一样有过正常的生活。"

"嗯。"宋斯南揉了揉她的头发，"这个简单。"

"什么？"她转头看他。

他勾着唇，笑："等她好了，她想干吗，我就带她去，我十五岁做过的事，带她统统做一遍。"

宋之漫惊愕，抬头瞪着他。

宋斯南表情怪异："啧，眼睛瞪那么大干吗？只有你有眼睛哦，我没有哦！"说完他凑近她，两只眼睛瞪得极大。

两双眼睛，隔着不到半拳的距离，鼻尖似乎都要贴近，两个人的呼吸温热地洒在对方脸颊上。

从来没有这么近。

近到宋之漫甚至能听到自己的心跳和他的一般。

怦怦怦，处在同一频率，快速地跳动。

他灿若桃花的双眼，此刻正紧紧地盯着她。

宋之漫的呼吸一滞，快要沉溺其中。

下一秒，她就感觉脸上一股热气。

“扑哧——”宋斯南退开，哈哈大笑。

宋之漫不解，拧着眉看他。

他指着宋之漫，笑得直不起腰。

宋之漫怪异地摸了摸自己的脸，一脸莫名其妙：“怎么了？”

“喂！”他站在阳光下，身后沐浴着大片大片带着颜色的光，黄澄澄、金灿灿的，格外令人舒心，他笑着，那双好看的桃花眼，像是春回大地、万物复苏般明亮。

他的嘴往上一勾，桀骜得像是当年十七岁的少年：“你刚才，不会是害羞了吧？”

宋之漫羞赧，脸臊红一片。

她怒：“宋小四你犯浑吗？我对着你害羞什么！”

他却一直笑，笑个不停，也没回应。

到最后，宋之漫脚一跺，转身就走。

等到她离他有将近二十米距离的时候，他迈开步子，走到她边上。

左手一伸，拍了下她的左肩。

她往左边看。

他却出现在右边。

在她翻白眼之前，就听到他小声地说：“开玩笑的啦，别生气啦！宋小漫。”

她抬头，侧眸看他，满脸真诚，含笑地看向她。

她听到自己说：“不生气。”

说完，就看到他脸上的笑意更盛。

宋斯南跟着宋之漫进了办公室。

同事梁昭昭正查房回来，右手压在脖子上，一进办公室就嚷嚷着："之漫你那儿还有膏药吗？我这脖子疼得慌。"

宋之漫在抽屉里翻了几下，找到块膏药，示意她过来："你过来，我给你贴。"

梁昭昭走过去，蹲下身子。她贴好膏药便走回自己的位置上去，整个人坐下，仰着头，一偏，看到了坐在沙发上百无聊赖玩手机的宋斯南。

她脑袋一紧，不确定地揉了揉眼睛，定睛一看，好像真的没看错，疑惑地喊了声他的名字："宋斯南？"

"嗯？"宋斯南的视线从手机那端移过来，这张脸，很面生啊。他不确定自己见过这个人，疑惑地看向宋之漫。

宋之漫也不知道梁昭昭是怎么认识宋斯南的，惊讶道："昭昭，你认识宋斯南啊？"

"啊！对啊！我在国外留学的学校和他学校一墙之隔。"她挠了挠头，看向宋斯南，"那什么，我是郑晓的室友。"

郑晓。

那个提起来就让宋斯南头疼百倍的女生。当初在当地华人留学生圈，宋斯南是最出名的。为什么？因为人帅，成绩也好，年年拿奖学金，在国外赚钱也厉害。

最主要是，他沉默。莎士比亚曾说过，沉默的男人最出色。也正因如此，宋斯南在当地的华人留学生圈受到许多女生的追捧，有暗恋的，也不乏热情表白的。

郑晓当属最热情的吧。每天做便当送给他，嘘寒问暖的，手机短信一天二十几条……想到这些疯狂的追逐行为，宋斯南就头疼不已。

然而宋之漫对这个“郑晓”十分感兴趣，她问梁昭昭：“郑晓是谁啊？”

梁昭昭口若悬河地解释了一大堆，还重点强调了“疯狂追求”这四个字，惹得宋斯南头疼百倍，他无奈，张嘴制止：“那什么，昭……”他一下想不起她的名字。

“梁昭昭。”

“对，梁昭昭，能打住吗？求你别说了，真的，别说了。”

“为什么？”

“头疼。”宋斯南躺在沙发上，耍无赖，“疼死我了，疼死我了，宋之漫救我！”

宋之漫走到他边上，抬腿踹了他一脚：“不救你，疼死算了。”

宋斯南挨了她一脚，躲开，又耍无赖：“真的疼，头疼，疼得发麻！”

“头疼是吧？”宋之漫微笑。

“对。”

她大手一挥：“梁昭昭，你那儿还有针吗？我来把我新学的针灸技术试一下。”

梁昭昭配合道：“有啊，我给你找找。”

被针灸吓得毛骨悚然的宋斯南从沙发上跳了起来，双手护胸，委屈地大喊：“不要！”

这下，梁昭昭大笑。

宋之漫也被气笑了。

第十一章

十年前，她可以确定地说，宋斯南是我的心上人。

而十年后的现在，她无法确凿地说了。因为她已经不知道，她还是不是他的心上人。

01

宋之漫起床的时候，看到窗外一片萧瑟，楼下栽种的银杏成了大片的黄色，风卷着银杏不断地翻滚。路人行色匆忙，低着头，躲着风。

她抬头，阳光并不刺眼，俨然是秋天的景象了。

洗漱好之后就去做早餐。今天上午并不上班，所以她有一点空闲的时间。

早饭是宋之漫最拿手的面。

先用热水煮开，然后过一遍冷水，这样就不易黏住，接着再用热水煮，盛出来。再打两个煎鸡蛋，炒几根青菜，最后从冰箱里拿出一小块酱牛肉，放进去。

宋斯南表示味道很好，边吃边竖大拇指。两人吃完一起看电视，有一搭没一搭地聊天。

宋斯南："什么电视啊？"

"上面不都有吗？自己看去。"

"哦。"

安静了一会儿，他又问："讲的是什么故事？"

"第一集。"

"哦。"消停了一会儿，他又问，"这女主角叫什么，蛮好看的哈。"

宋之漫面无表情地看他："你到底想干吗？"

"看电视，看电视啊。"他干巴巴地说。

宋之漫："那这是看电视，还是说电视？"

"就……彼此聊天，沟通一下，交流交流感情。"

说到“感情”，宋之漫的眼珠子转了一圈，她装作漫不经心地问：“你在国外，过得好像挺滋润的。”

宋斯南正全神贯注在电视上呢，冷不丁被这么一问，还以为是她关心他，于是回道：“还行吧，就那样。”

“没什么特别的？”

“没有。”他换了个姿势，躺在沙发上。

宋之漫勾了一下唇，问：“没遇到什么……美丽的姑娘？”

这下，宋斯南觉得不对了。

他动了动脑子，坏笑着说：“美丽的姑娘嘛，那倒是天天都能遇到，不过得看你说的是哪种美丽，是那种身材的美丽呢，还是那种内在的美丽？”

宋之漫微笑，咬牙切齿：“你说呢？”

“要我说啊……”宋斯南转过来，双眼直视她，眼睛亮亮的，泛着光，弯着那双好看的桃花眼，蛊惑道，“要我说，属于我的，最好看。”

她被他那满是流光的双眼勾住，问：“那……谁是属于你的？”

他靠近她，压低了的声线显得格外魅惑人心，他诱哄道：“你说呢？”

“我……不知道。”

“不，你知道的。”

他在等她的回答，时间一分一秒地过去，而她只是睁着眼，不说话。

电视上的演员各司其职地表演着各自的角色，突然一声巨响，吓得宋之漫浑身一震。

她才反应过来自己刚刚竟然……差点沉溺在他的眼睛之中。她后怕地摸了摸胸口，再看宋斯南的时候，他已然淡然自若地看向电视了。

宋之漫撇了撇嘴，觉得没趣，便回了房间。出来的时候，原本坐在沙发上看电视的人已经不见了，她四处望了望，终于在阳台上找到了他。

他拿着一台手机，双眼眯成道缝在看，另一只手上夹着一支烟，烟雾缭绕，一支烟已抽了大半。

宋之漫回忆了一下，自他回国，出现在她面前，很少有不抽烟的时候。

在很久以前，他也曾是那翩翩少年，穿着白衣，骑车路过她的身旁时还会吹声口哨，吸引她的注意力。

他站在国旗下，拿着发言稿发言，语气诚恳，言辞铿锵。

他在黑板前，拿着粉笔流畅地书写着计算步骤。

他是那么优秀的人，令那么多人望而却步。现在却抽着烟，满目惆怅地望向远方。

宋之漫问过王少鹏，到底为什么抽烟。

王少鹏的回答是：“心烦。”

那他呢，也是心烦吗？到底是有多烦，需要用烟来聊以慰藉？

她不懂，只是默默地隔着大半个客厅看他。

手里的烟燃到头，宋斯南被烫得手指一松，回过神来，似乎想到了什么四处张望。客厅处，宋之漫愣愣地站在那里。

他懊恼地挠了挠头发。

宋之漫倏地对他笑了一下，走过来，语气温和：“怎么了？”

“那什么，宋小漫，对不起啊。”他皱着脸说。

“什么对不起？”

宋斯南指了指烟，说：“说好了不在你面前抽的，今天又抽了。”

宋之漫顺着他的手，看向地上的烟头，有五六个。而她在房间待了还不到十分钟，她心里狠狠地揪了一下：他的烟瘾，是真的很大吧。

她抿着唇，不发一言。

宋斯南以为她生气了，连忙说：“宋小漫你别生气，我以后……我以后真不抽了。”

可她哪里是生气啊！分明就是心疼，心疼他心里藏着事，谁都不说；心疼他心烦，却无处发泄。

她叹了一口气，说：“没事。”

“啊？”宋斯南愣住。

她说：“但是……能少抽一点吗？”

“能啊。”他懒洋洋地说，心里却坚定无比。

想你想得多了，就抽。现在你在我面前，我就能忍住不抽。真的，宋之漫，为了你，我能做到。

天气转凉，医院的花园里树叶零落，宋之漫下午来上班的时候，从窗户往外探头，看到保洁阿姨在寒风中清扫着掉落的叶子。

惧冷的人已经裹上大衣，猩红色的围巾随着人的走动而在空中跳动。

宋之漫捧着杯热水，一个小小的、熟悉的身影出现在视线里，是那个先天性心脏病的小姑娘。

宋之漫放下水杯，快速下楼，然后朝花园走去。

小姑娘刚手术完没多久，身体虚得很，这天气又这么糟糕，她怎么就贸贸然去花园了呢？万一着凉了怎么办？要是冻坏了，心脏哪还承受得了？

宋之漫绕着花园走了一圈，最后在花藤架下找到了她。

小姑娘坐在轮椅上，苍白着脸，脸上的笑容却很明媚，叫道：

“之漫姐姐！”

宋之漫松了口气，走向她，温声问：“怎么在这儿？”

“喏。”小姑娘指着花藤。

枯萎了的藤蔓缠绕在了一起，阳光从细缝中洒了出来，稀疏的光影映在地上，斑驳一片。

宋之漫不明白她要自己看什么，疑惑地看向她。

小姑娘一直仰着头，轻飘飘地说：“没有花了呢。之漫姐姐，你说会不会有一天，我也会和它一样？”

“花吗？”宋之漫说，“会啊。不仅是你，我也会，大家都会。我们每个人都是世上的一朵花，花开花落，是再正常不过的事了。”

小姑娘突然沉默了。

宋之漫推着轮椅带她回去。

回到病房的时候，她突然开口，说：“之漫姐姐，我以前看过一句诗，我特别喜欢。那句诗是这样的：你来人间一趟/你要看看太阳/和你的心上人/一起走在街上/了解她/也要了解太阳。可是，我总觉得，我既遇不上我的心上人，也无法了解太阳。”

轮椅在门口停住，一半在室内，一半在室外。

久久没有听到身后人的动作，小姑娘扭头想要看她。

她的动作带得轮椅一转。

两个人面对面，彼此看着对方。

宋之漫看着小姑娘的脸，白得近乎透明，眉眼之处依稀可见温婉之气，想来再长大些，会十分好看的。

然而当初医院下的通知是说，十八岁是个坎。熬过去，那么又是一轮；熬不过，那她这一生就只有十八载。

心上人……

世间情爱又哪是那么简单就能遇见的。哪怕是曾遇到过封嗣那样优秀的男子，捧着一座城堡说着对自己的喜欢，宋之漫也无法说自己遇到了心上人。

因为心上人，是互相喜欢，是彼此的心上都有对方。

她条件不错，脾气又好，当初读书的时候遇到过许多男生，好的坏的都有，死缠烂打地追着她，用过各种方式追求她，然而她不为所动。

因为她的心上，有着一个人。那个人，在白天从不出现，只在夜晚，静寂无声的时候，潜入她的梦中，对她说："宋小漫，你要好好生活，然后等我。"

十年前，她可以确定地说，宋斯南是我的心上人。

而十年后的现在，她无法确凿地说了。因为她已经不知道，她还是不是他的心上人。

02

回去的时候，宋之漫情绪低沉。

晚上来接她回大院的宋斯南在车上连说了好几个笑话，都没见她有任何反应，脑袋再迟钝也知道她心情不好了。

刚好是城郊地带，一路上车子并不多。

宋之漫垂着眼，不知道在想些什么，就听到边上的人轻咳了一声，她疑惑地看向他。

下一秒。

车子提速。

宋之漫看到原本行驶在最右侧车道的车，一下子拐到中间车道，又拐回来，又拐过去，来来回回五六次。从后面看过去，大概像是……在走猫步，扭来扭去的。

宋之漫憋不住，破功地笑了。

见这样有效果，宋斯南又重复了几次。

宋之漫笑骂："宋小四你怎么这么幼稚？！"

这哪是幼稚啊？这是……我在哄你。

然而他说不出口，拜托，这种夜晚说这种情话，而且他俩还只是这种单纯朴素的关系，宋之漫会以为他又发神经了。

于是他傲娇地抬起下巴说："酷炫总裁你懂吧？"

那神态，像是睥睨天下一般。

宋之漫伸手，戳着排风口，讥讽道："这是越野车好吗！一点都不是总裁的标配！而且，谁拿越野车走猫步啊！"她突然觉得这辆车好委屈啊，竟然碰到了地主家的傻儿子。

闻言，宋斯南伸出食指，装模作样地摇了几下："不，这可不是猫步，这可是太空步！"

宋之漫白天的情绪一扫而光，她现在只想抽他两耳刮子，让他马上闭嘴。

只是宋斯南聒噪起来，没人抵得住。

早些年她说句"宋小四我想安静一下"，倒是能让他闭上嘴安静地待着，但自他回来，一开口就停不下来。

她不敢问他，就委婉地问了王少鹏。

王少鹏现在是何等精明，和宋斯南、宋之漫又是多年的好友，深谙二人的秉性，在国外的时候，更和宋斯南一起待了六年。

如果说十年前，最了解宋斯南的是宋之漫，那么现在，最了解宋斯南的就是王少鹏了。

王少鹏直言不讳："他压抑得太久了。"

"压抑？"宋之漫并不了解这过去的十年里，他到底发生了什么。

或者说，他根本不希望她了解，每次她开启那个话题的时候，都被他一语带过。

她不明白岁月到底如何雕琢了宋斯南，使他如今在商场上谈判时面不改色、气势十足，而私底下仍旧幼稚得像当初逆风而来的翩翩少年。

对此，王少鹏的解释是："压抑得太久了，总会想要找一个地方释放。他现在，在谁面前都不如在你面前自在。你就权当和一个大孩子相处，能让，就让让他吧。"

让吗？

宋之漫的视线往宋斯南那边挪，他意识到她在看他，嘴角斜斜一勾，接着，车子像驶入无人之境般又加快了速度，而那"S"形猫步还在继续。

由于惯性，宋之漫被甩得一下子砸在车门上，又偏向他那边。

她牢牢地抓住扶手，呵斥："宋小四你给我老实点！"

果然，下一秒，车子就慢慢减速，老实地回到最开始的车道。

宋斯南颇为遗憾地撇嘴："唉，可怜我还没发挥出我十分之一的功力啊！老天啊，你这是天妒英才啊！"

"讨厌啊！"一个反手就是一个抱枕扔了过来。

宋之漫就知道，宋斯南这种地主家的傻儿子，越让，越得寸进尺。

所以，还是按照老办法比较好，至于鹏少建议的让……宋之漫冷笑三声，谁提出的建议谁实施，反正她完全没兴趣。

03

晚上吃饭是两家人一起吃的。

宋斯南回国以后第二次回大院。一嘛，是因为工作；二嘛，则是因为大院离市区太远，来回也不方便。

这次回来还是林景芝给他打电话，说是两家人难得都有时间，一起吃个饭。

听得他眼前一亮，贼兮兮地问林景芝："哪两家人？"

"还能是哪两家人哟。"林景芝说完，又叮嘱他，"别忘了接之漫回来，我怕她在医院忙过头忘了。"

得知是宋之漫，他整个人仰着，状似不在意地说："嗨，她又不是没车，自己开车过去。还非得让我去接她，面子忒大了吧。"

"我抽你信不！"林景芝吼了一嗓子，"之漫的车前几天送去保养了，你今儿个可一定得去接她，知道没？"害怕他听不见，她吼着说，"听到没！"

"听到了。"声音大得他脑仁疼，他把手机移开，慢悠悠地回。

到了家里，见他回来，林景芝开心地迎了出来，他张开怀抱，作势要迎接他亲妈的热烈拥抱，闭着眼一脸享受地说："妈，我回来了！"

结果林景芝压根没看他，往他身后瞥了几眼，"咦"了一声，小声嘟囔："之漫怎么没过来？"

双手就这样停在了空中，宋斯南满脸黑线："妈，我是您儿子，亲生的那种，我都十年没回家了，您就不能热情点？"

"嗯，我是你亲妈，最亲的那种。"林景芝失落地接着说道。

从他身后收回目光，林景芝讶异地看向他，往后退了几步，伸手把他停留在空中的手拍下来，斥道："还要我抱你是不？没门！"

"嘿！还是亲妈吗？"宋斯南收回手，插兜，跟在林景芝后面，抱怨，"妈，我是您儿子吧，是的吧？我出国十年啊，十年啊！不是十天！"

"哎，记得记得。"林景芝回答得十分敷衍。

宋斯南缠着她，在她耳边嚷嚷："哎，不是，妈，您就一点都不开心，一点都不激动？"

林景芝仿佛受到了惊吓般看向他。

"没发烧吧？"她试探性地用手背试了试他额上的温度，觉得正常，小声道，"体温蛮正常的啊。"

"妈！"宋斯南受到了天大的打击，暴跳如雷，"我没病！"

"哎，知道啦，声音那么大干吗？"

林景芝进了厨房，直接把厨房的拉门拉上，幸好宋斯南反应及时，差点一鼻子就撞上了门。他在原地愣了好几秒，简直不敢相信这是他亲妈。

可是想想，在他到了美国一年后，封嗣病情好转，耳朵渐渐恢复，林景芝和封嗣父母交代了几句，然后就走了……就走了……

把儿子扔在语言学校，不管不顾地就回国了。

宋斯南不敢相信，等到第三天她打电话给他，喜滋滋地和他说："你妈回国了，别想我啊。"他才不得不承认，是亲妈。

他抓了抓头发，决定上楼先去换件衣服，冷静冷静。

可是上了楼，一打开自己的房间，宋斯南真的觉得冷静不了了。他那张离开前铺了灰色床单的床，为什么会变成了大红色……还有中间那一对鸭子是什么啊！

在厨房忙活着晚上的饭菜的林景芝，侧耳听着楼上的动静。果然，不出她所料，还不到五分钟，楼上就传来她那亲生儿子暴跳如雷的声音。她停了动作，捂着脸笑。

"妈！亲妈！"宋斯南捧着脑袋，觉得不仅是脑仁了，连带着脑壳都疼了。

他"咚咚咚"地跑下来，动作大得像是要把楼梯踩下去一般，跑到厨房，伸手一拉门，看到他妈背对着他正若无其事地在水池旁择豆角。

宋斯南在原地深呼吸了好几次，紧紧地咬着后槽牙，一个个字从喉咙眼里蹦出来："妈，请和我解释一下，那、个、红、床、单、是、怎、么、回、事？"

林景芝控制住自己，努力不让自己笑场。她轻咳了一声，淡淡地问："什么红床单？"

宋斯南都要抓狂了："我的床单啊！妈，我一大男人睡红床单，不怎么正常吧？"

"好像是。"林景芝赞同。

"所以，我的床单呢？"

"在你柜子里。"

宋斯南转身就要上楼，却又听到林景芝在原地自言自语："一个人睡不正常，两个人的话，就不会了吧。"

"哎？"他顿住，转过去，问道，"妈，您什么意思啊？"

林景芝眨了眨眼："没什么意思啊。"

"哎哟喂！我的妈！搁我这儿您还卖关子啊！"宋斯南一拍大腿，脑子转得贼快，小心翼翼地试探，"妈，您……"

"叫什么叫啊，今晚叫了几次妈了，烦不烦啊！要换床单赶紧换！不过……那床单挺好看的，前一阵子之漫挑的呢。"

宋斯南一听，顿时觉得那绣着两只鸭子的红床单好看极了，脸上笑开了花。

"亲妈哟！"他乐得走路都成"S"形了。

林景芝幽幽叹气：这傻儿子。

她的意思是：该娶媳妇儿了，傻子！

回房之后，宋斯南翻身上床，在床上滚了好几圈。自从知道这床单是宋之漫买的，他就觉得这床单越看越好看。

红色怎么了？红色喜庆！

鸭子怎么了？鸭子能吃！

他一个翻身埋进被子里，深呼吸一口。

觉得都是宋之漫的味道。

他太开心啦！

躺了一会儿，宋斯南才去换衣服。在他回国之后，就已经派人往这里送了十几套衣服了。

他在衣柜里选了一会儿。

这套吧，太正式。——不好。

那套吧，太普通。——不帅。

另一套吧，颜色暗。——拒绝。

最后挑来选去的，还是选了一套居家服。藏青色的运动服，显得人阳光又朝气。就这样磨磨蹭蹭，等他下楼的时候，其他人都已经在饭桌上坐好准备吃饭了。

宋之漫到了有些时间了，此刻正无所事事地玩着手机。

身旁的位置上突然有人坐下，斜斜地洒下一大片阴影遮盖住她。她懒洋洋地抬了抬眼皮，又重新看着手机屏幕。就听到边上的人温文有礼地说了句“宋叔叔好”，她撇了撇嘴，真会装。

宋鸿渊和宋远征正聊着时事，见他来了，向他招招手，三人一块聊。

林景芝上最后一道菜的时候，看到他们仨聚在一团，表情严肃，就知道没聊什么好的。她没好气地把菜盘放下，高声打断他们：“哎哎，吃饭时间，不谈公事！”

宋斯南本就不爱谈政事，此刻马上抽身，忙不迭地拿着筷子就伸到盘子里。宋远征怕老婆，急急地结束了话题，二人也回到饭桌上动筷。

林景芝上了桌，忙给宋之漫夹菜，边夹边说："你最近瘦了，一定得多吃点，知道没？"

"知道啦，伯母我自己可以的啦。"眼看碗里的菜越堆越多，宋之漫连忙阻止。

可没用，她的面前瞬间多了一座小山。林景芝这才满意地收手。

宋之漫对着小山叹气，她小口小口地吃，速度很慢。等到三位大人谈得火热的时候，她动作极快地拿了勺子，舀了满满一勺，扔给了宋斯南。

宋斯南："啥玩意？"

她保持微笑，小声说："帮我吃了。"

他往她碗里瞅了一眼，不满："啧，就这么点都吃不掉？"

"太多啦！"她拉着他的衣角，哀求，"我吃不完，宋小四你帮我吃了。"她一张脸皱成一团，满月般的眼睛成了一条线。

真奇怪，哪怕是这般模样，也能撩拨他的心弦。

宋斯南几不可闻地叹了口气，餐桌下面，他歪斜着的腿伸到她那处，轻轻踢了一下，道："算了算了。"

他这么一说，宋之漫倏地笑了，回过头，又舀了一勺给他，再对着自己碗里的菜时，脸上的笑意不止。因为此时此刻的情景，和当年如出一辙。

宋之漫胃口小，吃得少。每次到宋斯南家吃饭，林景芝总是给她夹很多菜，可她压根吃不完，于是就偷偷地趁大人看不见的时候，把菜夹给宋斯南。他呢，他嫌弃地看着她。

于是她拉着他的衣角，难得地对他撒娇了。

年幼时她很少撒娇，偶尔的一次撒娇，瞬间便使他臣服了。

他也就心甘情愿地帮她解决剩菜。

04

宋斯南正解决宋之漫舀来的两大勺菜的时候，放在兜里的手机就响了。

拿起来一看，是王少鹏。他挑了挑眉，接了：“喂，鹏少。”接着吃饭。

“在哪儿呢？”

“在家吃饭。”

“大院？”

“对。”

“这么巧。”王少鹏轻笑。

宋斯南觉得他的笑不怀好意，警惕道：“怎么，有事？”

“你家还有谁？”王少鹏不答反问。

宋斯南这下要还不知道王少鹏心里那点小心思，也配不上“多年挚友”这个称号了。他干脆道：“有话快说，到我这儿拐弯抹角的有意思吗？”

被看破了的王少鹏也不恼，停了好几秒，才接着说：“能到你家蹭饭吗？”他说这话时，语气平淡得仿佛是在讨论“明天早上吃什么”一样。

“到我家来干吗？外面馆子多了去了。”

“叙旧。”

“我和你没什么好叙的。”

“嗯……如果我说我刚见到封嗣了，就在大院门口，你觉得……”王少鹏欲言又止。

“得嘞，马上给您备好碗筷！”宋斯南最听不得那两个字，像是人生禁忌一般，一旦提起，身上的刺都会竖起来。

他一惊一乍的，宋之漫皱眉：“你干吗呢？”

收了电话，他说：“王少鹏过来吃饭。”说完起身去厨房，让阿姨备了一副碗筷过来。

再坐下的时候，宋鸿渊和宋远征喝得都有点多了。林景芝让宋斯南把他俩送回房去，这一来一回的，宋斯南闹了一身汗出来。

落座的时候，门铃响了，林景芝已经吃完饭了，连忙去开门，见到门外的人，乐得不行：“少鹏来啦，快快快，快进来，你吃了吗？”

宋斯南想：也没见她对自己这个亲儿子这么关心过啊！

结果王少鹏一落座就收到对面人的无数个白眼。他问宋之漫：“他怎么了？”

宋之漫：“眼珠子抽抽了。”

王少鹏捂着嘴笑。

宋斯南吼：“谁抽抽，啊，谁抽抽！”

宋之漫把筷子放下，右手搭在桌子上，支着脸，看他：“你说呢？”

她的头发都快及腰了，此刻歪着头，没扎的头发倾泻而下，在灯光下乌黑发亮，更衬得脸白皙明媚。

宋斯南的心软了一下，认命般地说：“我，是我好了吧。”

得到满意的答案之后，宋之漫脸上的笑容更甚。

三个人吃完饭，说要去外面逛一圈，走着走着便到了篮球馆，里面一堆人在打篮球。

有人认出了王少鹏，跑过来邀请他。

王少鹏指着宋斯南说：“这人球打得比我好，他上。”

宋斯南活动筋骨：“咱俩多久没打球了？一起啊。”

王少鹏摆摆手，笑着说：“今天不行。”

宋斯南推搡着他：“怎么就不行了，打一场呗！”他边说边往篮球馆旁的秋千架上看去，宋之漫坐在一架秋千上，晃啊晃的，像是要晃到他心里。

穿着球服的少年还在邀请，宋斯南也手痒了，收回视线，和他上场去了。

王少鹏还是没有上场，找了张石板凳坐下，摆弄着自己的手机。他时不时地看一下球场，抽空又往身后看去。看到秋千上的宋之漫也在玩手机，而之前在大院门口出现的那个人一直都没有出现，他的心里也安定了不少。

可之前看到的那个人，分明就是封嗣。

宋之漫坐在秋千上，眺望远处，在人群中找到了宋斯南。

他穿着运动服，运球、传球、投篮，动作灵敏，反应迅速。投篮的时候，右脚会习惯性地往右边歪一下。

然后——球进了。一如多年前，从未改变。

球场上，宋斯南再次抢到球，他站在三分线上，往后退了一步，伸手投篮，在投球的前一秒，停下来，偏头看向这边，嘴唇一勾，偏过头去，踮脚，跳，投。

——完美的三分球。

场上又沸腾起来。边上围观的有穿着校服的少女，在宋斯南笑的时候就尖叫起来，一直到他投篮投进，尖叫声就没停过。

他就像十年前那样，还是那么耀眼。

宋之漫莫名笑出了声，直到身后传来声音，令她的笑僵在原处。

“之漫。”

他的声音像是穿越了万水千山，隔绝了时间尘埃，仿佛是过了很久很久，她的脑海里才浮现出他的身影。

是他吗？真的是他吗？

宋之漫僵硬着身子，害怕身后的人不是他。

直到他又叫了一声："宋之漫。"声音带着笑意。

宋之漫僵直着身子，慢慢地、慢慢地转过身去。

"阿嗣……"她颤抖着声音，双手紧握成拳，眼睛一眨不眨地看向对面的人。

已经有多久没有见了呢？

从他离开以后，一直到现在。关于封嗣，她不是没有感情的。

在当初情窦初开的年纪，她对这位在公交车上向她伸出援助之手的人感恩过；在教室里，他站在黑板前，一笔一画地写着自己的名字时，她崇拜过；在无数次他叫她的名字，而她转头看向他那噙着一抹浅笑的脸时，她……心动过。

这个从出场就和宋斯南截然相反的人，曾在她的生命里，点燃了无数的灯。

她不是没有喜欢过他的。只是经历得越多，随着年岁成长，她发现自己对他只是朋友之间的喜欢，仅此而已。所以在面对他的表白时，她无法拒绝。

优秀到极致的男生，穿着白色衬衣，代表着所有青葱岁月里的光华和流彩，她害怕拒绝一旦说出口，就看到他失意的神情。

不敢拒绝，但也不会同意。

直到那天宋斯南将他打伤，他整个人倒在血泊里，毫无生气。往日总是笑着的脸，尽是苍白之色，她撕心裂肺地叫着他的名字，求着他醒来。

可后来，直到他离开，她也没有想起过他。因为她知道，所有的一切都因她而起。如果没有她，封嗣还会是那个白衣少年，顶着全市第一的成绩去国内的高等学府上课，而不是拖着受伤的身体去国外就医。

她是罪人，她知道。所以这些年，她都不敢面对他。

宋之漫的眼前已经一片模糊，隔着眼前的一片雾气看他。

十年了，他还是那么温文尔雅，穿着白色的衬衣，套着藏青色的针织开衫，站在她的面前，微微地笑着。

宋之漫狠狠地眨了一下眼，确定面前的人是他之后，擦干眼泪，对他笑。

“阿嗣，你回来了。”

“嗯，我回来了。”封嗣笑。

他张开手，对她示意：“抱一下？”

宋之漫笑着摇头，向前走了几步，朝他伸手。

封嗣对她挑眉，她往后转，指了指篮球场，说：“他在那儿，不方便。”

果然，话一说完，宋之漫就看到封嗣的神情僵硬了一下，却也只是一下而已。他在年少时都能自如地收敛自己的神色，何况是现在。

封嗣快速地整理好神情，遗憾地放下手，伸出右手，回握住她的。

紧紧地握住，不放。

宋之漫看着那交握的手，他不放，她收不回，索性不收。

她说：“阿嗣，我很开心你能回来。”

“我也是。”

“之前怎么不给我打电话？”

“打了。”他顿了一下，“你拒接了。”

宋之漫愣了几秒，她没有看到自己的手机上有任何的未接来电，而他又不可能骗自己。那么是哪里出错了？

场上又是一片叫好声。

一群学生在一旁喊着：“加油！加油！”

她恍然大悟。

“宋小四挂的。”她的视线从两只握着的手移到他的脸上，解释道，“回家的时候我坐他的车，他不让我在车上玩手机，我就索性睡觉了，大概是那个时候你给我打的电话。”

封嗣专心地看着她，她的语气里满是无奈，却又隐隐透露着一些欣喜。这么些年，容貌没有任何的改变，如果非要说变了的话，那就是多了几分成熟与妩媚了。而在提起那个人的时候……眼底的笑意，掩盖不住。

真的掩盖不住，令他嫉妒到发疯。

他松手，她立马缩回。手心空了，那股温度好像还在，风一吹，便消失得了无踪迹。

封嗣垂着眼，感叹：“你们两个，还是那么要好。”

宋之漫笑笑，没说话，余光中，她看到有人走过来。

还是封嗣先开口：“鹏少。”

王少鹏在那边坐了一会儿，回头的时候竟然看到这儿多了一个人，他眯着眼看向那人，确定那就是封嗣。

到底还是来了。王少鹏朝他伸手：“好久不见。”

封嗣回握：“别来无恙啊，老同学。”

“别来无恙。”王少鹏重复了一遍这四个字，轻笑出声。

能有什么别来无恙的，他的出现，就已经是“恙”了。

三个人站在一起，王少鹏客气有礼地和封嗣聊天，封嗣同样周到回答。滴水不漏、毫无破绽。

王少鹏感叹："之前听到很多人说，封氏的小封总青年才俊、年少有为，今天见到，果真如此。"

封嗣打趣道："如果三十岁算年少的话，应该称得上你说的那几个字了。"

王少鹏哈哈大笑，建议道："宋斯南在那边，一起过去吗？"

他话一出口，站在边上的宋之漫心就一沉。

就听到封嗣欣然应允的声音："和他很久没见了，走，过去看看去。"

他俩走在前面，宋之漫紧跟在后面。宋之漫心里急得慌，她知道宋斯南和封嗣，是真的水火不容，打架……说不准真的会打架。

然而她所预料的都是错的。因为宋斯南在见到封嗣的时候，竟然还笑了一下。笑意停留在嘴角，看向宋之漫。这些天的相处，她知道，宋斯南笑只分两种情况，一种是他心情好的时候，另一种就是他心情极为不好的时候。

见到封嗣……宋之漫总不可能认为他现在心情好吧。

那她也太缺心眼了。

第十二章

他说错了，不是因为他优秀，她才喜欢他的，而是因为宋斯南就是宋斯南，无可取代、世间唯一，所以宋之漫才会喜欢宋斯南。

01

宋斯南从球场上脱身，满头大汗，白色的短袖T恤微湿，身上冒着热气。

他出来做的第一件事就是朝宋之漫伸手。宋之漫下意识地从口袋里掏了包餐巾纸递给他。等他擦完，又把剩下的纸扔还给她，两个人默契得旁人连插嘴的缝隙都没有。

王少鹏目光玩味地在宋斯南和封嗣之间转换。看着宋斯南越笑越得意，而封嗣的脸一点一点僵硬下去。当他以为封嗣的脸会彻底板着的时候，却看到封嗣又笑了起来。

王少鹏暗叹：宋斯南再修炼十年，大概都到不了封嗣那般程度。

宋斯南弄了弄头发，笑着："封总，你好。"语气正式，言辞恳切，倒是令王少鹏和宋之漫大吃一惊。

封嗣说："大家都是同学，没必要这么客气。"

"还是有必要的，毕竟……也不是很熟不是？"

空气突然凝滞，瞬间变得剑拔弩张起来。

宋斯南还是吊儿郎当地笑着，而封嗣像一棵白杨站得笔直，嘴角挂着满分的笑意。他们两个，无论从哪里看，都不是一个世界的人。

宋之漫狠狠地揪了一下心，却也没开口说话。她知道，她要是说了，宋斯南会不开心的，以前她没让他开心过，现在她更不能让他难过。

然而哪怕宋斯南说了那样令人难堪至极的话，封嗣的脸上，依然是有着微微笑意的，丝毫不见任何尴尬之色。

封嗣说："宋斯南，这么多年，你还是没怎么变。"

"是吗？"宋斯南的语气淡淡的，"你也没怎么变。"还是和以前一样，心口不一，假得很！

"嗯。不过……"封嗣看向宋之漫，"之漫倒是变了很多。"

听到自己的名字突然被提到，宋之漫的心"咯噔"一下，垂着头，脸都皱成了一团。再抬头的时候，脸上却是带着笑意的，她打哈哈道："我哪里变了啊？"

"变好看了。"封嗣直白得很。

宋之漫："还不是和以前一样，而且……我都快三十岁了，怎么还会比以前好看？"

"你说得对，你一直都这么好看。"封嗣满含深情的话语，一下激得宋斯南怒不可遏。

然而周围都是中学生，大庭广众之下，他也做不出来有失分寸的举动。更何况，这还是在大院，他一冲动，这一秒冲上去揍封嗣两拳，下一秒，这事就会传到宋院长那儿。那他好不容易营造出的事业有成、年轻有为、成熟稳重的形象，一下子就崩塌了。

于是他只能咬牙切齿地冲封嗣笑。

不就是装吗，谁不会啊！

他深情款款地看向宋之漫，眼神里满是宠溺："是啊，她一直都很好看。"

说是装，但连玩笑话里都有八分真心，更何况，这句不是玩笑话。

宋之漫站在两人中间，一个在她左边说"你一直都这么好看"，一个在她右边说"她一直都很好看"，还都是一副"深情只为你"的神情。

她快要疯了！

接下来的事，更是出人意料。

宋斯南伸手，一把把她抓到自己身边。他的手搭上她的肩，宋之漫感觉到自己的眼角余光看到的是他，鼻尖闻到的是他，她猛地抬头，对上他的视线。

看到了他瞳孔里倒映着的，茫然的自己。

是真的，她想。真的有一个人，会满心满眼的都是她。

宋斯南冲她笑，他的笑，比那篮球场上照得连灰尘都无处遁形的灯光还亮。宋之漫即将沉醉在他的笑里的时候，他一伸手，把她的眼蒙住了。

宋之漫伸手想把他的手拉下：“你干吗？”语气里是她自己都不知道的撒娇。

他凑近她的耳朵，朝她的耳朵吹气：“乖，别闹。”

宋之漫就真的安安静静地窝在他的怀里。她的眼前一片昏暗，却是从未有过的安心。

而自她被拉进宋斯南的怀里，封嗣的脸，就阴了下来。

宋斯南嘲讽：“怎么，不装了？”

封嗣：“放开她！”

宋斯南不屑道：“你有什么资格要求我放开她？封嗣，你也不看看你有几斤几两！”

封嗣的声音极冷：“宋斯南，你这样有意思吗？”

“有啊。”宋斯南加大了音量，“怎么没有意思啊？！倒是你，总是缠着宋之漫有意思吗？你当你的封总，你过你的生活，我们和你不是一类人，你能离我们远一点吗？”

封嗣不再理宋斯南，他放缓了音调，轻缓地说：“之漫。”

宋之漫应了一声：“阿嗣。”

“你……出来，好吗？”从他的怀里出来，好吗？

宋之漫闭着眼，宋斯南的手宽大厚实，又带着烟草味，她深深地吸了一口气，坚决地说："不。"说完，她又觉得这般坚决会令他难堪，张嘴想安慰他。

可是一张嘴，嘴里就被东西堵住了。

满嘴的汗臭味。

她倏地睁大眼，双手推开宋斯南，"呸呸呸"地吐掉被塞进自己嘴里的衣服，怒目而视："宋小四你变态！"

宋斯南朝她吐舌头："你管我。"

宋之漫头疼不已，不想和他说下去。她抬头想和封嗣说话，周围却已经没有他的身影，她慌乱地往四周看，马路的另一边，他正一个人沿着道路走。

背影孤单而寂寞。她心疼地想要追上去，刚迈开腿，却又停在原地。何必呢，再追上去，能说什么呢？而且面前这位爷，心眼跟针眼似的小。

想到这儿，她转眸看向宋斯南。

宋斯南跟大爷似的，鼻孔朝天，从鼻子里哼一声："看什么？想去追就去追啊，我还能拦着你啊！"

宋之漫眯着眼，顺着他的话，说："行啊，我也挺想追的，那我就去追了啊。"

她转身就准备往封嗣那儿跑去。手肘一下就被人拉住，背对着的人脸上，嘴角上扬。

身后的声音又响又亮，又带着一丝不易察觉的紧张："喂，你还真的去啊？"

宋之漫："去啊，你不是让我去的吗？"

"嘿，你什么时候这么听我的话了？我让你去你就去，那我还让你……唔唔嗯嗯……你怎么不答应呢？"

“啊？”中间那几个字极其模糊，宋之漫根本没听清。

或许是听清了的，但她不敢承认。

“唔唔嗯嗯……”他重复了一遍。

宋之漫转回去，瞪着他：“舌头捋直了可以吗？”

——和我在一起。

就这五个字，无论是分开的单字，还是组合在一起的完整句子，都是再简单不过的话了，可宋斯南在这一刻，真的说不出口。

他心一横，脱口而出：“去吃屁屁！”

迎面就是一脚。

宋之漫踹了一脚，没过瘾，作势还要踹一脚，结果宋斯南反应极快，一溜烟跑了。

她气得在原地直跺脚，指着他逃跑的背影，愤恨地说：“你们看看这人，我真的想扇他一嘴巴！”

目睹了全过程的王少鹏表示：“我也很想扇他。”

02

当晚，宋之漫躺在床上敷面膜，刷微博刷得昏昏欲睡的时候，就听到“咚咚咚”的声音。一开始她没在意，以为是外面风大。结果后来声音越来越大，她整个人坐了起来，扯下面膜，快步往窗台走去。

窗户一打开。

果然是他。

宋之漫没把窗全部打开，只开了一半，单手抵着，对窗户外的人冷笑：“哟，这不是那谁吗？”

宋斯南只穿了一件T恤，冷得发抖：“宋小漫，你先让我进去。”

他觍着脸，对她笑。

宋之漫没松手，因为地势，她俯视他，冷嘲热讽：“就这点温度还能冻着宋少您啊？那出来的时候多穿件衣服不就成了吗？一件衣服的事啊！”

她哪里看不出来他故意穿这么少，为的就是让她心软。

宋斯南赔笑：“宋小漫，宋姑娘，宋大美女，宋大仙女，求求您让我进去好吗？您大人不记小人过，忘了我说的那些混账话成不？”

他左一个“宋姑娘”右一个“宋美女”，宋之漫脸皮薄，被说得满脸通红，于是只好放他进来。

宋斯南一见她松手，双手一撑，利索地跳了进来。环顾了一下四周，他最后躺在她的床上，跷着二郎腿，评价道：“哎，你这房间怎么一点变化都没有啊？还是这么粉嫩粉嫩的，跟个小姑娘一样。”

宋之漫去卫生间洗了把脸，一出来就听到他说的话，怪腔怪调地回：“刚不是叫我宋姑娘、宋仙女的吗？怎么，都是骗我的？”

宋斯南顿觉不妙，立马改口：“哪能啊，都是实话，实话！”

许是他注视得太久，宋之漫背对着他都感受到了，问：“看什么啊？”

宋斯南立马转头，看天花板，答：“没看什么。”

“哦。”宋之漫走过来，嫌弃地拍了拍他，“我这可是闺房，你进来就算了，一进来就往我床上躺，这坏毛病能改改吗？”

宋斯南干脆道：“没法改，改不了，不能改。”

宋之漫大大地翻了个白眼。

宋斯南又想到了什么，转过去看她，眼睛亮晶晶的：“宋小漫，我问你一个问题。”

宋之漫坐在沙发上，正拿着手机看，听到他的话懒洋洋地回应：“什么问题？”

“你谈过恋爱吗？”

宋之漫握着的手机突然掉落，她睁大了眼，讶异地问：“你说什么？”

“我说，你谈过恋爱吗？”

“宋斯南。”宋之漫微笑。

“哎。”

“你给我出去。”她上前，一把抓住他的耳朵，把他带到窗户边，“哪儿来的回哪儿去！”

“哎哎哎！”宋斯南一把抓下她的手，双手搭着她的肩，一个转身就转换了两人的位置。

她靠在窗台，而他双手搭着窗沿，遮挡住了大片的光。宋之漫还有点蒙，就看到他一点一点向自己靠近，眼睛弯着，瞳孔黝黑。她努力地想去看清他的眼睛，却只能看见她自己。

他在距离她二十厘米左右的地方停住，压低声音，问她：“宋之漫，你……在我离开之后，和谁在一起过吗？”

宋之漫回神，起了个坏心眼，不答反问：“你和谁在一起过吗？”

“没有。”没有哦，那十年，几千个日夜，我都是安安静静地在想你，哪怕遇到再多的岛屿，我都没有停下过脚步。因为我知道，你是我永生陆地。

得到了满意的答案，宋之漫的心里顿时美滋滋的。

宋斯南迫不及待地问：“那你呢，你呢？”

宋之漫无辜地眨了眨眼：“我什么？”

“你谈过恋爱吗？”

“你说呢？”

“哎哟喂，我说什么啊？”宋斯南是真急了，整个人离开她，上蹿下跳、抓耳挠腮的，“你直接告诉我不行啊？”

宋之漫歪头，一副天真的样子：“我为什么要告诉你？”

她转身，打开窗，晚风徐徐吹来。

她往旁边一让，做了个“请”的姿势：“回去吧，宋总！”

宋总十分不开心，缠着她，逼问：“快告诉我答案！”又觉得这样气势不足，恶狠狠地说，“快告诉我！”

“给我回去！”宋之漫直接拍了一下他的背。

就这样，没得到答案反而被“套路”了的宋斯南，别别扭扭地爬着窗，纵身一跃，跳了下去。

宋之漫看着他进了家门，才关上窗。她回到床上，躺在他躺过的那个地方，心里美滋滋的。双眼对着那亮得慑人的水晶灯，像是对上了他的眼睛一般。

她眯着眼，笑。

关于那个问题，她的答案，和他的一样啊。

没有，一个都没有。

我是真的在心无旁骛、一心一意地等你回来。

第二天，宋之漫是被手机铃声吵醒的。自从当了医生，她的手机从来不关机，除了在手术的时候静音，其他的时候都会开着铃声。她迷迷糊糊地拿过手机接了起来，还没开口说一句话，就被对面的话吓得坐了起来。

“宋之漫，合欢……合欢出事了。”

她手忙脚乱地换衣服，开了免提，急急忙忙地问：“詹言侨，到底出什么事了，你和我说清楚！”

“她的心脏出现问题了，”詹言侨哽咽了好几次，“现在在我们医院，老师出差了，现在就我、你，还有梁昭昭三个人，我没有办法进行手术，宋之漫，我……”

“我马上就来。”她又补充了一句，“先别慌，你要是慌了，合欢怎么办？”

“嗯……”

宋之漫挂了电话，回想着他最后的那句话，带着明显的颤抖意味。他们同学这么多年，她从来没见过詹言侨有如此惊慌的时刻，也忍不住心悸起来。

合欢……

合欢到底出了什么事了……

她不敢再想。

宋之漫着急忙慌地从家里出来，院子的门一开，就看到嘴上叼着块面包片的宋斯南，他心情极好地哼着歌，见到她，还说了声“早安”。

宋之漫像是抓住了救命稻草般，跑到他面前，颤抖着声音说：“宋小四，带我去医院，马上带我去医院！”

“宋小漫？”见她惊慌失措得不成样子，衣服也没穿好，头发也是乱糟糟的，宋斯南一口吐了咬着的面包片，双手撑着她，问，“发生什么事了？”

“合欢……合欢出事了。”她眼里不自觉地掉下泪来，“你……你送我去医院好吗？”

宋斯南是知道苏合欢对她的重要性的，他一把捞住下滑的宋之漫，把她抱上车。她还是无神的样子，宋斯南提高了音量叫她的名字，叫了好几次，她才回神。

她眼底是无限的恐慌。宋斯南也慌得很，他是第一次见到她这个样子，整个人六神无主的。

他掷地有声地说：“宋之漫，你要冷静，知道吗？一定要冷静！”

宋之漫的眼泪还在流，她哭得不可抑制：“我没办法冷静，宋小四，那是合欢，是合欢啊！”

是宋之漫可以用自己的命去换她一生安好的苏合欢啊！是那个让她不至于太孤单，一直用自己的方式陪着她的苏合欢啊！

宋之漫冷静不了，也根本没办法冷静！

宋斯南自己有生死之交，他懂此刻她的心情。换位思考一下，如果是他的兄弟出了事，那他此刻也一定是心急如焚的。

宋之漫已经完全失了头绪，庆幸的是，他还清醒着。

他努力地控制住她，温声说：“之漫，之漫！冷静一点好吗？”

见她还是没有办法冷静，宋斯南提高声音，像是吼一般：“宋之漫！”

她才终于回过神来，忍着泪意。

“我知道，我知道那是合欢。”他再也忍不住，在车子等红灯的间隙里伸手将她搂在怀中。她还在哭，眼泪瞬间浸透他的衬衣。他拂着她的背，温声细语地安慰，“詹言侨的情况肯定比你好不了多少，之漫，你不能倒下。苏合欢现在躺在医院里，她最信任的两个人，一个是詹言侨，另一个就是你，你不能倒下，听到没？”

“好。”她软声应道。

03

一路上，宋斯南为了舒缓她的情绪，一直和她聊天转移她的注意力。

到最后，宋之漫把手搭在他的肩上，他转过来，她对他摇摇头，轻声说：“别说了，我已经好多了。”

“宋之漫……”他担忧地看她。

宋之漫勉强地扯了个笑脸：“我好多了，真的。”她收回手，看向车窗外。

车子的速度很快，行驶在马路上，窗外掠过一片一片的秀丽美景。金黄色的稻田、翠绿色的森林、深红色的枫叶、蓝的天、白的云，以及那目光所及之处的远方大路。

她那不安的情绪渐渐消失。

她说：“合欢出事了，詹言侨一定很着急。老师不在医院，只有我们三个能主刀。詹言侨……他大概是不行了的，他把希望都寄托在我的身上。可是宋小四，我害怕……真的，我能上手术台，我也能做这个手术，可我怕……我怕……合欢她……”后半句她无论如何都没有办法再说下去了。

她双手捂着脸，整个人疲惫到了极点。

车子里安静极了。宋斯南一直保持缄默，他已经不知道该如何安慰她了。多年前他就不会安慰人，多年之后他更加手足无措。

只有轻微的啜泣声响起，刺耳得令他心碎。

车子到了医院门口，宋斯南把车停在一旁，熄火，两个人谁都没动。宋斯南从车后座拿了两瓶矿泉水，拧开盖子递给她。

耳边突然响起她的声音，冷静而沉稳：“我去上班了。”

宋斯南扭头看去。不知道什么时候，她已经收拾好情绪，脸上的泪痕都已擦干，眼睛还是红的，哭过的痕迹还在，但是眼神是坚定的。

他揉了揉她的头发："我和你一起去。"

"不用。"

宋斯南的语气不容拒绝："要的。"

病房外。

宋之漫一下子就找到了詹言侨。往日总是笑着、如太阳般温暖的男人，此刻颓废得不像话，整张脸埋在手心里，听到她跑过来的声音才抬起头。

憔悴不已。

她放缓了脚步，走过去，轻声问："手术准备好了吗？"

詹言侨站起来，他身上还穿着白大褂，皱皱的。宋之漫想到他已经值了三天的班，没有好好休息过。

"可以了。梁昭昭已经去准备了，你也过去吧。"

宋之漫垂着头，看着地面，迟疑地问："那你呢？"

"我就不去了，你知道的，这个手术我没法做。"詹言侨呼了一口气，伸手在她肩上按了一下。那一下，仿佛有千万斤的重量，压得宋之漫心里沉甸甸的。

"之漫，我就把合欢交给你了。"

宋之漫感觉自己的喉咙里涌上一股血腥味，她使着劲把那味道咽了下去。对面的詹言侨，面色苍白憔悴，眉眼间俱是疲惫，再也没有往日的温润如玉与意气风发了。真的，针不扎在你的身上，你根本不知道那有多疼。宋之漫终于知道，被针扎是一种多么疼的感受了。

她艰难地点头，许下承诺："你放心，我一定会努力的。"

“嗯。”

宋之漫转身就走，走了几步，想到了什么，转回来，对着弓着背的詹言侨大喊：“詹言侨，等合欢好了，你们结婚吧！”

说出这句话的时候，她感觉眼前的世界一片模糊，但她心底是欣喜的。

因为詹言侨没有一丝的犹豫，答道：“好，结婚。”声音苦涩，带着点颤抖，却又带着坚定。

宋之漫换了手术服，和梁昭昭进了手术室。

上了手术台，梁昭昭挑眉：“你来吧。”

“嗯。”宋之漫短促地应道。

手术室外。

詹言侨头靠在墙上，眯着眼，静坐着。

边上突然多了个人，他睁开眼，偏头过去：“你怎么来了？”

宋斯南不答，指着那手术室，问：“她们进去了？”

“嗯。”

“我陪你等着。”

詹言侨扯了个笑：“嗯。”

安静了一会儿，宋斯南的手机就开始响，响了按掉，再响，又按掉。重复了几次，詹言侨都看不下去了：“接了吧，或许有什么大事。”

“没事。”宋斯南直接把手机关机了。

继续这样坐了会儿，詹言侨又听到耳边传来窸窸窣窣的声音。他转过头去，看到宋斯南从烟盒里抖了一支烟出来，叼在嘴上。

詹言侨指了指墙上“禁止吸烟”的牌子，声音里带着疲惫：“这里是医院，宋小四。”

宋斯南叼着烟，含糊道："我不抽。"

可还是忍不住。烟是一种蛊，让人上瘾。

他站起来："我去消防通道那儿抽。"

刚点了烟，烟雾弥散，他打开窗，窗外的风吹了进来，这才感觉心里的烦闷少了许多。

宋斯南转头，就看到站在平台处的詹言侨。

詹言侨走过来，两个人站在窗边，他说："给我一支。"

"你别抽。"宋斯南这人心眼不太好，却也实诚，"你一穿白大褂的，抽烟不好。"

话一说完，就看到面前的詹言侨把白大褂脱了，挂在手肘，另一只手朝他伸了过来："给我一支。"

宋斯南还是不给，他说："我其实不太喜欢抽烟，可是有的时候吧，太烦了，没办法了才抽。回国之后，抽得很少了，这段时间甚至可以说是戒了，为什么？因为我怕她不高兴！我这人没什么原则，很多事想做就做，不想做，谁再勉强我都没用。可是，她不一样。要是我做的事让她不开心了，我恨不得自己千刀万剐，你知道吗？"

说到底，还不是栽在她手上了。

宋斯南把烟灭了，抬眸，看向詹言侨，伸手拍了拍他的肩，劝道："你也别太沮丧，手术还没结束，在这儿哭丧着脸干什么？你和我不一样，我抽烟，正常，我这人从小到大就没做过什么正事。但是你……詹言侨，你是医生，你所代表的是正义和拯救。"

詹言侨懊恼地低下头，轻蔑一笑："拯救？我现在连上手术台的勇气都没有，我能拯救谁？"

"你自己。"宋斯南一针见血，"苏合欢还在手术中，结果还没出来，你苦着脸干什么？咒她吗？啧，你也好意思说你爱她。"

“宋斯南！”詹言侨正色道，一脸阴鸷，“你什么意思？”

“哎哎哎，就这样！”宋斯南从烟盒里抖出一支烟，食指和中指夹着那烟指着他，“看看看，这多好，这不精神了吗？精神了是吧，那就滚回去，守着你那手术室去！还有十几个小时要守，摆着一张倒霉脸也不知道干吗！”

说着说着，詹言侨终于明白他的意思了。

张口几次，也不知道该说些什么，最后，他说了声：“谢了。”

宋斯南无所谓地摆摆手：“有什么好谢的，走吧走吧！我再抽一支。”

04

二十个小时之后，手术中的灯熄灭。

苏合欢转入ICU病房。

宋之漫一出手术室，腿就软得瘫倒在地。梁昭昭上前扶住她，制止跑过来想要抱住她的宋斯南：“她现在身上都是血，其他人不要靠近。”

急得宋斯南在离她一米的距离干瞪眼。

梁昭昭把宋之漫架起，扶到更衣室帮她换衣服，洗手，可她还是没有任何的生气。梁昭昭都要哭了，叫她的名字：“宋之漫！宋之漫！你醒醒啊！”

叫了几次都没用，她把宋之漫带出去，外面宋斯南一脸焦躁地等着，一见她俩出来，马上迎了上去。

“之漫。”他用力地抱住她。从她出手术室，他就察觉到她哪里不对了，现下他小心翼翼地观察着她的神色。

僵硬着脸，眼神空洞。

没有任何的生机。

像是……像是回到了那个时候！

不言不语、不喜不闹，整个人了无生趣。

宋斯南顿时慌了。他头抵着她的额头，双手捧着她的脸，轻声呢喃：“宋小漫，我是宋小四啊！”

“宋小四……”这三个字似乎引起了她的注意，她轻声重复着。失焦的眼底一点一点地聚集，直到看清了眼前的这个人，真的是他。宋之漫再也忍不住，她一把推开宋斯南，双手环膝，脸埋在膝下，失声痛哭。

宋斯南缠上来，双手抱住她。她那么瘦，那么小，他伸手就把她揉进自己的怀里。

“哭吧，哭吧。”宋斯南抚着她的背，一下又一下。

过了很久，宋之漫终于累了，整个人倒在他的怀里。

已经入冬，夜晚来得极快。夜幕拉下帷幕，窗外的世界被灯光点亮。室内没有开灯，漆黑一片。他从坐下开始就没有再动过，不知道在想些什么，静静地倚靠在那里。

直到室内发出声音。

“宋小四！”

宋斯南惊醒，摸黑跑向卧室，打开灯。卧室里偌大的一张床上，宋之漫蜷缩着，双手环抱住自己，头发凌乱地散在四周，双眼从散落的头发中探出来，眼底的失落、害怕、恐慌一一浮现。

宋斯南连忙跑过去，抱住她：“怎么了？”

她双手紧捏着他的衣角，语气低沉失落：“我怕你不在。”

“我在。”宋斯南轻笑，“我一直在。”

“嗯。”

“饿了吗？”

宋之漫点头：“嗯。”

“我给你做晚饭去，好吗？”

“嗯。”

宋斯南松开手，下了床，看着她，伸手揉了揉她的头发，戏谑道：“宋之漫，你这样看我，会让我误以为你对我有意思，你知道吗？”

要是换了往常，她指不定怎么骂他呢！但今天，宋之漫难得地沉默。不，不是沉默。她对着宋斯南，静默无声地眨眼。

误以为吗？如果是真的，你该怎么办？

她张了张嘴，试图说什么，就听到对面的宋斯南摸着自己的下巴，得意扬扬地说：“也是，我这么优秀的男人，你对我有意思是正常的！”说完，下一秒，他就麻溜地跑了出去，像是害怕她揍他。

可是她现在没有精力，即便有精力也不会揍他。因为她，确实是喜欢他啊！不可否认，完全欢喜。但是他说错了，不是因为他优秀，她才喜欢他的，而是因为宋斯南就是宋斯南，无可取代、世间唯一，所以宋之漫才会喜欢宋斯南。

这段时间天气越来越热，宋之漫如往常一般上班，到了医院门口，意外见到了给詹言侨送完东西的苏合欢。彼时苏合欢的情况好了许多，距离上次手术已经过了大半年。苏合欢脸色红润，看见她，眉飞色舞地喊着她的名字。

宋之漫在门口与她聊了好一会儿，见快迟到了才挥别苏合欢匆匆赶往科室。董立添见她来了，立马说：“先开会。”

宋之漫疑惑地看向詹言侨，小声问：“怎么了？”

詹言侨摇头：“不知道。”

人都到齐了，董立添拿出一份文件来，扫了众人一眼，说："刚接到通知，三院有几位医生要调过来，提前和你们说一声，咱们科室有两位。到时候，大家可以轻松些，排班的可以重新排了。"

众人欢呼。宋之漫被情绪感染，也欢呼了一声。

说了几句之后便散会了，宋之漫拿起纸笔起身准备走的时候，董立添叫住了她。

宋之漫困惑地看向他："老师，有事吗？"

人群都散了，大家回到自己的位置上，开会的桌子旁只有他们两个人。董立添看着她，长叹了一口气，说："我和宋院长商量了一下，决定先放你一段时间长假，你觉得怎么样？"

宋之漫的表情瞬间凝滞。

自从上次苏合欢的手术，她已经有半年没上过手术台了。

也不是没有上过，只是不到三分钟，就下来了。

最近的手术，她全程都在边上观看，一拿起手术刀，手就没有力气。她特意去骨科看过，但是显示没有任何毛病。她知道，是心病。别人没法治，只有她自己能治。

宋之漫当天交接完工作就离开医院，收拾好东西，开始她的假期。

第十三章

哪怕岁月蹉跎，年少错过，他们兜兜转转，终究还是续写了当初的完美结局。

01

要不是今天客栈这场突如其来的火灾让他俩置身在越野车上，两人是断不会在大半夜的星空下回忆彼此的往事的。停在旷野之中的车子安静沉默，耳边的蝉鸣声和蛙叫声接连不断地响起。

紧接着，就是沉重的叹息声。

天窗被宋斯南合上，原先可以看到的方寸星空渐渐消失。

车子发动，空调开启，温度渐渐降了下去。宋之漫转过身，两只脚把鞋子踢下去，整个人蜷缩成一团，她眨着眼，星星点点的笑意不自觉地流露出来。宋斯南曾被无数人夸赞过眼睛是如何如何好看，但是在这一刻，面对着她那双比星空还亮的眼，他想，连银河都不及她的一半。

仿佛将他整个人都吞噬进去。

宋之漫伸手，戳了戳他的脸颊，温声说："你别不开心呀。"声音酥得令他浑身一颤。

宋斯南像是着了魔一般，抓住她欲收回的手指。从手指到手心，最后，他张开手，包住她的手。

"没生气。"他戏谑道，"我哪敢生气呢。"

她又笑了，眼角眉梢都是笑意。

下一秒，他就听到她说："喂，宋小四，我们以后好好地在一起，好吗？"

他松开她的手，坐了起来。他慢条斯理地把外套脱了，又把那领带解了。之后，他侧头看她，挑眉："你知道你刚刚说的话的意思吗？"

宋之漫也坐了起来，坦然："知道。"

顿了几秒，她问：“你呢，你知道吗？”

“嗬，我当然知道。所以宋小漫，我希望你不是在和我开玩笑。”他从未有过地正经，认真地再次问了一遍，“我再问一遍，你，是不是认真的？”

“我以前总是在想，宋小四到底是不是认真的，他对我那么好，那么关心我，这世上再也找不到比他对我更好的人，可他从来不说喜欢我。宋小四……我很想知道，你对我，是认真的吗？”宋之漫不答反问。

宋斯南侧坐着，他伸手轻抚着她的眼角、鼻尖、唇边，用一种前所未有的温柔，声音更甚：“怎么可能不认真？”那么多年，他不正经、吊儿郎当，可关于她的事，他以从未有过的专注和认真对待。

“之漫，我这辈子，可能只能爱你了。”

宋之漫眼眶慢慢变红，她等了那么多年终于等到他，爱了那么多年才换来一句爱。这中间那么多年的时间，一人孤独前行，一人骄傲生活。

“我不想和你闹了。”宋之漫合上眼，不让眼泪流下来，“我想和你好好地过日子，结婚、生孩子，尽量收敛点脾气，不和你吵架，宋小四，我想过安稳的生活了。”

将近十年，她似乎一直在流浪，没有他的地方，就是远走他乡。

宋斯南不知道此刻还要说些什么来表达自己的心情。

等了这么多年，盼了这么多年，也爱了这么多年，从来没有现在这样的心情。

他伸手将她拉至自己的怀里，低声轻语：“嗯，不闹了，我们两个以后好好地生活、过日子，我把我所有的爱都给你。”

宋之漫眼里都是雾气，她哽咽着点头，继而抬头猛地扑向他，吻住他。

宋斯南有几秒的惊愕，继而便反应迅速地反守为攻。

后视镜里，他看到自己双眼发红，像是着魔了一般，或许，他是真的着魔了。遇到她，爱上她，然后相爱，他已经完全陷入对她的爱之中，但愿此生都不出来。

第二天早上。

宋之漫睡醒，意识尚未清晰，睁开眼，目光所及之处是摆放整齐的物件，棕色的沙发、白色的地毯、待机状态的电视机、发着蓝色亮光的电脑以及坐在电脑对面的人。

他背着她，弓着背，双手敲打着键盘，声音极小。

宋之漫看着他的背影，有一种不真实的感觉。

昨晚……是真的吧？

晚风与稻田，夏虫与蝉鸣，萤光与流火，漫天的繁星与满腔的柔情。

窗帘并未拉严，棕色的窗帘把窗内的世界与窗外的世界隔离。窗外太阳升起，又是一天，窗内黑暗笼罩，所有心事都可大白于天下。

她的心事像是彩虹泡泡，被那从窗帘缝隙中钻出来的一米阳光照得浮在空中。

她一眨眼，一个泡泡就破了。破了的泡泡里，有一张字条，上面写着一个字，最后所有的字条上的字拼在一起，组成了一句话——宋之漫喜欢宋斯南，已经很久很久了。

这句话让她兴奋不已，在床上乱蹦跶。

宋斯南正坐在床角，感受到床上的人在动，一只手握住她的脚踝，脚面冰凉，他摸了摸被子，把她的脚塞进被窝里。

"嘻嘻嘻！"宋之漫的脚又不老实地钻了出来，她拿脚尖去蹭他的背。

"别闹。"他的语气里满是宠溺。

宋之漫收回脚，眼珠子一转，整个人钻进被窝里，往床角爬。等爬到他那头，她猛地从被子里钻出来，趴在他的背上，两只手搂着他的脖子，在他耳边轻笑："宋小四，我没做梦吧？"

"没有。"电脑被他放在一旁，他转身把她抱到自己的腿上，一只手搭在她的腰后，一只手捏了捏她的鼻子，不正经道，"我不介意用另一种方式告诉你，到底是不是在做梦。"

他嘴角挂着轻佻的笑意，宋之漫脑袋快速转动，一下便明白他那"另一种方式"到底是什么方式。

她也不甘示弱，伸手挑着他的下巴，满脸高傲："有种你来试试？"

下一秒，他眼底情绪汹涌，黑得见不到底。

宋之漫在他的眼神之中渐渐弱了下来，想要从他的怀里挣脱出来，可他根本没有给她这个机会，搭着她肩的手一用力，便轻而易举地把她压在床上。

他双手搭在她的身侧，慢慢地、慢慢地靠近她，直至感觉到彼此间细微的呼吸。

他眼底深邃如海，浮动着某种情愫。

宋之漫这会儿有点怕了，却还是笑着，伸手搂住他的脖子，将他拉到自己的面前，在他耳边轻声说："宋小四，我爱你。"

宋斯南听到她这句话，又看到她那样温柔的眼神，立马又忍不住，把她扑倒了。等到醒来已经是下午，宋之漫在床上待了太久，浑身上下都疼。洗漱完毕她就拉着宋斯南去外面逛。

南镇这个时候已经是旅游旺季了，宋之漫和宋斯南穿梭在人群中，她被他牵着往前走。宋之漫是信任他的，跟在他的身后，低头看着沿途的青石板路，就是不看前面。

太阳光投射的阴影角度正好，他抬腿离开，她就立马踩了上去，阴影重叠，她满心欢喜。

过桥的时候宋斯南停了下来，宋之漫差点踩到他的脚后跟。宋斯南伸长手一把抱住她，另一只手捏住她的下巴，不怀好意地调笑：“走得这么漫不经心，怎么，被我的背影迷得神魂颠倒了？”

“呸！”宋之漫一把拍下他捏着自己下巴的手，从他怀里出来，“就您这长相，不好意思，白给我我都不要！”

“啧，很是心痛啊！”宋斯南作势伸手捂住自己的胸口，“我堂堂宋总，竟然沦落到如此地步，心痛！”

宋之漫满脸沉痛地点了点头，伸手拍了拍他的肩，说：“没事！你倒贴给我，我还是会要的！”

宋斯南挑了挑眉，好整以暇地看着她，不发一言。

宋之漫被他的眼神看得有点发麻，他虽然还是宋斯南，但已然成为赫赫有名的宋总，一水儿坏心眼！以前他就花样特多，现在脑子里指不定在想什么招治她呢！

宋之漫咳了一声，转身往桥上走，到了桥头，右手倏地被人拉住，顺势进入一个温暖的怀抱。她偏头，鼻尖都是他身上的味道，陌生又熟悉。

“之漫。”他叫她。

宋之漫从他怀里出来，拉着他的手往前走，漫不经心地应道：“怎么了？”

“你知道当我知道昨晚客栈失火的时候是什么心情吗？”宋斯南紧紧拉着她的手，语速很慢很慢。

听到他声音里的紧张，宋之漫又认真起来：“什么心情？”

“如果我找不到你，救不出你，就在客栈里不出来。”如果你已葬身火海，那我也就此死去。至少我们在同一个地方离开人世。

宋之漫的身子浑身一僵：“宋小四，你别这样……”

宋斯南停住脚，在人来人往的人群中揽她入怀，低头将唇印在她的额上，说：“幸好你还在，幸好我找到了你，之漫，你永远不会体会到我失而复得的心情。”

宋之漫合上眼，眼睑微动，她试图开口说话，却被他制止。

“乖，别说，听我说话。我没什么愿望，从小到大只想做一件事，让你在我的身边好好地过一辈子。我可以做你的避风港一直保护你、照料你，你有危险，我第一个到你身边照顾你，你有困难，不需要皱眉我就可以帮你解决，我这人没什么大志向，做的所有事都是为了你。”

“宋小四……”

“可我最想做的还是让你开心。”

宋之漫睁开眼看他。

宋斯南低头对她笑，那么温柔那么好看。

“我知道你不能上手术台很难过，我也知道你没办法控制你自己。如果可以的话，我多希望能帮你上手术台，可我只是一个世俗商人，没办法帮你治病救人。”

“不是的，不是的。”宋之漫摇头说。

“我多希望你能好好的，回到医院，回到你最热爱的地方发光发热。之漫，我们回去好吗？一点一点克服困难，我陪在你的身边，如果你害怕，只要一个转身的距离就能找到我。好吗，之漫？”

宋之漫还能说什么呢，他说得对，她无从反驳。

她也很想回到手术台治病救人、救死扶伤。

宋之漫踮脚在他唇上一印，道：“好。我们回去。”

02

回到C市的第一天，宋之漫按照往常的上班时间来到了医院。医院外仍旧人来人往，急救车从她身边开过，她迈着步子，随着人流走去。到了楼层，宋之漫站在心外科办公室外面，深吸了一口气，握住门把，开门。她带着笑容，待门大开，温声问好：“大家好。”

室内瞬间安静下来。她环视了四周，发现有几个生面孔，应该是之前说过的从其他医院调来的医生。她朝那些人笑了一下，友好地打招呼：“你们好。”

那些人也是知道这位被称为“小宋医生”的宋之漫的。这个医院里姓宋的医生不少，但宋之漫有着独一无二的称号。

年轻医生对美女总是有种着迷的倾向，更何况是宋之漫这种单身女性。家世又好，人品修养又不错，各方面都是一等一的好，所以追她的人络绎不绝。

可自从宋斯南出现，再也没人敢追她了。

为什么？

因为宋斯南各方面也是一等一的好，放眼整个医院，就数詹言侨詹医生最为出色了，可一站在宋斯南边上，到底还是逊色了几分。新来的医生也知道了这些，对这位“小宋医生”没了暧昧的想法，只是友好地对她点了点头。

宋之漫回到位置上，边上的梁昭昭凑过来，关怀道：“你怎么这么早就回来了，不是还在休假吗？”

“想回来工作了。”

“这年头还有人愿意放弃假期回来工作？真是见鬼了！”梁昭昭小声嘟囔，抬起头就看到董立添正温和地笑着看向她，她立马做了个“拉拉链”的手势，安静地闭上嘴，回到自己的位置上。

宋之漫对她笑了一下，就开始整理自己桌子上的东西。

电脑开机的声音响起来的时候，宋之漫就听到了董立添的声音：“宋之漫，你和我出来一下。”

没想到一出了办公室，两个人就往电梯走去，一直到了顶楼。

这是她第一次上顶楼。将近四十层的高楼，经过太阳的连日暴晒，温度极高。她今天穿的是九分裤，露脚踝，一脚踩出去，感觉自脚踝处涌上来一股强烈的热气。有风从远方吹来，带着夏日特有的热意，燥热难耐，暑气难消。

她的脸一下子就被晒得通红。似乎察觉到她的不适，董立添找了个遮阴角落，背着光，对着她。

宋之漫插在兜里的手不自觉地绞在一起，她的食指一下一下地勾着运动手环，心慌得很。

董立添低头看她，好半晌，问：“怎么这么早就回来了？我不是说过了，等到你觉得可以的时候再回来吗？现在是……可以了吗？”

宋之漫轻轻摇了一下头，扯着嘴角说：“好像，还不行。”

“那怎么就回来了？”

“总觉得不能再待下去了，老师，解决问题的方式只有面对，我不想一直逃避下去。”宋之漫抬头哀求地看着他。

董立添一动不动，过了好久之后，说：“行，这周晚上你值班，所有的突发状况，你自行处理。”

“可是我一个人，要是有手术怎么办？”她的心里不是不担忧的。

董立添道："之漫，你很勇敢，既然你愿意面对，那就一定熬得过去。"

她点头，是啊，必须得熬过去。

宋之漫，你必须得熬过去。而且你现在不是一个人了，他不是说了会一直陪在你身边吗？宋斯南会一直陪在宋之漫身边，所以，一定熬得过去。

董立添到底还是放心不下，最后值班的时候不仅有宋之漫，他自己也在。

一连五天晚上，倒也太平，宋斯南每晚都在医院陪宋之漫值班。刚开始宋之漫还赶他走，毕竟他这么大一个人杵在这里也不是个事儿，可宋斯南说："你不在家，我一个人在家有什么意思？"

她也就没再赶他了。

在最后一天值班的晚上，突然发生了一件事。

妇产科那边收了一位产妇，晚上接生的时候发现新生儿心脏动脉错位，那边马上通知了心外科。

宋之漫犹豫再三，还是退缩了。她没有办法面对一个新生婴儿的生命，才刚出生的孩子啊，她要是哪里出错了，后果不堪设想。

一个才来世间不久的孩子，宋之漫根本不敢碰他……

她低下头，刚想拒绝的时候，就听到董立添说："宋之漫，你马上过去。"

宋之漫惊恐地睁大了眼睛，往后倒退了一步，头摇得跟拨浪鼓一样。

"老师……"她的声音发颤。

董立添第一次以不容拒绝的口吻说道："之漫，你回来时的勇气去哪里了？不是你告诉老师说解决问题的方式只有面对，不想一直逃避下去吗？”

宋之漫退到墙角：“可是我……”

跑过来的护士急得直跺脚：“病人的情况很严重啊，小宋医生您快去吧！”

宋之漫躲避着她的眼神，嗫嚅：“我……我怕……”

“之漫。”宋斯南的声音从遥远的那端传来，他走到她边上，把她整个身子捞上来，紧搂着她，“之漫，你是医生你忘了吗？”

“你别说了，宋小四，你别说了。”宋之漫摇着头，低声嘶吼。

“宋之漫！”宋斯南双手捏着她的肩，禁锢住她，大声道，“宋之漫你醒醒！”

宋之漫茫然地抬起头。宋斯南放下手，松开她，她整个人往墙上一撞，无力地沿着墙壁下滑。

护士着急地说：“小宋医生，您快去啊，情况很紧急啊！”

“听到了吗？”宋斯南说，“刚出生的孩子，之漫，你就眼睁睁地看着他离开吗？他才出生啊！”

宋之漫咬着下唇，无声地流着眼泪。

可他还在说：“你要知道，你救的不是一条人命，是一个家庭。之漫。”他蹲下，用手背擦着她的眼泪，轻声说，“你救，他不一定会死，但你不救，他一定会死，他才刚出生啊。”

董立添面无表情地看着宋之漫，又下了一剂猛料：“不是说要做世上最好的医生吗？连一个刚出生的婴儿都救不了，你还配称一个医生吗？唉！”董立添重重叹气，或许是决定放弃了，他迈开步伐，向护士示意，“走吧！”

办公室里只剩下他们两个人，宋之漫蹲在地上，双手环抱膝盖，低低的啜泣声在室内上方盘旋，宋斯南听得心揪。

“之漫。”他蹲下，平视着她的眼睛，眼里有那么多的柔情与爱，还有心疼，“你在怕什么呢？你忘了你最初的梦想了吗？不是说要治病救人、救死扶伤的吗？我们不是约定好了，你不要怕，我会一直在你身后吗？”

宋之漫咬着下唇，满脸都是泪。是约定好了的啊，可现在胆怯退缩的也是她。

你说我胆小好了，我就是这样的人。

宋斯南，你对我失望了吗？

仿佛是听到她的心声，宋斯南伸手拭去她脸上的泪，语气轻柔：“还是不行，还是害怕吗？你以前可不是这样的，以前的你啊，天不怕地不怕，都敢骑在我的头上不是？你现在是一名医生了，更不能怕了。”

见她一直没有反应，宋斯南干脆一屁股坐下，放弃地说：“算了，不去……也算了。只是之漫，你看看你现在，是不是让过去的你对现在的你失望至极？”

他不说自己对她失望，只说过去的她比现在的她更果敢。

宋之漫眼里的泪更甚，她终于放声痛哭。

过去的她……

那么果敢，那么有勇气，那么多的挫折和苦难都熬过，好不容易等到春暖花开之际，却又变得这么退缩怯弱。

宋之漫，你失望吗？对你自己失望吗？

宋之漫号啕大哭：“宋小四！我要怎么办？”

“起来，调整好心情，上手术台。”宋斯南循循善诱。

宋之漫还在哭，因为激动，她一边哭，一边打嗝：“我怕，宋小四，我怕。”

“不怕，有我在，我陪着你，怕什么，对不对？”

五分钟后，手术室里正准备进行手术的董立添被护士告知：“董医生，小宋医生说要进行这场手术。”

董立添愣在原地，脸上终于露出笑来。

宋之漫出手术室的时候不仅手在抖，甚至全身都在抖。那个小小的，还没有她手臂长的婴儿，就在她的手下安静地躺着，不哭不闹。

全程，她的眼里都含着泪，却一滴都没落下。

因为一上手术台，她就是一位医生。而且这一次，没有退路。

宋之漫无力地倒在地上，一起出来的护士和助手被她吓了一跳，纷纷过来扶她，她笑着摆摆手：“没事，我就是太累了，歇歇。”

在众人的视线中，她用手背狠狠地抹了一把脸，起身，走了出去。

办公室里安静一片，坐在沙发上，眉间俱是疲惫和担忧的宋斯南仰头对着天花板发呆。

好半晌，董立添从手机里抬起头来：“手术结束了。”

话音刚落，就感到面前一阵风拂过。

坐在原地的董立添对着只剩下他一个人的办公室愣了好一会儿，失笑。

电梯迟迟不来，宋斯南在原地等了一会儿，直接转身进了安全通道，才下了两三层，就看到气喘吁吁爬上来的宋之漫。

见到他，宋之漫也一愣。她没有犹豫，蹬上最后几级台阶，整个人冲到他的怀里，激动而又幸福地说：“宋小四我成功了！我成功了！宋小四！”

宋斯南停在空中的手慢慢地放在她的腰侧，一点一点地收紧，他低头，埋在她的脖颈处，说话时气息喷洒在她的耳边。

“嗯，成功了。”他其实早就知道她成功了，在宋之漫犹豫再三最后拿起手术刀的那一刻，就已经有人和他说了。他是开心的、欣喜的，为她重新回到那个令她发光发热的舞台而欣喜，而再欣喜，也比不上这一刻喜悦的十分之一。

她在他的怀中，像只小鹿在蹦跶。

而他的心里，又确确实实藏着这么一只鲜活的小鹿。

03

那天之后，宋之漫的情绪好了很多，董立添试探性地问了一句：“能正常工作了？”

宋之漫笑得如沐春风：“可以啦。”

董立添看她笑得如此开心，忍不住用手里的文件夹拍了她脑袋一下：“这么开心？”

“对啊！”宋之漫说话的时候尾音都微微上扬。

董立添看着她，不知道这是因为宋斯南出现，他还以为是她破了心魔，于是说：“以后的排班就按之前的来，还是和以前说的一样做好分内的工作，知道吗？”

“知道啦！”

几天后，宋之漫意外地看到封嗣出现在医院，眉眼间俱是疲惫，她当下就走了上去问他是不是发生什么事了。

封嗣说：“我妈住院了。今天早上她一起来身体就不大舒服，我直接把她送到医院来了，医生说要住院。”

“有什么需要我帮忙的地方你尽管提。”

“会的。”封嗣笑，他的手机响了，他摆了摆手机，“我去接电话，你先去忙吧。”

当天晚上，宋斯南来到医院，正好苏合欢和詹言侨也在。

一见宋斯南来了，苏合欢就忍不住起哄，她调侃着问宋斯南：“宋小四，你和我们之漫到哪一步了啊？”

比坏心眼，谁比得过宋斯南啊？

宋斯南接过她的话，淡淡反击：“你和詹言侨到了哪一步，那我们就到了哪一步。”

苏合欢惊喜地“咦”了一声，抓着宋之漫的胳膊激动地问：“那你们要结婚了吗？要结婚的吧？谈恋爱、见家长、结婚，这些都做了吗？”还没等宋之漫回答，就听到苏合欢自顾自地又说，“不过你们两家离得那么近，见家长这一步可以省略了吧，那……就是准备结婚了咯？”

宋之漫听完觉得好笑：“你和詹言侨准备结婚了？”

“对啊。”苏合欢说完就松开拉着宋之漫的手，跑到詹言侨边上，紧搂着他，一脸幸福的样子，“我们准备明年结婚！”

“嗯……恭喜你啦！”宋之漫真诚地说。

苏合欢笑着点头，还想问她和宋斯南两个人的事，就听到有人敲门。

宋之漫和苏合欢往门那边看去。

是封嗣。

不知道他在那里站了多久……该不会……都听到了吧……

苏合欢瞬间僵住，她不好意思地向封嗣打招呼：“嗨。”

封嗣淡淡地向室内众人点了一下头，脸上看不出什么情绪，他礼貌地问宋之漫：“之漫，我想问你点事，方便吗？”

宋之漫下意识地看向宋斯南，宋斯南被她的举动弄得一愣，好笑道："看我干什么？我还不至于那么小气。"

宋之漫瞪了他一眼，起身走到封嗣身边："怎么了？"

封嗣说："去外面聊，可以吗？"

"嗯。"

等宋之漫回来，宋斯南接了个电话，准备要走。

宋之漫拉着他的手，不舍地问："你什么时候来接我？"

两个人在一起之后，宋之漫经常这么黏着他，宋斯南对此却很受用，他伸手揉了揉宋之漫的头发，低声说："我忙完就马不停蹄地赶过来接你回去好不好？"

"嗯。"宋之漫恹恹地点了一下头，"好吧。"

宋斯南在等电梯的时候，眼角余光看到了封嗣。

封嗣走上来，语气冷淡："聊聊？"

"好啊。"宋斯南高昂着下巴，像只花孔雀。

两个人没有坐电梯，沿着安全通道，一起上了医院天台。

天台上月光如水，洒下一地银白。宋斯南和封嗣对立站着，两个人你来我往，没有任何避让。

还是封嗣先开口说话的："我们多久没见了，宋斯南？"

宋斯南戏谑道："前几天还见过不是吗？还是说，封总贵人多忘事？"

封嗣微微皱了一下眉："你说话一向是这样，都十年了。"

他在讽刺宋斯南没长大，还像个孩子！

宋斯南冷哼了一声："不及你，十年过去，城府更深。"

"是吗？"封嗣的声音淡淡的，像是掺了纯凉月色的温度，"可我宁愿像你。"

因为你才是得到了她的人。

宋斯南说话一向不喜欢绕圈子，此刻也是："封嗣，你有话就直说吧，叙旧啊讽刺啊这些没必要。”

这就是她喜欢的人——直白、坦诚。不像自己，所有的事都埋在心里。

封嗣闭眼，好久才睁开，问：“你们是真的在一起了？”

“嗯。”

“她……应该很开心吧？”他有的时候会绕到她的办公室，她不在，他便想去楼道里抽支烟，可是刚打开门，就听到她嘻嘻笑着的声音，特别开心。

宋斯南一听到封嗣说“她”的时候，醋坛子就被打翻了，他不正经道：“开心啊，能不开心吗？找到了我这么好的一个男朋友。”

封嗣失笑：“我说认真的，宋斯南。”

“认真的是吧？”下一秒，他就正色道，“我和她在一起，没有哪一刻觉得不幸福，想来她也是。”

封嗣想，如果和她在一起的人是他，他也会是这样的想法吧。

因为宋之漫，真的是他孤单时出现的最闪亮的一颗星。从此以后，哪怕经过璀璨星空，他都不屑细看一眼，因为他的眼里，只有那一颗星。

宋斯南的声音再次响起，在这空荡荡的天台回荡：“封嗣，我劝你一句，早点收手吧，没意思。我和她，我俩经过这么多事才在一起，再也不会分开了。你看看你这些年做了什么事，打动她了吗？没有。她根本不屑于看你一眼不是吗？你还害得我和她分开这么多年，我告诉你，就这事，她恨死你了。你还追她，有意思吗？好吧，就算你还追她，可她现在和我在一起了，我俩关系名正言顺得很，她爱我爱得极深，封嗣，你没戏了！”

封嗣听着宋斯南那半真半假，还掺杂着个人情感的话，觉得好笑。是真的幼稚，也真的像个流氓不讲理，可……也说得对。在他们还没在一起的时候，他还可以以朋友的名义关心她、照顾她，每年送她一座“城堡”，可现在呢？她都有男朋友了，他还能继续下去吗？

——不能。他的教养对他说不可以。

可这句话他和自己说了几百几千遍了，如果真的有用，那他现在就不会出现在这个天台，和她的一生挚爱交谈。

封嗣紧绷着脸，深吸了口气，说：“我知道了。你走吧，让我静静。”

宋斯南：“你确定你知道了？不会是逗我吧？”

“逗你的。”

“哼，无聊。”

饶是这么说，宋斯南还是转身走了，他不喜欢封嗣，是打心眼里不喜欢。不是因为封嗣喜欢宋之漫，而是因为封嗣藏得太深，他这人素来直白，不爱那些拐弯抹角的东西，所以对封嗣，他喜欢不起来，更不用说封嗣还妄图从他身边抢走宋之漫。

简直不能忍好吗！

宋斯南的脚步声渐行渐远，最后消失。

封嗣突然朝某个地方叫了一个名字：“之漫。”

躲在阴影处的宋之漫浑身一震，却还是走了出来。

“今天算是同学会吗？”他没头没脑地说了一句。

宋之漫之所以出现在这里，是因为当时她在窗口往下看，迟迟没有见到宋斯南走向他的车，她一下子慌了。她惶惶不安地猜测：宋斯南该不会去找封嗣了吧？

他们两个……

宋之漫越想越慌，拔腿就往外跑，路过护士站的时候抓住值班的护士问："你们看到过宋斯南吗？"

护士们哪里会不知道宋院长的儿子，眼尖的人说："我好像看到他和一个男的进了安全通道。"

安全通道……

这里是十八层，往上两层便是天台。宋之漫这么一想，马上就往天台跑。

天台有两个入口，宋之漫特意绕到后面那扇门进去。她没有听到他们全部的对话，只听到最后在宋斯南走后，封嗣那一声长长的叹息。

封嗣笑着说："这些年的同学会，你好像一次都没去过。"

"太忙了。"

"是怕见到我吧？"

"有一点。"宋之漫直白地说。

听得封嗣愣了一下："你俩还真是一样，说话都这么直白。"

宋之漫没回答，走到他边上，看着高楼下的城市夜景。万家灯火点燃，璀璨的灯海绚烂夺目。午夜时分，道路上鲜有车辆行驶。整座城市，陷入安静沉谧之中。

封嗣说："刚刚宋斯南和我说的话你听到了吗？"

"没有。"她问，"你们说了什么？"

"他劝我离开你。"

宋之漫一愣："是……吗？那你呢，你怎么说的？"

"我啊……"他突然偏过头，看向她。

天台上夜风极大，吹得宋之漫没扎的头发漫天飞舞，封嗣缓缓伸手，帮她把面前的头发拨到耳后，却感觉她全身绷紧。

他收回手。

他说："我说，我要放弃你。之漫，我想放弃你了。"这么多年，是时候要告一段落了。你和他要尘埃落定，而我也要在你人生中谢幕。

"你真的要放弃吗？"

"你不想我放弃吗？"封嗣死死地盯着她的眼睛，期望从她眼里捕捉到一丝的犹豫，然而没有，她果断地摇头。

"阿嗣，你值得更好的。"

可是在我心里，你就是更好的。

封嗣忍了忍，没说出这句话。即便说出来，又能怎么样呢？她不喜欢你啊，真的一点都不喜欢你。

"之漫，你开心吗？和他在一起。"

宋之漫不假思索："开心，也幸福。"

真残忍，在他心上刺了一刀。

封嗣又问："你会和他结婚吗？"

"会。"

"你……很爱他？"

"很爱。"

他沉默了。

耳边风声呼啸，他低垂着眸，不知在想些什么。到最后，他抬头，朝她露出标志性的微笑："你走吧。"从我的身边走吧，我会一直记得你，在我的心里。

"阿嗣……"

"宋之漫，再见。"未来的宋之漫，再见。

宋之漫定定地看着他，好久之后，喉咙哽咽，她知道他的意思了。她声音里带着些微的哭腔："再见。"

她往门口那边走，就听到身后一声低吼，痛到极致，她想转头回去看，却被他制止："之漫，别看我，千万别看我。"

千万别回头，如果你回头，我就会以为你对我还有那么一丝的……爱意。那我会冲过去，抱住你，死都不放手。

宋之漫站在原地，没动，封嗣看着她的背影，无声地流着泪。

"之漫，我们两个就这样说再见了吧。"

"嗯。"

"以后你结婚，别请我。"因为我会忍不住冲上前把你抢走，哪怕你不情愿。

"好。"

"你走吧。"他深深地合上眼，无力地倒在地上。

宋之漫的腿像是灌了铅一般沉重，她一步一步走得极慢，下了三楼，她终于忍不住，在楼道里失声痛哭。

那个白衣少年，把她当成公主的少年，终于说了放弃。那个少年，曾在她的生命中闪闪发光，曾给了她无数的动力和希望，也曾深情款款地对她说"喜欢"。

可她到底……没能爱上他。

她这一生，把爱都给了另一个人。

从此以后，山长水阔，再无他人。

那一晚，封嗣在天台停了很久。他与月亮为邻，抬头看着天空。

他心想，你们只看到他们为爱坚持十年，可你们有没有看到我呢？我也为爱坚持了十年，她也是我的一生挚爱。我这一生，爱上她之后还能爱谁？再也不会爱上任何人了。

再也不会了。

因为不会有人再在他最灰暗的时候出现，哪怕是一个笑就能赶走他的内心阴霾；再也不会有人如她般温柔与善良；再也不会有人，让他有一种冲动。

为爱不顾一切，甚至粉身碎骨。

她是他的公主，永远的公主。

04

对那天晚上在天台上发生的一切，宋之漫和宋斯南都选择了缄默不语。

当然，宋斯南是这么想的：小爷我酷炫狂跩，用一个眼神就能杀死封嗣那小子，又加上那谆谆教导，让封嗣对他佩服得五体投地。毕竟像他这样善解人意还循循善诱劝封嗣回头是岸的人不多了。

宋之漫没有那么自恋，她只是不想提起封嗣。

不是她自私，她曾经很希望能和封嗣成为好朋友，但是不可能。他想要她的爱，而她把爱倾注于另外一个人的身上。封嗣要的，她给不了。而她要的，封嗣也不愿意给。

与其继续纠缠，还不如放弃。就当作是年少岁月里做过的一个美好的梦，梦醒之后，生活继续。偶尔会拿出来回忆，感慨曾经有那么好的人温柔善待她，全神贯注地爱着她。可惜他们不能走到一起。

有许多因素，但最主要的还是，她不爱他。

时间过得很快，转眼就是夏末。

那天宋之漫刚好不上班，宋斯南则是因为周末待在家里。宋之漫坐在客厅的羊绒地毯上，阳光穿过玻璃，热度削减不少，晒得她身上暖烘烘的。

宋之漫拿着手机玩游戏，宋斯南从房间走出来，问她剪刀在哪儿。

宋之漫边起身边说："好像在书房，你要剪什么吗？"

"衣服上有个线头。"宋斯南到底是少爷出身，一个线头就让他难受得不得了。

两个人进了书房，宋之漫四处找着剪刀。

宋斯南无所事事地站在一旁，眼睛四处乱看，突然一顿——

看着书柜最上层摆的东西，他朝宋之漫吹了声口哨："最上面放着的是什么？"

宋之漫无暇顾及，她一门心思找剪刀，头也没回："不知道，你自己看吧。"

于是他就自力更生，踮脚，从那一排玻璃瓶中，选了一个个头适中的瓶子，里面的千纸鹤是五颜六色的。

还真是丰衣足食了。

宋斯南记得，当初自己给她折的那些千纸鹤，用的只有两种颜色，粉色和黄色。他也用过其他颜色的，可都不如那两种颜色好看。他怕她嫌丑，所以只用了那两种颜色。

宋之漫的玻璃瓶里，什么颜色的都有，红的黄的蓝的绿的。

宋斯南拔了塞子，从里面捞了一只粉色的千纸鹤出来。

她倒是折得比他好看。

宋斯南把那玻璃瓶放在桌子上，动作迅速地拆了那只千纸鹤，上面果然如他想的那般写了字。

——等宋小四的第一千四百二十三天，天气晴，心情好。

那一瞬，他的喉咙像是被一只无形之手扼住，呼吸不匀，他往旁边走了几步，撑着桌子，缓了好一会儿才缓过来。

他继续拆。

——等宋小四的第一千四百二十五天，天气晴，心情，很糟糕。

是蓝色的千纸鹤。

——等宋小四的第一千四百三十二天，天气晴，心情，一般。

黄色。

——等宋小四的第一千四百四十二天，下雨，心情，有点难过。

绿色。

他又拆了几只，好半晌才反应过来。

他选颜色，单纯就是为了她喜欢。而她选颜色，是为了纪念等他时的心情。

“找到了！”宋之漫转过身来后顿时僵在原地，她缓缓地把那高举的手放下，扯了一下嘴角，“你怎么拆了呀？”

“嗯。”宋斯南说，“怎么折这个了？”

“因为……有人送了我一箱千纸鹤。”宋之漫走上前，拿过那个玻璃瓶，她往瓶底看了一下。

宋斯南还没发现，瓶子下面竟然还有个标签。

宋之漫念着上面的数字：“第一千四百天到一千四百五十天，嗯……大概是你离开的第四年。”

她把那瓶子放下，状似无意地指了指剩余的玻璃瓶，那些瓶子大小不一，形状各异，但放在一起又是十分协调的。

宋斯南想了想，哪怕是单独拿出来，也是好看的。

他脑子里灵光乍现，某天逛超市时，她在饮料区拿着瓶子，他以为她不过是研究着饮料的成分，原来她在看的是那瓶子的造型……

她说：“谁说买饮料只是为了喝？”

她还说：“瓶子好看。”

他以为她不过是随口一说，却没想到是她的肺腑之言。

“之漫……”他叫她的名字。

“嗯？”宋之漫抬头，笑弯了眼，“怎么了？”

宋斯南摇头：“没什么。”就是叫叫你的名字而已。

桌子上放着一大堆被宋斯南拆了的千纸鹤，宋之漫叹气：“拆了这么多，你给我收拾回去！”

空气里的温情分子刹那间烟消云散，宋斯南跳脚：“这么多，我拒绝！”

“拒绝无效！”她又补了一句，“乖啊，你把它们折好，今天的我就写‘和宋斯南在一起的第四十七天，天气晴，心情，宇宙无敌爆炸好’。”

宋斯南眉开眼笑：“好。”

他把那千纸鹤按照之前的纹路折了回去，等终于搞定了，他眼尖地看到宋之漫在翻箱倒柜的时候翻了个纸箱出来，纸箱被掀起了一个角，他眼神好使，一下就看到了那亮晶晶的水晶球。

他怪异地叫了一声，把正收拾东西的宋之漫吓了一跳，她拍着胸口，瞪他一眼：“一惊一乍的，你干什么啊？”

宋斯南走上前，用脚踢了踢那箱子。

“这么大一箱水晶球啊？”他怪腔怪调地说道。

宋之漫愣了，那是……封嗣每年寄给她的水晶球。每年一个，大小不一，但里面的城堡都是一样的。

城堡和公主。

宋之漫怎么会不懂他的意思？

可她不是公主，也不喜欢城堡。她喜欢的，是面前这个吊儿郎当、浑身匪气的人。

而这个浑身匪气的人，看到这一整箱水晶球时，整个人就奓毛了：“封嗣这人怎么就这么不要脸啊，觊觎我的女人这么多年，还寄这些个水晶球是几个意思？啊，你也是，还小心翼翼把这些破球收起来了，也没见你把我那千纸鹤收起来啊！”

宋之漫憋气，憋气，再憋气。

好想踹他一脚哦。

幸好她脾气好了很多，走到一旁，打开底下的柜子。

“你的千纸鹤，收在这儿了！”

柜门打开，圆柱形的瓶子里，装满了千纸鹤。

宋斯南数了数，一共有六个。他想，她大概是按照时间顺序排的吧。

他快步上前，拿着那瓶子看了一下瓶底。

果然，上面写着日期。

他的气都消了。

她都看过了呢，还分得那么清楚呢。

宋之漫看他背对着自己，心里惴惴不安的：“宋小四？”

“嗯。”

“你……抱抱我啊。”

他转身，还未到她面前时，长手一伸，把她拉到自己的怀里。

鼻腔里都是彼此的呼吸，宋之漫说：“宋小四。”

“嗯？”

“我喜欢你呀。”

“嗯。”

“嗯？”

宋斯南偏头，碰了一下她的额头：“我也喜欢你。”

隔天晚上，宋斯南按时接她下班回大院。

对于他俩一起回来吃饭这件事，宋鸿渊倒是喜闻乐见得很。因为在他的眼里，自家的闺女早在未成年的时候就被宋斯南看上了，虽然中间曲曲折折走了那么多路，虽然宋斯南并不是他最中意的女婿人选。

可那又怎么样呢？

还有谁能比宋斯南更爱他的女儿？并且一心一意、全心全意只爱她。

只是相比宋鸿渊，宋远征就不这么想了。

他看着宋之漫和宋斯南并肩走过来，宋之漫这几年出落得越发美丽、落落大方，宋斯南……虽然那副皮相不错，但是怎么说呢，全身上下也就这么一个优点了。

唉……那句话是怎么说来着？——鲜花插在牛粪上了。

林景芝在厨房忙里忙外的，给两家人弄吃的，家里阿姨也是看宋之漫和宋斯南一起长大的，此刻也开心得不得了，乐呵呵地跟林景芝说："宋斯南和之漫一块回来，大家都开心得不行！"

林景芝说："是啊，而且两人还在一起了！这么多年了，终于在一起了！"她的声音里有一种"终于"的感受，忍不住流泪。

阿姨说："夫人，这么大好的日子，哭什么呢！"

林景芝擦了擦眼泪，说："对，大喜的日子！不能哭！"

两家人其乐融融地吃饭，其间还商讨了婚事。

宋斯南慵懒地靠在椅背上，被热气醺蒸的脸格外柔和，眼底是散不去的深情，他看着宋之漫说："我都听她的。"

宋之漫伸手就掐了一下他的腰，低声说："不想结婚就算了，非得怪我身上！"

宋之漫下手是真狠，宋斯南疼得龇牙咧嘴的："我不想结婚？我恨不得现在就和你去领证！"

两家家长都看着他们，眼底一片欢喜。

林景芝说：“我们家宋小四没说错，得听之漫的，一切都听她的。”

宋斯南吊儿郎当地附和：“我妈说了，都听你的！”他把脸凑近她，嬉皮笑脸的。

宋之漫被林景芝的话说得满脸羞红，这会儿直接一巴掌把他拍开。

“哇！”宋斯南佯装震惊，“宋小漫你家暴！”

宋之漫眨眨眼，一脸单纯：“有吗？”

宋斯南说：“没有吗？”他问席上的家长，家长纷纷扭头不看他。

嗯？嗯？嗯？只有她是你们的宝宝，我就不是了？宋斯南仰头痛哭！

一顿饭吃得宋斯南郁闷到气结，宋之漫看他摆出一副“我心情不好你快来哄哄我”的样子，就更加想笑。

她偏偏不理他，吃完就和宋鸿渊回家了。

宋斯南更加郁闷了，上楼的时候脚步声跺得极响，惹得宋远征吼他：“几岁了还这么幼稚！”

于是宋斯南更气了！

晚上洗完澡，他躁动难耐地在床上翻来覆去的，想拿出手机给她打电话，又怕她不接。

啊啊啊！

“砰”的一声巨响，宋斯南从床上滚到了地上。他揉了一下屁股，皱眉起身，却听到房间窗户在响。

像是有人在敲。

宋斯南疑惑地走过去，拉开窗户正准备破口大骂是谁往他这里砸石子，却没想到，窗前出现了一个人。

宋之漫。

“宋小漫你在这里干什么？”宋斯南又气又恼，他从小爬上爬下的，去她家爬窗户早已是家常便饭了，可宋之漫……

“你知不知道这样很危险？”宋斯南真的是恼极了，迅速伸手要把她拉上来。

宋之漫踩在窗台下的平台上，她虽然没练过格斗，可打小也是跟着宋斯南爬树打架的，爬个二楼真的是小意思。而且他家窗户下突出来一块小平台，正好供她踩在上面。她笑眯眯地站在那里，一点都没有害怕的感觉。

双手搭在他的肩上，她说：“原来爬窗是这种感觉。”

宋斯南又骂了一句，他伸出双手，要把她抱进来，却被她拒绝：“我不，我要这样看看你！”

宋之漫的执拗劲儿一上来，是谁也挡不住的。

宋斯南也拗不过她，只得护着她，问：“怎么会突然爬过来？”

“想看看你。”宋之漫轻声说，“不是生气了吗？想着得来哄哄你。万一你真生气了，明天不带我去上班怎么办？”

宋斯南失笑：“我是那种人吗？”

“哼，你不是吗？”

“好吧，我是。”宋斯南无奈认栽。

那夜星光璀璨，月色如水。大院安静得只听得到蝉鸣，宋之漫半悬在空中，上半身却陷在一个温暖的怀抱中。她低头，听到他的心跳。

“扑通扑通。”

和她的一样啊。

“宋小四。”宋之漫勾着唇，叫他的名字。

宋斯南声音暗哑：“嗯？”

“我们真的，在一起了。”她说。

宋斯南应：“是的。我们真的在一起了。”

“我们以后，不会再分开了吧？”

“不会了。”宋斯南说，“我以后，不会再放弃你，会好好保护你、疼惜你，这一生一世，只爱你一个人。之漫，我爱你。”

宋之漫眼眶湿润，却笑着说：“我也是。”

那晚时间仿佛停在那一刻，她听到一声来自宿命的叹息。叹息这余生漫长，她却只陪在他的身旁。

可一生一世一双人，本就是她的余生所念。

她合上眼，突然想到，那晚合欢问她，为什么会喜欢宋斯南那么久呢。

她是怎么回答的？

“他就是个痞子，从十八岁到二十八岁，没有任何的改变。想来我也是。”

“也是什么？”

“没有变啊。”

这十年来，对他的喜欢分毫未变。哪怕十年星河路转，世事变迁，可她还是像十年前一样喜欢他。

十八岁的喜欢。

“可我已经二十八岁了，这漫长的十年已然度过，喜欢于我而言已经不合适了。

“二十八岁的我，不再喜欢宋斯南了。

“我爱他。”

由喜欢，到爱。

这漫长的十年，我们都在成长，喜欢慢慢发酵成为爱，我对你的情意终究改变，成了世人称颂至极的爱。

她抬头，他低头。

互相对视，眉目深情。

宋之漫想，她真的是爱惨了这个人。哪怕岁月蹉跎，年少错过，他们兜兜转转，终究还是续写了当初的完美结局。

番外

“宋之漫你上辈子竟然养了两个小白脸！我我我，我竟然没有小情人！”

宋斯南怎么也没想到，前脚刚商量完婚礼的事，后脚宋之漫就怀孕了。

他是站在婚礼现场，事无具细地整顿婚礼细节的时候接到宋之漫电话的。他笑着和负责人说了声“抱歉”，走到一边接起了电话。

刚接起来，那边就说：“宋小四，好像……玩大发了。”

“哟，怎么就玩大发了？”

宋之漫捏着手上的单子，一字一句地说：“我、怀、孕、了。”

平地一声雷，炸酥了大名鼎鼎的宋四少。

婚礼还是如期举行，只是当天新郎官小心翼翼地护着新娘，敬酒的时候端着清水，脸上嚣张得意之色尽显：“我老婆怀孕了，不能喝酒。”

“那就你喝。”

“我也不能喝，我得伺候她！”

洞房……

洞房变得十分的纯洁，“宋小四”般的纯洁。

最后，他抱着宋之漫委屈地说：“你欠我一个洞房！”

宋之漫哭笑不得。

他又指着她肚子指责道：“都怪你！不过——”他话音一转，柔情四溢，“我的小公主啊，快点出来。”

宋之漫抬头，亲了亲他的下巴：“怎么这么确定是女孩？”

“男人的自信！”宋斯南斩钉截铁地说。

九个多月的时间，宋斯南整天都在念叨着“我的小公主”，买的东西也都是粉红色的女孩款。宋之漫抓起一条粉色的裙子，叹气：“要是生出来是个男孩怎么办呀？”

“那就再生一个！”宋斯南头也没回。

宋之漫：“你有性别歧视啊！”

宋斯南：“对啊！”

宋之漫：“我要生个儿子气死你！”

宋斯南不以为然：“我撒的种，我当然知道！”

结果，宋之漫生了一个儿子。

宋小四表示不服！

两年后，宋之漫又怀上了。

这回，宋斯南言之凿凿：“这势必是我的小公主！”

宋之漫不明白他为什么对女儿这么热衷，却也知道他是没有性别歧视的。宋时渊的满月酒，当日来的人，礼金一分未收，宋斯南还捐了八位数给贫困山区。宋时渊的吃穿用度也是最好的。宋斯南下班，手上的东西还没放下，听到自己的儿子在房间里哭喊，马上就跑过去哄，半点时间都不耽搁。

她还记得，宋时渊在满月酒上嗷嗷大哭，宋斯南抱着他哈哈大笑，脸上尽显得意之色：“我儿子的声音可真响亮，随我！”

不过宋之漫，也是期待有一个女儿的。

软软糯糯的女儿，抱着自己撒娇，大大的眼睛一眨一眨，自己的心恐怕都要被萌化了吧。

可是……又是一个儿子。

宋斯南：我能怎么办，我也很绝望啊！

宋之漫坐在病床上喝着补品，好笑地看着他：“你为什么那么想要个女儿啊？”

宋斯南面无表情：“你听过一句话吗？”

“什么？”

“女儿是爸爸上辈子的小情人。”

“嗯？”

“儿子是妈妈上辈子的小白脸。”

“啊？”

“宋之漫你上辈子竟然养了两个小白脸！我我我，我竟然没有小情人！”宋斯南很绝望，伸手戳了戳他那刚出炉的、热乎乎的儿子的脸。

这么嫩？

再戳几下！

“小白脸、小白脸、小白脸！”

宋之漫实在忍不住了，捂着脸笑倒在床上。

她当初到底是怎么看上他的啊？

她抬头，看到宋斯南娴熟的抱娃技术，虽然嘴上说着嫌弃，但……动作也是小心翼翼的。他的身后是一片日光，阳光照在身上，衬得他浑身发亮，戾气尽收。

他双眼亮晶晶地看向她，说：“我妈找人算了，说他缺水，名字里得带水。”

“缺水吗？”

“嗯。咱爸商量了一下，决定叫——宋沛洵，你觉得怎么样？”

宋之漫笑：“你喜欢吗？”

“嗯，喜欢。”

“那我也喜欢。”

闻言，宋斯南笑了，耳根处泛红，他贴着怀里的婴儿，轻声说：“儿子，咱就叫这个名字了！”